U0500228

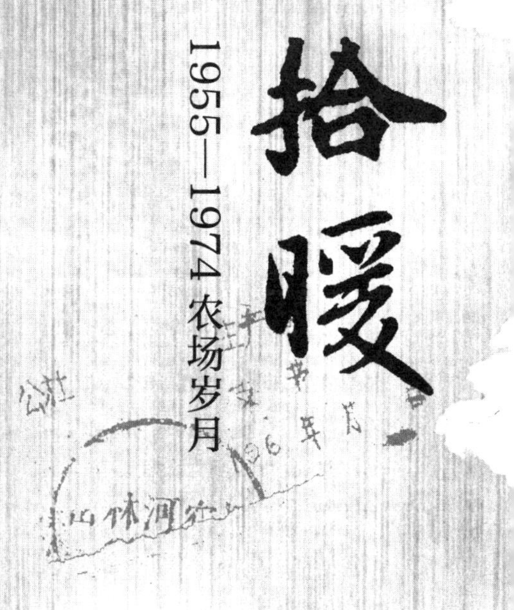

拾暖

1955—1974农场岁月

谭文治 著

北方文艺出版社

图书在版编目（CIP）数据

拾暖：1955-1974农场岁月 / 谭文治著．-- 哈尔滨：北方文艺出版社，2018.6

ISBN 978-7-5317-3944-9

Ⅰ．①拾… Ⅱ．①谭… Ⅲ．①长篇小说－中国－当代 Ⅳ．①I247.5

中国版本图书馆CIP数据核字（2018）第118007号

拾暖：1955—1974农场岁月

SHINUAN: 1955—1974 NONGCHANG SUIYUE

作　者 / 谭文治

责任编辑 / 王学刚　　封面设计 / 锦色书装

出版发行 / 北方文艺出版社　　网　址 / www.bfwy.com

邮　编 / 150080　　经　销 / 新华书店

地　址 / 黑龙江现代文化艺术产业园D栋526室

印　刷 / 廊坊市国彩印刷有限公司　　开　本 / 880×1230　1/32

字　数 / 232千　　印　张 / 10

版　次 / 2018年6月第1版　　印　次 / 2018年6月第1次印刷

书　号 / ISBN 978-7-5317-3944-9　　定　价 / 45.00元

序

遇到谭老师是我们生命中元气最足的年龄段——十八岁，一九八一年。

那一年我放学以后的爱好还是跳皮筋，半明白半糊涂地就把自己扔进了北京广播学院。班里十四男五女，修电视影片编辑专业。班主任谭老师，二十世纪八十年代版的小鲜肉帅哥。

跟今天比，二十世纪八十年代的元气太足了。校园里每个人都可以活得肆意妄为——该睡觉不睡，该起床不起；口袋里没钱又想打牙祭，索性当了中山装下饭馆；发下助学金连吃一周红烧排骨，剩下三周吃咸菜；写诗的人乌泱乌泱的；一下雨就看出风格了，愤怒的雨下大时往外冲，浪漫的雨细的时候悠悠地走，都不打伞；看国足转播也是，输了赢了都麻烦：赢了烧棉袄，输了烧蚊帐，大冬天的烧掉身上最重要的物资，以示哥们儿动真格的了，要跟你们死磕的决心。

元气太足的夜晚最难将息，晚上十一点熄灯前的几分钟没什么人甘心洗洗睡了：耗体力的，轻易就来场说走就走的旅行，几人结伴一拍脑门，从梆子井走到天安门，广场上席地坐上几分钟，折返；耗脑力的，熄灯时从宿舍往教室走，摆好姿势，腿翘在课桌上，不跟康德大战五百回合先自颓了不回宿舍。二十世纪八十年代的北京广播学院，每天晚上十一点是故事变事故的高发时段。那时的谭老师，三十岁，每天的功课之一是跑到男生的一二五、一二九宿舍，掀被窝揪懒虫们起床，还要时不常地嘱师母做点儿东北菜给每月情绪定期起伏的女生们改善下伙食。带着北京广播学院有史以来最闷骚的班，真是不容易。

三十四年以后，元气已经被我国和外国广电事业耗了八成的二十位中年人在北京聚会，在潭柘寺建了微信群，群名“八一电编”。从此过上了师生不弃不离每天絮絮叨叨互诉衷肠的好日子。

这两天“八一电编”微信群里最大的事是老师要出书了，名《拾暖》。闷骚的中年学生们在三十八年以后，借《拾暖》终于对老师有了一次集体的核爆炸级别的情感宣泄。

读《拾暖》，读老师写的自传体故事，第一次听说地理上存在着岔林河农场，在松花江和小兴安岭之间的某处。老师从五岁开始度过了十九年野生的日子。这十九年，想必也是老师生命中元气最足的岁月吧。

岔林河农场是劳改农场，熊出没狼出没犯人也出没，对人类本能与智慧的要求是严苛的、直接的。赵小胖子酱油瓶斗熊一战成名，唯一有猎枪的铁匠挨一熊掌却退了光环，自然的选择赤裸裸站在生存的最前面。老师天性中的胆大妄为，对底层人的情感，朴实率真的处世方式，语言和行文的幽默风趣，是地理的岔林河养成的底气元气。

读老师的故事，感受他一直真实地活着，根扎得结实。一个出场就拴着绳子坐牛车上被甩出来扣在锅里的孩子，农场开大会走到讲台上众目睽睽之下喝了给赵支书准备的水的小坛子，吃过黑熊屁股肉满嘴流油的小子，水泡里用蚯蚓钓鱼差点淹死，跟犯人田羊倌野地里放羊喊歌，追着站岗的武警崔老师讲《三国》，吃过毒面粉，亲历手榴弹炸影院……留给我们遇到老师后所有故事的蛛丝马迹。读老师的书，一边看一边大笑一边感叹。想起一九八一年入学没多久，老师观望全班同学一圈，担心我们这十九个学生太老实了，某天他宣布：从今天开始，我们班每周要有一次演讲，每个人上台讲五分钟，说什么都成，规则是不到五分钟不许下来。我们这些人造环境长大的羞涩高中生，活生生地被老师逼着打开自己，抵抗着服从了。第一期演讲，我和徐焱俩人一起上台，说了两分钟就卡壳了，大脑一片空白，熬到五分钟才下来，觉得自己真是丢脸丢到家了。那个时代，没听说过哪个老师这样训练学生的，只有来自岔林河的小坛子老师吧。

岔林河的野生元气老师一直带在身上进北京闯深圳，没丢。也藏在《拾暖》这本书里。

——赵淑静

在喧嚣的日子，吃了太多物质精神的狗屁料理，补钙的、补肾的、洗脑的、壮阳的，越补身心越虚浮，正茫然慌恐时，吾师携《拾暖》一书出山了。他如修行六十多年的老道长那样，高深功力点化寻常，从他生活了十九年的黑龙江岔林河农场，信手选取了一些故事：九岁“进贡”爷奶走过的四十里荒路，贪玩心重而遭不测的小黑熊，挨饿时吃过的毒面粉，激素过剩的下乡知青，林场看守、囚犯、干部、平民真切的如刀划过皮肤。这些故事量足劲大，一股混元之力直入丹田，让我失真已久的内心，瞬间开启了振动模式！顶礼吾师！

——孙铁建

大学毕业后，去深圳看谭老师，在老师家住过几次。每次去，老师都给我一双我上次忘了的袜子，洗干净了，放在一个袋子里。老师是个有心人，老师的故事里一定有很多心。

二〇一七年厦门拍片，谭老师飞过来探班。晚上见面，他看了我一眼：“我不跟你说了，你睡觉，我们明天说话。”那天的拍摄很累，我的样子一定很惨。关心你，老师就是这么直接。老师的故事里一定有很多真情。

这几年，因为拍公共电视的人物片，开始留意人在不同环境里与不同人物交流的不同状态。发现不少杰出人士会见什么人说什么话。谭老师恰恰相反，见什么人都说一样的话，实话实说。老师的故事里都是大实话。

天下文章一大抄，谭老师的意见往往非常个人和原创。许多观点越琢磨越有意思。有同学开玩笑说，得弄一本（谭子语录）。谭老师的这本书让许多人有福了。老师的故事里，有很多思想、哲理和智慧。

做过班长，谭老师教我做学生的班长，不是老师的班长。我发现他做的是学生的老师，不是校长的老师。他代表学生，为学生负责。老师的故事里一定有很多责任和良心。

读谭老师的书，早读早聪明。了解一段历史，结识一个干净人，一个智者。

这是一个实在的文化人，老老实实地说一段日子里那些实实在在的事，而且说得很有趣。

现在喜欢自己说话的多，老师是个聆听者，所以他有积累。活了自己的历史，又了解了别人的和世界的沧桑。

忘不了二十几年没见面，第一次在深圳拍摄现场见到老师的情景：双肩包背在前面，手里玩着手机。

谭老师就是童心，真而且有趣。

童真，也是谭老师的高深。

——王勤平

同窗时君，引线穿针；恩师回忆，付梓在今；

书名《拾暖》，事暖人心；尊师情谊，山高水深。谭老文章，笔辣情真；农场往事，细品泪奔；春秋笔法，赤子之心；草蛇灰线，朗朗乾坤。弟子遥祝，其意殷殷；吾师威武，百毒不侵。

——谢　青

走过寒冷的冬天，乘着春风的翅膀，《拾暖》来了！

打开谭老师的新作《拾暖》，一下子就被深深吸引，于是跟着五岁的“小坛子”一起走过十九年，神游万里之外的北大荒岔林河农场：花轱辘车、大铁锅、大白猪、黑瞎子……书中文字像是来自黑土地原野上的清风扑面而来，自然鲜活、风趣幽默、浑然天成、字字珠玑，让人喜爱！老师讲故事不动声色、顺手拈来；这边厢我却看得大笑失声，直至双眼泪水模糊……老师的行文还极具画面感和现场感，小琴、王管教、江老师、二愣子……个个呼之欲出！忽然就想起，老师原本最擅长摄影啊，啥时候练就得这么深厚的文字功夫呢！

老师笔下，自己懵懂童年的经历、青涩少年的情感、青年时期追求理想的思考，全部融入那方水土那些乡亲，并用时光细火慢工酝酿，最终滋养了自己，温暖了他人！

读着读着，我记忆深处时有画面跳出，与书中画面叠化。画面一：饥荒年代，“小坛子”一家人正要吃丹毒面土豆饺子充饥，穷亲戚饭点夺门而入……叠画：大学第一个寒假，上火车前，老师叫我去他家，吃了碗蛋炒饭。画面二："小坛子"冒着生命危险钓了一条小鱼，回家煎了独自吃，以缓解那极端的饥饿。叠画：三年前，"八一电编"同学在北京聚会，老师从深圳带来一大箱大虾仁干，每人一大包……一口气读完《拾暖》，我的眼睛很痛，但心里很暖！重要的是，终于明白，暖男是怎样炼成的！

——彭攸莎

在我的老师当中，谭老师无疑是最为重要的一位，以至于毕业三十多年后的今天仍保持着已远胜于师生的情意。今悉老师的书即将出版，虽未来得及通读，只在微信上读了几页书稿，但老师性格的幽默已跃然纸上，思想的深邃已含于字里行间，使我迫不及待地等待书的出版。对于五〇后老师这一代人，可谓幸与不幸的人生：幸，是没有经历过战争的烽烟；不幸，是经历了一整个荒唐的岁月。《拾暖》，一个多么耐人寻味的名字，它诠释了他们这一代人，特别是像我老师这样的文化人的心路历程。

——孙　雷

谭文治，我大学的首任班主任老师。然而，他一点也不像个老师。

当年高考后去北京广播学院面试。面试的内容没记住，记住了一个忙前忙后的帅哥。帅，自然指颜值；哥，指的是该人年轻，以为是高年级帮忙的师哥。结果开学时发现，这“师哥”原来是我们的班主任！谭老师时年三十出头，可看起来也就二十三四，面太嫩，一点也不像个老师。

大一那年年底，入学新鲜劲儿刚过去，新生活还没完全适应，一些同学犯起思乡病。谭老师张罗着弄个活动，提振一下气氛。平安夜晚上，全班同学齐聚教室，老师却没了影儿。大家翘首以盼之际，门开了，先探进来一个头，尖顶白边红帽子，雪白眉毛白胡子，只是这头的位置比正常高度低不少。紧接着，身子出现，佝偻着，背着个白布口袋。这位圣诞老人做蹒跚状，还一步一猫腰，以示年纪老迈及包袱沉重。他走到教室中间，腾出一只手挥了挥，憋粗了嗓子说：“同学们，圣诞快乐！”然后从布口袋里抓出糖果零食撒向四方。那眉毛胡子估计用了得有小半斤棉花吧，有一撮没粘牢，耷拉在唇边，一动一呼扇。全班同学早已笑疯。没错，圣诞老人就是谭老师。比学生还能搞怪，一点也不像个老师。

班里同学来自各地，高矮胖瘦不一，脾气秉性各异。谭老师春风化雨、手到擒来，捋顺各种逆毛儿，搞定各种小幺蛾子，就像黏合剂把全班粘成揉不碎掰不开的整体。虽然只给我们当了一年多老师，他就追随时代大潮去了南方，可是谭老师和我班这个黏合体的关系没有疏远，甚至越来越紧密。无论谁去深圳，或是谭老师来京，都是聚会的天经地义的由头。后来有了微信，谭老师会在每个同学的朋友圈下点赞留言。班里微信群共二十人，十九位同学加谭老师。他在群里一贯积极踊跃，妙语连珠，观点新锐，异趣横生。我们早就默认“八一电编”有二十位同学。谭老师扎在同学堆里，择都择不出来，一点也不像个老师。

上次我去深圳领个奖，约谭老师。他问清宾馆名称非得跑过来就近凑合我。吃饭的时候，他说起已经购置了一整套最新设备，打算拍摄短视频，顺便讲了几个可以作为选题的生活在他身边的市井人物故事，很精彩！对于从不落后于时代的谭老师，我一点不惊讶他有这样的想法，但心下还是好生佩服。同学中真正在一线创作的已所剩无几，以谭老师的资历，不把自己弄成个德高望重的专家指点后辈挥斥方遒，却还琢磨着自己苦哈哈拍片儿，一点也不像个老师。

这么多年过去，谭老师不但激情才情真性情未改（不认识他的请看其书便可知其人），而且，居然帅哥的样貌也没怎么变。每每把师生合影给人看，总能引来惊叹：这是你们老师？一点都不像！随着岁月刀砍斧凿，现而今，我们这帮学生都快老了，谭老师再这么冻龄逆生长下去，万一以后的合影中，他不但不像老师，连哥都不像，直接像弟了，这该让我们，尤其是某些腆肚秃顶的男生情何以堪？

好吧，虽然他是这么这么地不像老师，我还是不得不说：谭文治，是我们的好老师。一年为师，终生为师！

——赵 微

我是一个天生愚笨、后知后觉的人，凡事认死理，总是比同学们开窍晚一些。

大学时代，谭老师每天到宿舍喊我们起床早锻炼，他很执着，我们却不领情。大概一年，他南下深圳，断了来往。

直到一九九三年，应他召唤到深圳电视台跟随他一起做事——给我机会，创办栏目。没想到的是，半年后谭老师告诉我，他已经辞职不干了。一九九六年，回到贵州的我接到他的电话，再次让我南下到他的公司任副总，一起创业。我掂量了一下自己，没有南下。

后来，他带女儿来贵州拍片，我帮着协调一些地方关系。再后来，我到深圳和他一起，应邀参加时间同学的饭局，看望从大洋彼岸回来拍片的勤平同学。

二〇一七年，他和师母来贵阳看房子。

往来越密切，越喜欢谭老师。

智慧、幽默、亲切。甭管多长时间不见，见面就亲，想怎么说话就可以怎么说话，亦师亦兄无话不说。我遇到什么难事，都能给出意见，真诚真知真话。

到现如今才明白，谭老师是一个什么都拿得起更是什么都放得下的人！让我自愧不如，视为榜样。

不委曲求全，活得坦荡率真，在真实面前不患得患失，遵从自己的内心。我也终于明白了他离校、离台的果决。

我喜欢谭老师，我相信《拾暖》一书，充满实话、大实话，饱含真情、真性情，平实之中有智慧有卓识。

——杨　波

我读书少且慢，生平第一次对着电脑读这样的巨著。在过去的十二小时里，除了中间眼睛太累眼皮太沉睡了两次几小时外，一直沉浸在您的书——不，准确地说是您用有色彩、温度和声音的文字描绘的一部大片里，一部跨度为一个甲子的纪实电影大片。从您五岁到今天，您特有的谭氏风格——幽默、艺术、平实而又真诚，让我忽笑、忽泣、忽愁、忽叹，忽而憧憬，忽而又陷入沉思。与您一同经历、一同慨叹，不只是您、我和他的命运……书中人物——从父母、小琴、羊倌、孙叔、徐叔、郑篮球、刘语文、女校长到眼镜男，个个性格鲜活；您对他们有温暖，有回忆，有猜想，甚至有牵挂，还有真诚的敬畏。

您说温暖、快乐、自由是人激情、力量、信心的基础。您用书中的事件——自制全套渔具钓鱼、魏爷爷书摊看书、此生第一个短篇小说《慧眼儿》的诞生等等，在阐述一个主题：人一生除了吃饱穿暖，有个栖身之地，最大的快乐还是精神追求。精神追求既五花八门，又简单明了。人人都想享受一份心灵的温暖：婴儿时需要呵护之暖，少年时需要陪伴之暖，青春期需要理解之暖，青壮年时期需要人与人、人与社会的共振之暖；老了，则回到从前，需要陪伴之暖，理解之暖，呵护之暖。

你书中说“我原本很喜欢温良之人”，跟您相识三十多年来，我认为您身上就透着“温、良、恭、俭、让”这五个字。 您是一个有温度，感性，有担当更有生命情怀的人，不然您也不会给自己取名 “宇平”（这二字暗含“宇宙和平”之义）；不然，您也不会备受全班同学的敬爱；不然，您也不会写这本书——《拾暖》。

您说“微笑会带来温暖”；“沟通带来了温暖，那温暖，是书暖”；“乐趣也会带来温暖，弥补一些心灵的空缺”。于我看来，您这本叫《拾暖》很贴切。

您渴望，温暖能够回归；我坚信，有心就有温暖！不为朝圣，只为贴着那段温暖。

——王京明

短短的大学几年，谭老师却赢得了我一辈子的敬重。书很精彩，人更高尚！

——徐　焱

吾师文治，眉浓目邃，隆准宽颐。酷外而内睿，捷思而豁达。

然则体貌敦庄，童颜翁智，英豪之表世人莫之及也。嘻！吾师，浮云富贵，且师且友也。其为师也，斗才车学，珠玑盈腹，洞彻时态，晰辨机理；其为友也，乜眇权宦，粪土侯爵，援手羸弱，坦坦荡荡。

——纪兆逢

“同学们，要问我们系有知名的教授、副教授没有？对不起，没有。”

“要问我们专业有像样的教材、讲义没有？对不起，没有。”

新生入学，听谭老师这么说话，新鲜、好玩儿。他的话＋艳抹女生＋男同学的香水味，三观只好重塑。从此，开始用艺术的眼光看待世界，用艺术的语言表达出来，那是自由的、平等的、个性化的。

谭老师的话自嘲性强，这是实话说到底的表现。所以他一般只格物不致知，有时还流露出对说道理的不待见，所以后来我也认为，说事儿就是说事儿，下结论很危险。

为了提高同学们的表达能力，谭老师想出了一招训练我们，每人上台讲几分钟，说啥都行。我认为这是我上的第一堂专业课。我们的专业就是琢磨怎么说出受众爱听的话。什么是受众爱听的话？怎么说让人爱听？是我们一辈子的课程。尤其是出镜者，如何使自己的谈吐有魅力？除非你是天才，否则你要经过训练、掌握技巧、养成习惯，这招值得在学院在传媒界推广。

我继承了谭老师一直没给我的衣钵：说人话，说实话，说真话，并走向了极端——语言有“洁癖”。讨厌自己说重复的话，也反感别人说话重复，更敏感于和受不了各种人的口头语，“你知道吗”“你知道吧”“我跟你说”；还有那些用滥了的词——“看来”“分享”。我曾利用职权给手下记者规定：有“看来”按错字处理，扣五十元。有档节目很有名，主持人据说是大学教授，老说“拭目以待”，气得我想砸电视。“记者看到”“在我身后”“在我左手边”“我手里拿的”……多余又恶心。语言要有创新，即便没有创新也绝不能重复，“靠谱”造得好，用太多了我就想用回它的原句“贴谱”。

谭老师总说不是我们的老师，没教过我们，就当了一年的班主任。但是谭老师你知道吗？你是我们真正的老师，虽然你没给我们上过任何一门课，但是您的做人影响了我们，影响了我们一生。

您每天早晨叫我们起床跑步、打球，去您家里包饺子吃饭，带我们郊游，要求假期到新闻单位实习，提议给我们开设“新闻消息与写作”课……什么样的老师对待学生能这样？一定是爱学生看重学生的。这种爱——为他人着想的思想、品质，是我们无论做艺术还是当记者，都离不开的法宝。

那时候，与“国际接轨”的情绪高涨，您虽然没有出国留学、交流、访问过，虽然没有像其他老师给我们放映国外的电视节目作为教学片，虽然没有教授满是单词的新闻、电影、电视理论，但是我们听了您写诗、读书、上学、拍片的经历，也让我们逐渐掌握了文明社会普遍遵循的审美标准。当然，这些专业的精神，职业的道德，事业的理想，不仅仅是您给予我们的，也是那个时期的科班训练给予我们的，学院教育给予我们的。那是二十世纪八十年代，一个中国近百年来伟大的时代。

同学们普遍认为“八一电编”的基因是您“遗传”给我们的，基因特征——“自由散漫”，其实，这样的人生挺好的。

——时　间

目录

一

向温暖出发

清晨，一抹阳光透进窗户，妻习惯性地打开收音机，女播音员用银铃般美好的声音送出一串不太美好的新闻：某女明星事件继续发酵，各种炮轰，各种删帖，你方唱罢我登场，好像不弄个你死我活两败俱伤誓不罢休。野生动物园老虎再次砸场子伤人，社会舆论由谁是谁非的争论，逐渐演化成人身攻击，语言之犀利，远胜老虎的尖牙利齿。

这是怎么了？

不禁联想起近些年来愈演愈烈的各种撕扯闹剧，不是黑医院坑害了患者，就是患者家属伤害了无辜医生；连老人倒地该不该扶都成了掰扯不清的难题。至于警察和弱势群体之间的纠葛以及网络上无穷无尽的多方论战，更是此起彼伏，热闹非凡，任何一颗小火星，都能迅速燃起一场互相伤害的熊熊大火，甚至以亲友交流为宗旨的微信朋友圈也硝烟渐起，不是你惹恼了我，就是我得罪了你，友谊的小船说翻就翻，从此在人间陌路上不相往来。

不可否认，有些矛盾关乎国家体制、民族未来，不能不引起全社会高度关注。有不同的声音存在，那是国家之幸，可也有不少撕扯纯属吃饱了撑的，无聊得奇葩，让人笑得牙疼，却又“细思极恐”。

忐忑的心又蒙上一层阴影。

提上行李推开家门，对面女邻居正在锁门，窈窕的身影颇为陌生，但我知道，她搬来快一年了，经常看见她早上匆匆离家晚上匆匆回家，时常在楼道相遇却从没说过一句话。女邻居回头瞥了我一眼就面无表情地快步下楼，迅疾离去，好像有笔大生意正在前方等着签约。听着她留下一串高跟鞋和水泥路接触的“嗒嗒嗒”声，忽然感觉她的背影有几分冷漠和孤独，很想再见面时找个话题搭讪一下，可转念一想，还是算了，万一遭个白眼岂不更加无趣！再说，我自己又何尝不是越来越孤独，内心越来越冷漠呢？想想不禁哑然失笑。

很快，我钻进了地铁。平时我是不太喜欢坐地铁的，每次钻进地下就有些憋闷，但今天必须坐地铁，从家门口可以直达高铁站，仅半个小时的路程，安全快捷，免去了地面上的塞车之苦，也不用再瞻仰各种“路怒症”患者的嘴脸。

现代化的列车，用每小时三百公里的速度带着我一路向北。

身旁是个帅气的小伙子，穿着入时，却一脸紧绷的严肃。我向他微笑，问候了一声，企图消解一下“邻居”的警觉压力。他像防贼似的瞥了我一眼，转回头不加理会。我相信自己的内心是真诚的，笑容也不会过于招人讨厌，他却高度警惕，好像我马上要向他推销假货，或要拉他参加传销大军似的。我不禁心里一沉，也不想再说话了。就把座椅调到最佳位置，掏出手机，插上耳麦，打开“喜马拉雅”，一个著名经济学家开始以抑扬顿挫富有磁性的男中音震荡着我的耳鼓，论述着房市股市的严峻形势，讲述着如何规避金融诈骗。我关了手机，此刻唯一能做的，就是陷入沉思。

我要去黑龙江省参加一个聚会，那里有我生活过十九年又阔别几十年的农场。

列车一路飞奔，忽然接到一位老友的越洋电话，向我倾诉越来越难以忍受的孤独。看看表，此刻地球的另一边已是深夜，我能想象出，他一个人在美国的大别墅里正楼上楼下像个幽灵一样在徘徊，抽着洋烟，品着洋酒，遭着心灵孤独无助的洋罪。我就劝他，干脆回国算了，国内毕竟有他的亲人。良久，他才叹息一声，说："算了，当初就是忍受不了同胞的欺凌，才到异国他乡来寻找温暖。现在走到哪里都有洋人礼貌的笑容，可温暖却不知藏在哪里。如今与家乡亲友多年不见，感情越来越淡，回去还不照样与冷漠为伴？"

常听一些五十岁开外的人发牢骚，说如今浑身哪儿都疼，就是没人疼。我也常想，没人疼的确是人生一大悲剧。其实，除了亲人，社会也应该学会疼人，会疼人的社会才是一等一的好社会，会疼人的管理者才是有水平的管理者。

接完老友的越洋电话，我思绪万千，又想到女儿。

还记得女儿降生不久，躺在我臂弯里蹬胳膊撂腿的情景，那感觉，就像人生突然间有了坚强的依靠。从此我的一切行为走向，都将和女儿相关，虽然生活清贫，拍着女儿渐渐入睡，内心却是幸福满满。为了再把幸福提升一步，我怀揣着全部积蓄二百二十块钱，从北京南下深圳。可是，若干年的时光竟如白驹过隙，转瞬间，女儿读大学就离开深圳重返北京，从此与我们这个原生家庭形成南北遥望格局，当初一家三口朝夕相处其乐融融的情景，已然成为历史。

前不久的一天早晨，妻端坐床边一脸落寞，我问何故，妻苦笑说，没有天伦之乐。我一时无语，孤独感瞬间塞心，就掰着指头计算，和忙碌的女儿一年见不上两面的时光究竟是从哪年开始？将在哪年结束？我深恨自己缺乏远见，没有把女儿留在身边读书。妻却揉了揉眼睛，说起几个老闺蜜与身边子女闹得势同水火的悲剧。不能不感叹，真是近亦忧，远亦忧啊。

忽然，另一节车厢传来一阵骚动，幸好没有发生大乱。眼前不禁浮现出城市生活的某些场景：人群密集之处，稍有异常，便会引起或大或小的一阵骚动。人们活得如惊弓之鸟，如此惊恐，温暖何在？我曾计划写一部《城市凶猛》的剧本，却担忧“负能量”过盛而作罢，但我不能不一遍遍想，我们曾经的温暖，究竟去哪儿了？我们本应该满腔激情，周身温暖地走完人生之路，可走着走着，就把温暖走丢了，却不知究竟是怎么弄丢的，也不知该去哪里找回，这究竟是谁的悲剧呢？

在北京暂停两日，学生时间约了几个同学，名酒好菜地与我欢聚，他说要让我用最好的状态与久别的农场重逢。

二十世纪八十年代初，我在北京广播学院（如今的中国传媒大学）给时间他们做了一年的班主任，然后就离京南下追寻新梦，从此与他们远隔千里，却保持了三十多年的友谊。学生们在国内国外的电视界功成名就，依然称我为师，我却视他们为亲为友。与他们相处，没有功利，不用寒暄，免去了客套，几杯酒下肚，便能找到友谊生发出的宝贵温暖。

开着时间借给我的车，继续一路向北。我选择自驾车回去，是为了自行掌控一路的节奏，能与东北大地更亲密而随意地接触，以便尽快找回当年的感觉，从当年的感觉中找回温暖。

我在农场有四年当中学老师的经历，分别时，学生们都是风华正茂、心怀梦想、情窦初开的少男少女。如今，饱经生活和命运的风刀霜剑，他们会怎样了呢?

当车轮滚进阔别多年的农场，忐忑的心瞬间凌乱。

踏上四十年前我曾走过，如今已焕然一新的路，看见当年曾住过，如今原貌依稀的老屋，往事便像大海涨潮一样，层层叠叠地漫过心海的浅滩。尤其那些两鬓斑白已然陌生的面孔，经过仔细辨认，一一和他们少男少女的影子相重叠，更在一张张脸上读出了他们这些年的故事，也读出了农场的往事，甚至读出了父辈们的故事。

接下来的几天，一直沉浸在快乐、回味和感叹中，学生们各自的生命旅程，或顺风顺水一路坦途，或风风雨雨饱经沧桑南辕北辙，甚至有人过早地去了另一个世界。这些年，没能和他们相知相处、互助互爱，深感遗憾。

尽管如此，我依然暂时找回了那曾经拥有的、在社会变迁中不断流失的、繁华大都市里特别稀缺的东西，那就是简单得不能再简单的两个字：温暖。

我在农场生活了十九年，却无法站在地理的角度说清它的全貌。五岁时来到农场，那时并没有感知一个地方全貌的能力；慢慢长大，对农场没了新鲜感，也就很少去想它的全貌，接触的都是与生活相关的具体场景；所谓的“北倚兴安岭，南靠松花江”不过是个广告语，刻在心上的，还是每条路，每栋房，每棵老树，每个人，尤其是那些长辈的面孔。

在农场的几天，最多谈起的就是我们的长辈。农场的每寸土地都曾浸润着他们的汗水和泪水，如今他们大部分已经作古，肉体归尘入土，安歇在东南西北不同的地方。古罗马皇帝马可·奥勒留在《沉思录》里说："人的肉身消亡，灵魂如梦似烟，生涯如战争亦如他乡羁旅，身后名更属虚幻。"我此刻却觉得前辈们的灵魂虽然如梦似烟，身后名却并非完全虚幻，他们的灵魂正飘然归来与我们相聚，向我讲述那些发生在一个小农场的平凡故事，让我回味那曾经的快乐，曾经的温暖，还有某些时段的冷漠与不堪。

我对农场的感觉，就像四海漂流过后突然遇到青少年时代的梦中情人，看着她，依然那么顺眼，那么可爱，但她却早已不属于我，我只能回首往事，重温朦胧的温暖，却无法与她融合。

久逝的故事渐渐复活，竟然清晰如初……

二

难忘花轱辘车

一个遥远的年头，一九五五年。

一个精致又破旧的小县城，黑龙江省通河县。

一条横贯东西的马路，延伸到城外就变得逼仄、弯曲、泥泞。路两旁，树丛与荒草杂处，蜻蜓与蝴蝶齐飞，像一首边塞古诗，美丽得苍凉。

渐渐地，县城的影子消失在荒草深处。泥泞的土路上，晃晃悠悠地走着一辆小牛车，是木头轮子的“花轱辘车”，车轴因为缺油，“吱扭吱扭”地响着，刺耳单调却富有节奏。

据说，中国是世界上最早发明和使用车辆的国家，相传是由黄帝时的大臣奚仲发明。这种木制的车轮具有很高的科技含量，制作过程相当复杂，《诗经》里的“坎坎伐檀兮……坎坎伐辐兮……坎坎伐轮兮”，写的就是砍树制作车轮的过程。这种花轱辘车轮子，一直被沿用到一九二六年，中国上海有了第一家橡胶厂，逐渐由橡胶轮子替代了花轱辘，但直到二十世纪五十年代，东北还有不少花轱辘车在使用。

牛车上装着一堆破旧杂乱的生活用具，最显眼的是一口大铁锅，铁锅里坐着个瘦小的男孩儿，剃着个“狗尾巴”头，上身穿着对襟的家织布做的青花夹袄，下身穿着一条开裆裤，脚上是一双崭新的花布鞋，随着牛车的颠簸，男孩儿的头有节奏地摇晃着。

那男孩儿就是我，那年我五岁。

我的腰被一根绳子拴着，绳子把我和几件破旧的木家具连在一起。

我就是这样，坐着花轱辘牛车，走上一段难忘的人生之旅。这一走，就是十九年。

据说，有的婴儿出生两个月便有了记忆，有的到三岁才有记忆。我天生愚钝，从五岁开始，才能记忆一段完整的情节。我和大多数孩子一样，天生喜欢故事。父亲是个大老粗，母亲读过四年书，算是有点文化的人，可肚子里三皇五帝的故事实在太少，与我共同经历的那些生活琐事，就成为他们的历史故事，不断在茶余饭后被提起，渐渐地就嵌入了我的记忆。

赶车的是个三十岁的女人，身材微胖，齐耳短发上扎着个老式的蝴蝶结，穿着偏襟的蓝色家织布褂子，不用说，那是我的母亲。她挥舞着一根很不专业的牛鞭子，用很不专业的语言吆喝着那头瘦牛。那牛只会拉犁，生平第一次拉车，拉得很不情愿，很不专业。

牛车旁，慢悠悠地走着一头大白猪，赶猪的男人是我父亲。他精瘦、干练，身穿一套旧军装，脚蹬一双旧军鞋，手持一根木棍子，一边吆喝着猪，一边翻来覆去地唱着：“北大荒，真荒凉，又有兔子又有狼，就是缺少大姑娘。”

父亲的歌简直就是半吼半唱的，歌词是北大荒的流行谚语，曲子却是胡乱借用的一首军歌。

我手里拿着一把木头手枪，坐在大铁锅里，一边摇晃，一边朝着路边的荒草树丛“叭叭叭”地射击，渴望着能蹿出几只兔子，哪怕是几只狼，然后被我一枪一枪地打死。我哪里懂得，要是真的蹿出几只狼，我们一家人可就成了狼的美餐。

走在荒凉危险的路上，我觉得新鲜刺激，至于我是谁，我从哪里来，要到哪里去，一概不知，当然更不知道“北大荒”是个什么东西，也没什么荒不荒凉，危不危险的概念，有没有大姑娘也与我无关。只要能在父母身边，就温暖安心；只要经历与昨天不一样的场景，就兴奋异常。

而我的父母，当时的内心却是惴惴不安的。父亲用部队里的军歌曲子，阴阳怪气地吼着“北大荒”，既是给自己壮胆，又是给未来添彩。

他们焦虑的是将要到来的新生活，他们拖上我，要去一个改变命运的地方，等待他们的一切都是个未知数，担忧和焦虑比危险更煎熬。

然而，眼前的危险才是真的危险，而且马上就降临了。真的来了一只狼，万幸的是只有一只。那狼跟在牛车后面，走走停停地不肯放弃，我还用木头手枪瞄准过它，但我不认识它是个什么鬼，没有害怕的感觉。

父亲吼着“又有兔子又有狼”，偶一回头，嘶哑的吼声便僵在半空，他看见了那只狼。

父亲似乎有点慌乱，快速地四下张望，发现只有一只狼，就镇定下来，一步一回头地边走边想招数。走了几步，他突然用棍子揍了一下大白猪的肥屁股，大白猪猛地向前跑去，父亲回头看狼，那狼正盯着奔跑的猪。父亲突然转身朝向那只狼，快速地搬起一块块硬泥巴，在路上横着摆成一排，像是筑起一道矮墙，又飞快地从路边折断几根柳条，插在泥巴矮墙上，对着矮墙撒了一泡尿，又挥起赶猪的木棍，对着狼装神弄鬼地舞动了一番，然后就回头猛跑追上了我们。这一切都是在很短的时间内完成的，赶牛车的母亲根本没发觉，我却在车上看见了。那只狼瞪着莫名其妙的父亲，在泥巴墙附近一边徘徊一边左闻闻右闻闻，突然一转身，窜进路边的荒草里无影无踪了。

这一幕，逗得我乐了好一会儿。

也不知走了多久，肚子饿了，母亲把车停下来，从车上翻出个布包包，掏出几个大馒头。父亲把拴着我的绳子解开，把我从铁锅里抱下来。我刚要吃馒头，父亲突然又来了兴致，从车上的杂物里翻出个“剿箩子”，那是一种在水里捞鱼的工具。父亲走到路边，在河沟里呼哧呼哧地捞了起来，不大一会儿，居然捞上来几条小鲫鱼。父亲从车上拽下几根干树枝，有横有竖地在泥地上架起一个小灶，又从车上翻出一根“明子”——就是松树干里松油聚集的部分，被截下来劈成一条一条的，就被称为明子，常用做引火之用。

父亲用火柴点燃了明子，塞进用树枝搭起的小灶，火焰便徐徐升起，他又在路边折了几根柳条，一根根穿过鲫鱼肚子，架在火上烤了起来。

鱼香伴着烟火弥漫开来，这是我人生第一次吃到烤鱼，吃在这北大荒的泥路上，香得我屁颠屁颠的。

父亲得意地说：“人家都说北大荒是个好地方，棒打狍子瓢舀鱼，野鸡飞到饭锅里。怎么样，不是瞎说的吧？你们就等着过好日子吧。”

父亲话音刚落，竟然有几只野鸡很配合地“扑棱棱”从头顶飞过，很快又落在不远的草丛里。父亲遗憾地说：“可惜现在没枪了，要是有枪，咱马上就能吃烧鸡。”

父亲说着，捡起一块硬泥巴朝野鸡落下的地方扔了过去，野鸡惊飞起来。我也捡起一块泥巴扔了出去，泥巴却落在路边的河沟里，只激起一朵小小的浪花。野鸡越飞越远，很快就消失在天空远处。

母亲有几分担忧，就说：“烤鱼这么香，招来黑瞎子和狼就麻烦了。”

我问母亲：“黑瞎子是啥呀？”

母亲说：“黑瞎子就是黑熊。”

父亲解释道：“黑熊眼神不好，脑袋上还长了一撮长毛，要是顺风跑，眼睛就让长毛挡住了，像瞎了一样，所以就叫它黑瞎子。记住，以后要是遇到黑瞎子，一定要顺风跑。”

父亲说着，竟有几分得意，就借机吹开了牛：“对付狼也有办法，老话说，狼怕摆阵，狗怕猫腰，狼也怕火，刚才我来不及点火，只能摆个阵试试运气。”于是父亲把刚才对付狼的招数吹了一遍，母亲这才知道遇到狼了，瞬间对将来的“好日子”起了疑心。

我却觉得好玩，问父亲：“你刚才摆的什么阵啊？”

父亲很得意地说：“迷魂阵。”

母亲说：“反正狼跑了，你吹什么都好听。”

我问父亲：“狼是不是很傻啊？”

父亲说：“狼才不傻呢，就因为不傻，它才怕摆阵。你以后要是遇到狼，也给它摆个迷魂阵。”

“行，遇到狼我就摆个迷魂阵。”我盼望着能遇到狼，亲自摆个迷魂阵。

父亲却说：“逗你玩儿的，你可别胡闹。狼是很厉害的，连我都害怕，别说你一个小毛孩子。”

我倒来了兴致，问：“狼和黑瞎子谁最厉害啊？”

母亲说：“当然是黑瞎子厉害了，人家都说，一猪二熊三老虎。”说着，看了看身边的大白猪，补充道：“猪是野猪，不是这个挨刀的货。”

我属虎，一直被灌输老虎是兽中之王，如何如何的厉害，原来野猪和黑瞎子比老虎还厉害，我有点失落。

父亲却说：“要是一个狼和一个黑瞎子打起来，可能黑瞎子厉害，可是狼很少单独行动，喜欢成帮结伙的，所以还是狼厉害。黑瞎子什么都吃，最喜欢吃苞米，狼是专门吃肉的，吃猪吃牛吃羊，吃不到猪羊就吃人。狼咬人那才叫厉害呢，你要是没看见它，它就悄悄地跟着你，走到身后就站起来，伸出前爪子拍一下你的肩膀，你以为有人和你开玩笑，一回头，它就咔哧一口咬住你脖子，一眨眼，脖子就断了。”

我吓得一哆嗦，恰好母亲拍了我肩膀一下，我竟大叫一声，差点尿裤子。

母亲胆怯地扫了一眼周围的荒草，对父亲说：“别说了，吓死就没法走了。”

父亲的话给了我很大刺激，从此就特别怕狼，长大成人后，虽然没再遭遇野狼，我还是常常想到狼，梦见狼。带女儿去动物园时，宁可不去狮虎山看那些没精打采的老虎，也要去“狼园”，看着铁丝网里野性不减的狼圆睁着仇恨的绿眼一刻不停地走动，竟有种报复的快感。后来，社会开始推崇“丛林法则”，居然盛行起“狼性赞美”，什么“狼性”体现了团队精神、拼搏精神、顽强意志等等，把各种赞美一股脑黄袍加身地送给了狼，用野兽取代了模范人物，还有遍地开花的“狼性团队训练班”，传播“狼性”加上厚黑学的做人理念，教人学坏的招数简直五花八门。

搞“狼性培训”的人往往会讲一个段子：两个伙伴在森林里行走，遇到一只黑熊。伙伴甲立刻换上跑鞋，伙伴乙不解地问：“穿上跑鞋就能跑过熊吗？”伙伴甲说：“我跑过你就行！”

每当看到这样的教科书，我心里就会暗暗发冷。原来他们宣扬的“狼性”，其核心理念就是牺牲队友，其实狼还真没那么无耻。

说实话，我没见过受“狼性”教育的人在战场上多么英武，倒是见识过他们在与自己人厮杀时是如何下狠手的。

曾认识一位热心传播“狼文化”的人，他深为自己小时候接受奉献教育而不忿，也对温良性格不齿，进行了一连串的反思后，就对他的独生儿子也进行了“狼性”洗脑……如今他人生迟暮，据说正在享受“狼性”教育的“成果”，在儿子赐给他的冷漠中，孤独地开始了新的反思，不过为时已晚。

重新上路不久，又遇到个新麻烦，牛车“打揢”了，木车轮陷在泥坑里动弹不得。母亲无计可施，父亲试了几招也不灵光；茫茫荒野，渺无人烟，母亲还时不时地四处张望，生怕再遇到狼。父亲看着深陷泥坑的木头车轮，苦思冥想却没有良策。

母亲禁不住埋怨道：“这就是你说的‘好日子’，嫁给你们‘山东子’算倒了八辈子血霉。”母亲是东北人，对饱受孔孟之道熏陶、重男轻女思想严重的山东人颇有微词，在母亲嘴里，山东人始终被称为“山东子”。

“山东子”父亲看看车轮，再看看气喘吁吁的瘦牛，一声不吭，母亲的埋怨，父亲似乎有点认同。

母亲像所有女人一样，很善于翻后账：“早知道这样，还不如在县里当会计呢。”

父亲低声说：“我才念了两个月的书，能当会计？算错账就得犯事儿。”

母亲揶揄着说：“行，今天半夜全家人喂狼，你就算不错账了。”

父亲开始强词夺理了：“要不是你和咱爹咱娘过不到一块儿，能跑到这荒山野岭遭罪？”

母亲愤怒了：“你怎么倒打一耙，是我和他们过不到一块儿，还是他们欺负我？”

父亲口气软了下来：“是啊，所以就不能留在县里当会计，得走远点啊。”

母亲叹了一口气说：“反正你总是有理。”

父亲嘟囔了一句：“唉，人和人就是整不到一块去啊。”

爷爷是个性情古怪的老头，父亲参军离家后，爷爷对母亲和我有点刻薄，虽然住在爷爷的大房子里，我和母亲却像个受气包。本来奶奶是蛮温良的，但她比爷爷大了六岁，年龄的弱势让她在爷爷面前有点低三下四，任凭爷爷慢待我们娘俩而不敢作声，常常是爷爷奶奶和大伯二伯姑姑几家子热火朝天一起大吃大喝，我和母亲却在自己的小屋里没人理睬。母亲给我弄点吃的，自己则在一边垂泪。母亲性格鲜明刚强，在婆家受此冷遇，内心愤愤却无可奈何。父亲远在异国他乡的战场上，母亲想找个人诉诉苦都办不到，这成为母亲一生的痛和永恒的唠叨话题。

都说隔辈亲，我却从没享受过爷爷的温暖，这让我终生为憾，或许对我性格的形成也有不小的影响。每当看到那些须发皆白的老者含饴弄孙、老幼皆欢的画面，内心就能感受到一种隐隐的刺痛。我知道，当年爷爷并不缺少逗孙子的欢乐，只不过那些孙子不包括我，被冷落的滋味让我很受伤。

爷爷的表现，父亲心知肚明，因为爷爷认定父亲当兵上了前线，十有八九是不能活着回来了，我和母亲等于是个永久的累赘。所以母亲一说到和爷爷的纠葛，父亲就先矮了半截，谁让他摊上个古怪的爹呢。然而，父亲内心的歉疚终于有机会获得释放，那是三十多年后，弟弟有了儿子，父亲有了孙子，自己当了爷爷后，整天拉着个小车载着孙子玩，成为左邻右舍有口皆碑的佳话。

父亲不再和母亲争吵，他知道说什么都没用，唯一该做的就是把车轮子弄出泥坑。他看了看车上的破东西说："干脆先把东西卸下来，完事再装上。"

母亲说："把东西都卸在泥坑里，以后还怎么用？"

父亲说："我在部队行军时，走不动了就扔东西，除了枪，其他都能扔，那叫轻装上阵。"

母亲则说："部队的东西扔了，国家还给；咱家的东西扔了谁给？以后的日子还过不过了？"

父亲也不说话，把缠在我腰上的绳子解开，他想先把我抱下来。

这时，大白猪又溜到路边吃起了野菜。父亲突然灵光一闪，赶忙到路边薅了一大把野菜，把猪哄骗到牛车旁，从车上翻出一根粗绳子，一头拴在猪脖子上，一头拴在车辕子上，然后用木棍狠敲猪和牛的屁股。牛和猪受惊般地一齐发力，车轮终于滚出了泥坑，没想到车子猛地向前一蹿，我和大铁锅就一同翻滚到车下，铁锅把我严严实实地扣在了车辙的泥水里。

父亲赶忙翻转黑锅，把我从泥水里拽了出来，母亲用路边河沟里的水洗去我脸上的烂泥巴。可惜那时没有相机，更没手机，否则半个多世纪后，说不定会诞生一幅获奖摄影作品。

难题终于破解了，我被重新放在大铁锅里用绳子拴上，花轱辘车轮子又“吱吱扭扭”有节奏地响了起来。

大白猪一路上都是被父亲赶着走，现在被拴上绳子与牛为伍，就十分地不情愿，也完全不熟悉“业务”，不是赖着不走，就是猛地向前一蹿。不过这大白猪还真不赖，属于那种处在风口上或许能飞起来的聪明猪，身在荒郊野岭，自知与人相依为命的重要，经过一阵子的磨合，“业务”竟也渐渐地熟练起来。

我们要去的地方，是个叫作“黑龙江省岔林河农场”的地方，是一九五三年建立的省直属劳改农场。

父亲从朝鲜战场回国后就失业了，一家人开始为前途和命运纠结。赖在爷爷家里，爷爷坚决不许；奶奶劝父亲去农村种地，母亲坚决不从；组织分配个会计工作，父亲坚决不去。走投无路之际，终于有了机会，省劳改机关在县城选拔几名管教干部，父亲被选中。转业军人管犯人，顺理成章，算得上专业对口。这个工作不需要文化，只需要胆量，父亲在部队虽无大功，却也凭着勤劳勇敢获得过几枚小勋章，无论政治条件还是业务条件，管犯人都绰绰有余。况且，去劳改农场算是爷爷、父亲、母亲三方都能接受的唯一出路。

离别县城那一刻，爷爷奶奶都如释重负。踏上通向未来的荒路，父亲似乎信心满满，母亲却是一脸焦虑，感觉自己就是个悬在半空的纸风筝，牵线的却是那个叫作“命运”的家伙。

黑龙江有不少劳改农场。一个新政权刚建立，需要关押的政治犯和刑事犯很多。

为什么很多劳改农场都建在黑龙江呢？理由似乎很简单：一是背靠“苏联老大哥”，自以为安全；二是黑龙江有大片荒地可以开垦，让犯人垦荒种粮，进行劳动改造，算得上一举两得。再说，黑龙江是边疆，发配犯人到边疆也是古已有之的惯例。

父亲被分配到农场的二分场，那里的监狱先建好了，管教干部的住房却不够用，我们被临时安置在距二分场两里路的毛家屯。

我们终于到了毛家屯，这时太阳已经落山，夕阳的余晖映着小兴安岭山下的树丛、庄稼和荒草，小小的毛家屯显得渺小又孤独。

比毛家屯更渺小的还有我们一家三口，不但渺小，还十分搞笑：牛和猪一同拉着个破花轱辘车，我的衣服上沾满烂泥巴，母亲一脸的疲惫和沮丧，父亲一脸的歉疚和无奈。

这个难忘的花轱辘车之行，绝不是我一个五岁孩子的单独记忆，因为在农场经历的一切都与此相关，这一天就成了全家生命历程的一个里程碑式的开端，所以总是被提起，似乎永远也不会忘记。

母亲本来家境殷实，三十年没离开过熟悉的县城。自从嫁给了“山东子”的父亲，生活品质就直线下降，为了生存，不得不迁居寒酸荒凉的毛家屯，不但自己生活极为不便，还连累了我。用现在的话说，就是让我输在了起跑线上，所以在母亲中年的感叹和老年的唠叨中，对这一天总是带着懊悔。

父亲是个不擅长表达内心的人，加之有种歉疚感，所以每次谈起难忘的花轱辘车，他只补充经历过的细节，却从不表达内心感受，他怕刺痛自己。

那一幕，经常不经意间在我脑海里过电影。一九七七年我第一次乘飞机出差，从北京到银川，中途在包头降落一次，那是一架老式的伊尔 -14，机体很小，居然客货混装，一路上都在云层里颠簸，忽上忽下，像一片飘荡的树叶，随时会被大风刮丢或者摔到地上沉入泥塘，我忽然就想起二十二年前坐花轱辘车迁徙的情景。后来每次乘飞机或者坐动车坐高铁，我都像得了强迫症一样，习惯性地想起那辆花轱辘车，在脑海中过电影的一幕幕也从黑白片逐渐演变成彩色片、宽银幕，甚至是 3D 片。可见，对某件事的记忆也会随着个人阅历的不断丰富，逐渐改变它的意义和内涵。每当遇到生活的波折，我的本能反应就是，我是坐着花轱辘车在泥路上开始人生之旅的，一切困难都是命中注定，也一定会有所改变。

三

邻家女孩

一座破旧的三间草房，像个坐不稳站不直的病秧子，歪歪扭扭地戳在毛家屯角落的一处坡地上，比县城爷爷家的三间房差了很远。父母忙着卸车，我站在一边，有一种莫名的恐惧。

我正噘着嘴不高兴，一个小女孩儿却突然从房子里蹿出来，瞪着好奇的大眼睛，像看戏一样看着我们，然后就笑得前仰后合的。瞬间，我内心陌生、孤独与恐惧的乌云就被一阵暖风吹得无影无踪。

那时，人在我眼里是没有男女之分好坏之别的，只有大人和小孩的不同。我被这小女孩儿的笑声给吸引了，她穿的粉红色花衣裳让我感到很亲切，那衣服上印的花和我的差不多；她脚上的花鞋也让我很亲切，和我的花布鞋几乎一个模样。我想：我的鞋是母亲自己做的；她的鞋一定是她妈亲手做的吧。

这座草房的西间住着一户三口之家，中间是公用的过道兼厨房，东间则分南北两铺炕，南炕住着小女孩儿这家，我们住在北炕。晚上睡觉时就在两铺炕中间拉上个花布帘子。

南炕那家的男人姓蓝，是个瘸脚，很少说话，是那种八杠子压不出个屁的老蔫儿；女人小巧玲珑，也不太说话，却总是笑眯眯的，这是我第一次遇到用笑容说话的人。那小女孩儿和我同岁，名字叫小琴，随她妈，也爱笑，一笑，两腮的酒窝一跳一跳的，就像两只蝴蝶在脸上跳舞，眼睛也眯成了小月牙儿。

屋里自然是没有厕所的，晚上外面漆黑一片，没人敢去那个极为简陋的茅房，于是每家都有个尿盆。夜深人静，互相之间都能听见布帘子对面“哗啦啦”撒尿的声音，听见小琴撒尿声以后，我撒尿就特别小心，唯恐被小琴听了去。

早晨起来去茅房倒尿盆是小孩子的活儿，我常常和小琴在倒尿盆时单独相处，这时她便笑一笑，眯着月牙眼，让我先倒。

有一天，我无意中听到小琴和她妈在说话，却叽里咕噜的听不懂，顿时觉得遇到了妖怪，心里很怕，接连两天没敢去倒尿盆。我问母亲，母亲也不明白是怎么回事。我终于忍不住了，就去问西间的男孩。那男孩耳朵边上长了个小肉瘤，就取名叫小桩。小桩比我大一岁，却高出了半个头，长得愣头愣脑的，平时很少和他说话。小桩告诉我，小琴母女是日本人，那个瘸男人是中国人。小桩还告诉我自己一家都是南朝鲜（韩国）人。

什么乱七八糟的！我听后觉得云里雾里一般。

我问母亲，什么叫日本人和南朝鲜（韩国）人？

母亲说都是外国人，我更糊涂了。

因为好奇，我就特别留意小琴，她的笑总让我有一种暖乎乎的感觉，这种感觉能从心口快速弥漫全身，我不再担心她是妖怪了。

其实小桩也挺爱笑的，一笑，鼻子眼里就鼓出两个鼻涕泡，像两个小气球在脸上甩来甩去，我不太喜欢他，担心他是南朝鲜（韩国）妖怪。

北大荒虽然缺少大姑娘，我却在小小的毛家屯遇到了小琴，这个邻家的日本女孩是个真正的近邻，近得只有一帘之隔。倒尿盆时还能单独相处，她依然爱笑，看着她的酒窝和眼睛，我也开始笑。

有次她问我："刚来的时候，你为什么那么埋汰啊？好像从泥坑里捞出来的。"我就告诉她，我是怎么让大铁锅给扣在泥沟里的。

小琴笑得前仰后合的，我心想，有那么可笑吗？再一想，是挺可笑的呀，我就跟着小琴一齐笑，也前仰后合的。

和小琴最密切的接触是挖野菜时。

春天，万物复苏，就算荒僻的毛家屯，也有一番花舞蝶飞的美景。春天，农民种的菜刚长出秧苗，挖野菜就成了家家户户吃饭的一件大事，这大事一般都由孩子们来干。

挖野菜有个大家遵守的规矩，谁先看见的就是谁的，这是个关于所有权的原始规则。

可是，"谁先看见的"界定起来却很难，往往引起争执，甚至动手打架。小桩个头高，动作快，我俩同时看见的野菜总是被他抢先挖走，这时小琴就会帮我说话，她的小脸涨得绯红，月牙儿眼也瞪得圆溜溜的。遇到和小琴同时看见的野菜，她总是让我挖，我却不好意思下手。

一天挖野菜时，我看到一棵很大的"酸沫浆"，这也是一种野菜，不用洗就可以放在嘴里，嚼一嚼就会冒出一股酸酸的、甜甜的水儿。有的人感冒发烧嘴里发苦时，就会到野外去采"酸沫浆"解馋。

小琴也看见了，她还是让我先挖。

我就说："等我挖完了咱俩一块吃。"

"行！"她眼睛又眯成了月牙儿。

没想到，小桩却几步跨了过来，一边哈哈笑，一边用剪刀在"酸沫浆"的根部咔嚓一下剪了下来，装进了自己的筐子里，鼻眼儿里又冒出两个小气球，却被一阵风给吹破了。

我很生气，大声说："是我和小琴先看见的。"

小桩抹了一把鼻涕，大声说："你们看见了为什么不挖，不挖就等于没看见！"说完就要离开。

没想到小琴冲了过去，一把抓住小桩筐里的"酸沫浆"，小桩一挥手把小琴推了个大跟头，我正要去扶起小琴，小桩却一溜烟跑了，原来小琴妈来了。

小琴本来没哭，看见她妈，反倒哭了起来，嘴角一抽一抽的，头上盘起的小辫儿也一抖一抖的。

我对小琴妈说："我去告诉小桩他爸，小桩欺负人！"

小琴妈说："算了，小孩子家家的，哪有那么多事儿，我再给你俩采一棵更大的。"说着就四处寻觅，果然很快就找到一棵，然后一分为二，让我和小琴一起吃。

相处的日子久了，我们和小琴一家的关系渐渐融洽起来。小琴的瘸爸爸也开口说话了，还时不时地说将来要把小琴嫁给我，每次我都是傻笑一下，我不懂"嫁给我"是什么意思，直觉那肯定是件好事。

小琴好像有点懂，她的笑容里总藏着点羞涩。

我家和小琴家是有区别的，我父亲是二分场的干部，母亲常带我去二分场领供应粮，顺便到商店给我买一角钱的"果子球"。那是一种带芝麻的点心，圆形的，又好看又好吃，放进嘴里一嚼，就满嘴喷香，那种香味好像能从嘴里一直弥漫到脚指头。我每次都会留下几个果子球给小琴，她每次拿了我的果子球，都会分一个给她妈吃。她爸虽然没吃到，也会站在一边傻傻地笑，还会朝我点头示意，表达他的感激。

每次看见小琴吃果子球那个开心的样子，我心里都会暖洋洋的，就像是我吃了小琴送给我的果子球似的。现在回想起来，那应该算作一种朦胧的满足感吧。

有一次我给小琴果子球时，她父母都不在身边，见小琴吃得开心，我就问她："为什么你是日本人啊？日本人是什么人啊？"

小琴看着我，愣了一会儿，低声说："我告诉你，你可别跟别人说。"

我点头说："行，跟谁也不说！"

小琴说："我和我妈都是日本人，日本在一个很远很远的地方。"

我问："那你们说的是很远很远的话？"

小琴悄悄地问我："你听见我和我妈说日本话了？"

"听见一次，就是一句也听不懂。"我也悄悄地在她耳边说，其实周围什么人都没有。

小琴说："是妈教我的。"

我问："你爸也会说吗？"

小琴摇晃着脑袋说："他不会。"

我不明白，就追问道："为什么啊？"

小琴脸上露出几分愀然的神色，从嗓子眼儿挤出几个字："他不是我亲爸。"

我很不解地问："为什么不是亲爸？"

小琴又摇晃着脑袋，两根小辫子摆来摆去的，然后就塞进嘴里一个果子球，不说话了。

一天傍晚，小琴和她妈在外面玩游戏，小琴的瘸爸独自在屋里喝烧酒，喝得老脸通红，就走到北炕，对我们打开了话匣子。原来他也是山东人，小时候跟着他爹来到东北，给放木头的把头当短工。因为不懂行，一次伐木头出了事故，他爹被砸死了，他也被砸伤了腿，落下了残疾，直到四十岁还没娶上媳妇。一九四五年抗战胜利时，日本军人死的死，被俘的被俘，丢下不少女人孩子。女人们为了活命就嫁给了那些穷得娶不起媳妇的中国农民。他是一九五二年才娶的小琴妈，小琴的亲爹是谁，他不知道，只知道小琴妈以前还有个儿子，一九四五年被炸死了。

小琴爸说完，我母亲说："我在县城见过日本人，开始还不错，后来，日本人就开始祸害中国人。"

父亲说："什么开始不错啊，那是为了占领咱们国家笼络人心。我那年在哈尔滨拉洋车时，拉过一个日本兵，挎着刀，很凶，我拉着车跑了一身汗，他还嚷嚷着'快快的，快快的'，完了也没给车钱。"

小琴爸却说："日本兵是很坏，可日本娘们儿还是不错的，你看小琴妈，多好的女人啊。"

父亲只好点头，母亲却笑着说："老娘们儿都比你们老爷们儿好，坏事都是你们男人干的，苏联老毛子更不是东西，干的坏事更多。"

又出来个苏联老毛子，我是越听越糊涂，就大着胆子问小琴爸："西屋的南朝鲜（韩国）人是啥意思啊？"

他摇了摇头，憨憨地说："那我可不知道。"

其实，我对什么拉洋车、老毛子的事，听不明白，也不关心，倒是听了小琴和她妈的故事，有一种怪怪的感情油然而生，我说不出那是什么感情。后来长大了，遥想当年，才明白那应该叫同情心。

同情心，应该是对他人的不幸遭遇产生共鸣的一种情感，它不仅是共鸣，也应该包括赞成、支持、帮助等一系列的行动，这是受人的立场、观点和境界制约的。只有共鸣没有行动，同情心就成了一种说辞、一个摆设，甚至是一种装蒜行为。我一个小孩子，对小琴母女的同情心，既没有观点立场，更没有行动；既不需要摆设，也不用装蒜，应该说，那是同情心的初级萌芽状态。

我相信，同情心很多人都会有，那是上天赐予人类的一种天然的高尚美德。只不过，很多人的高尚美德刚刚萌芽就在人间枯萎了，我自己又何尝不是呢！

在毛家屯住了一年，二分场有房子住了，我们要搬家了。

告别毛家屯的情景已然模糊，只记得小琴手里拿着一双花布鞋，是她妈新做的，小琴要送给我，却被父亲谢绝了。

父亲面无表情地说："小孩子不许要别人家的东西。"我争辩说小琴不是别人，可父亲就是不允许，这让我和小琴都很失落。

还记得小琴那眼泪汪汪的脸上，没有笑容，也没有酒窝，也许她能感觉到，分别就是永别，从此再也见不到我了，再也不能一起挖野菜，更不能嫁给我了。

没得到小琴送我的花布鞋，我很不开心，不明白为什么不能要她的东西，她可是真心给我的。我不是送给过她果子球吗？她妈妈不但没阻拦，自己还亲自吃过两回，这个遗憾在我心里埋藏了很久。

几年后我才渐渐知道了中国与日本那些恩恩怨怨。每当看见关于日本侵略军种种罪行的宣传，心里就会想起小琴母女，那心情总是怪怪的。

再后来，凡是有点“海外关系”的都成了罪过，我自然也会想起小琴母女，那心情也是怪怪的。

此时我也懂得了“把小琴嫁给我”是什么意思，心海里便泛起一圈圈涟漪，那涟漪在怀念的微风吹拂下，显得格外美丽，但涟漪总会四散消失的，小琴的影子终于在我心里慢慢消散了。

一九八七年，我当时在深圳电视台工作，曾和老台长王伟一道去日本考察。一天晚餐，我俩聊得很投机，喝了不少清酒。老台长酒劲上涌就早早安歇，我兴致正浓，便独自上街闲逛，结果在东京的新宿街头迷了路，被一个热情的日本女子引导着才回到下榻的宾馆，刚学会几句日本短语的我向她挥手致谢，会几句中国短语的她还之以深深地一鞠躬。一刹那，我忽然心头一热：她该不会是小琴吧？当然，我也知道她不可能是小琴，小琴是会说中国话的。

第二天早上，在日本留学的程晓英夫妇来宾馆探望，王台长便开起玩笑，说我昨晚外出去约会日本小女子，我内心却有一种微微的酸痛，就向他们讲了小琴的故事。

一九七九年曾有部很红的电影《樱》，讲的是日军撤退后留在中国的女婴森下光子曲折的成长故事。程晓英在影片中饰演高雅美丽的女主角森下光子，由此一举成名，成为很多人的青春偶像。由于这个缘故，她到日本留学后，就对日本遗孤的新闻特别关注。听我说了小琴的故事，她就告诉我，一九四五年日本宣布投降后，日本妇女因生活所迫纷纷嫁给了中国人。前几年，由于种种原因，当年留在中国的日本妇女的后代都被允许回国定居，但因有些人缺少在日本现代化城市生存发展的能力，再加上语言障碍、家庭本土成员的冷漠排斥，不少人倍感孤独无助，甚至精神崩溃，跳楼自杀的事也时有发生。

我一时无语。

王台长是个老革命，十几岁便在战场上驰骋厮杀，他沉思良久，忽然长叹一声说："这一切都是野蛮战争的罪过啊。"

对老台长的话，我深以为然。那些手握生杀大权的好战分子出于罪恶的本性，甚至仅为一己之私或逞一时之快，却让千万无辜的生命堕入万劫不复的深渊，真是罪过。

眼前又晃动起小琴的影子，但愿她能有好命好运！

四

温暖大家庭

二分场的新家和毛家屯差不多，也是三间的茅草土坯房，内部格局也一样，东西两间各住两户，用土墙间隔开来，不用南炕北炕之间挂布帘子了，也听不见对方的撒尿声了。中间那间依然是过道兼厨房，安着四口大铁锅。

我家是和沈大夫家一起搬来的，因为来得晚，两家都住北屋。北屋缺少了阳光，陌生感、孤独感就很强烈。

住在朝阳的两户分别是王管教和郑政工。王管教的儿子小狗子比我大一岁，伶牙俐齿，爱说爱闹的；郑政工家有个女儿大丫儿，和我同岁，说话不利索，却爱疯爱笑，胖脸蛋红红的，像两个熟透的大苹果。我们搬来时，小狗子和大丫儿已经成了亲密朋友。沈大夫是个单身汉，自然没孩子，我就显得格外孤单。小狗子和大丫儿在一起追逐打闹，我想参与，他俩却不理我，我就想起毛家屯的日本女孩小琴，不知道我离开后有没有新的小朋友陪她玩。我品尝到了孤独无助的滋味，那种儿时的孤独，其杀伤力不是大人能理解的。

一天傍晚，沈大夫家里忽然飘出一阵奇怪的声音，我从未听到过，只是觉得好听，就不由自主地站在沈大夫家门外。他家的门是关着的，我感觉那奇怪的声音是从门缝里钻出来的，却飘飘忽忽地飞进了我的耳朵，直入我的内心。那种感觉真的无法言表，只觉得那声音很美妙，听着，忽而周身温暖，忽而又倍增孤单，让人想哭。

小狗子和大丫儿也来了，他俩不再打闹，和我一样驻足聆听，也是一脸的惊异。

过了一会儿，那声音戛然而止，我们望着沈大夫的门，都舍不得离开。又过了一会儿，沈大夫推开门走了出来。他看见我们，先是一愣，很快就反应过来，笑眯眯地把我们让进屋里，从炕边小木桌的抽屉里拿出个半尺多长的物件，用一条花手绢包着。他展开花手绢，双手捧着那物件含进嘴里吹吸了几下，那好听的声音就悠然响起。沈大夫停下，把那物件在我们面前晃了晃，笑眯眯地问道："知道这是什么吗？"

我们都把脑袋摇得像拨浪鼓，连说"不知道"。

沈大夫就告诉我们那是口琴，然后问我们好不好听，我们就让他再吹一遍。

沈大夫就认真地吹了起来，我们听得入了神。过了好一会儿，沈大夫停下来，说："这回满足了吧，我吹了好几首歌，有一首叫《友谊地久天长》，是美国电影《魂断蓝桥》里的插曲。"

我们都听不懂，不知道美国电影是个啥东西，也根本弄不懂什么"魂"什么"桥"的，更不明白什么叫"插曲"。

沈大夫对小狗子和大丫儿说："友谊地久天长，就是让你们都做好伙伴儿，不管先来的后来的，都是好朋友，都要一起好好玩儿。"

小狗子像听懂了一样，使劲点了点头，就一把拉住我的手，让我和他俩一起玩。没想到，一个口琴，一曲《友谊地久天长》，竟瞬间把三个懵懂无知的孩子黏在一起，我顿时觉得心里暖乎乎的。

由于孩子们的关系，土坯房里的四户人家很快就变得亲密无间。

农场是个县（团）级单位，人员构成却很简单，主要就是管教干部、后勤服务人员和犯人。

我们这四家，男人都是干部，媳妇称为家属，只有王管教的媳妇是护士，也算是干部。

据说，“干部”一词本是外来语谐音，有人说来源于日语，有人说来源于俄语，也有人说来源于法语。我不想深究它的来源，只知道我们国家使用“干部”一词由来已久，使用范围极广，含义也比较复杂，但有个最基本的意义，就是用来和“人民群众”相区别，所以才有什么“干群关系”“联系群众”“和人民群众打成一片”等诸多说辞。这些说辞都是用来约束干部的，这种约束，自然就让干部高人一等，内心充满自豪感，群众嘛，也就自觉身居下位。

四户人家都是干部，自豪指数相当接近，上下班时间一致，做饭时间一致。当四口大铁锅同时蒸腾起热气，灶坑里也冒出缕缕青烟，把个做饭的小环境弄得烟雾缭绕如同仙境，各家的女人就像腾云驾雾的仙女一样。但各仙女厨艺不同，菜式不同，大铁锅里飘出的香味也不同。单身的沈大夫家里没有仙女，自己做饭就显得有点笨，有时就干脆不做，其余几家就分别送给他一点。作为回报，他就会操起口琴，在蒸腾的热气中给大家吹上一曲。

我和小狗子、大丫儿听惯了沈大夫的口琴，这时就不再驻足聆听，而是在雾气中追逐打闹，还会到各家的锅前去闻菜香。做好饭菜，仙女们会互相交换一点，每家的餐桌上都蛮丰盛的。

王管教和媳妇赵护士都是东北坐地户[①]，说话都大嗓门，像开机枪似的。郑政工是江西人，说话有点结巴，媳妇是四川人，也是大嗓门，说话尾音带拐弯，像唱戏似的好听，做的菜也最好吃，辣味掺着香味，辣香辣香的。

晚饭后，干部们偶尔出去开个会，大部分时候是轮换着串门聊天吹大牛。

那时，“吹牛”一词没有任何贬义，是用来夸奖某些人口才好会讲故事的专用语。有些人经不起夸，很快就走上了因言获罪的倒霉之路，但此刻，还是吹牛的大好时光。

二分场没有电灯，在煤油灯下吹牛，看不清人脸，但声音里都闪动着每个人的丰富表情。大家直吹到煤烟满屋，呛得咳嗽不止才结束。吹牛是男人的活儿，到谁家吹，谁家的媳妇就去炒一簸箕瓜子，男人们一边嗑瓜子一边吹，孩子们都听得目瞪口呆的。王管教嗑瓜子速度最快，一边吹着牛，一边让瓜子皮毫无影响地从嘴里飞到地上，要是哪天喝了点酒，王管教的话匣子一打开就再也关不住。郑政工本来就有点结巴，王管教吹牛时，他想插话却插不上，越着急就会越结巴。

王管教在部队当的是文艺兵，会说快板书，他不是吹自己的快板书如何鼓舞了部队士气，就是吹那些文艺女兵如何漂亮，好像部队打胜仗都是靠他的快板书和漂亮女兵唱的歌。他每次吹漂

① 本地居住民。——编者

亮女兵吹得最起劲时，他那漂亮的媳妇赵护士就会揪着他的耳朵把他强行带离现场，那场面实在是好玩。

沈大夫没在部队干过，就没什么可吹的，要靠大家帮他吹，不过翻来覆去吹的也就是一件事：某次沈大夫给一个犯人做阑尾炎手术，因手指头太短，总也够不着阑尾，麻药劲儿一过，就痛得那犯人哭爹喊娘地惨叫。这故事每次吹的版本都不太一样，沈大夫也不辩驳，只是红着脸讪笑。

记得有一次，王管教又拿沈大夫做手术的事吹牛，郑政工就让沈大夫伸出手让大家看。沈大夫无奈，就把双手伸出来做投降状，却满脸臊得通红。沈大夫的手白白净净、细皮嫩肉的，就是手指头出奇地短。手，成了沈大夫内心的痛，只是大家都不拿自己当外人，也没人会顾及对方内心的感受。那时候的人似乎也没那么多的内心感受，拿人短处取笑，效果才会更好，这是那年月小地方人亲密关系的一种体现方式。以后每次沈大夫吹口琴时，我都特别注意他的手，他就会有意无意调整一下自己的角度，把手掩藏一下。后来父亲说，沈大夫是个大学生，在学校谈了个对象，就是因为手指头短，谈来谈去的就谈黄了。他很伤心，从此再也不谈对象，还学会了吹口琴。难怪，沈大夫夜晚吹口琴时，我听了会觉得有那么一丝不舒服，这种不舒服只不过是一种本能反应，后来才明白，他吹出来的是一种深沉的忧伤。

四家人互相串门是从来不用敲门的，到谁家去，推门就进，这表示互不见外。有次王管教推开郑政工家的门，恰巧郑政工和媳妇正在炕头上亲嘴儿，还都是一身短打扮，露胳膊露腿儿的，被王管教弄得惊慌失措，一时无处藏无处躲。

慌乱之中，郑政工解释说：“天有……有点冷，我俩就是暖……暖和暖……和。”

王管教发挥了他的吹牛天分，把这点事儿吹得人人皆知。当着我们小孩子也毫不避讳，把那亲嘴的动作学得惟妙惟肖，还时不时地问郑政工：“今天你暖和了没有？”

亲嘴也能暖和？我觉得郑政工两口子有点奇怪，有一天竟去问大丫儿，她却伸出右手食指刮着自己又红又胖的脸蛋，说：“没羞没臊，没羞没臊。”吓得我再也不敢问了。

转眼间到了元旦，不知是谁提议的，吃晚饭时，大家都把饭桌子搬到外间，拼凑成个大桌子，每家的饭桌子大小高矮形状都不一样，大桌子就拼凑得奇形怪状，各家做的菜式也都不同，摆了满满一桌儿，琳琅满目的。王管教喜欢喝酒，家里存货不少，他献出一瓶老白干，还提议，不分男女，每人都要干上几杯。

那天，王管教最活跃，吃完了饭，他提议搞个大家庭文艺晚会，四家有三家赞成，只有我的父母不积极，因为他们都没有文艺细胞。

赵护士唱了一首《东方红》，银铃一样好听。

沈大夫掏出口琴吹了两曲，除了那首《友谊地久天长》，还吹了一曲新的，很好听，可大家都没什么文化，除了小屁孩儿，就是大老粗，都听得云山雾罩的。会唱《东方红》的赵护士也听得似懂非懂，沈大夫只好自报家门，说那曲子叫《莫斯科郊外的晚上》。

郑政工结巴着说：“什么早……早上晚……晚上的，还是听我讲……讲……讲个故事吧。”他就结结巴巴讲了个笑话，内容一点也不可笑，倒是小狗子结结巴巴地学了他几句，逗得大家哈哈大笑。

王管教逼着父亲唱歌。无奈，父亲像去年在路上赶猪那样，胡乱吼了几句："北大荒，真荒凉，又有兔子又有狼，就是缺少大姑娘。"

表演节目是王管教的拿手好戏，他从屋里拿出一副"呱嗒板"[1]，说："我自编自演，来一段快板书，听了不许笑。"

他看了一眼郑政工两口子，坏笑一声，就一边打"呱嗒板"一边说了起来：

打竹板，呱嗒嗒，
咱家有个大结巴。

郑政工知道他要拿自己开涮，就结巴着骂他："我就知……知道你狗……狗……狗嘴里吐不出象牙！"

王管教更来劲儿了，继续表演，还时不时地学着郑政工的语调，穿插上两句结巴话：

大结巴，真有趣儿，
猫在炕头亲……亲……亲那个嘴儿，
不擦胭，不抹粉儿，
露胳膊，还露……露……那个露大腿儿，
要是以后再亲嘴儿，
让沈大夫给你配个曲儿。

① 竹板。

那段日子过得真是开心温暖，后来每当和别人有了点小摩擦，或者来了运动闹得人和人关系高度紧张时，父母就会翻出那段旧事，说一房四户在一起过得如何快乐，心里如何暖和。几十年后，父母老了，就更喜欢怀旧，喜欢感叹人生，翻来覆去提起那段日子，有时父亲还用王管教的腔调，说上两句快板书："打竹板，呱嗒嗒，咱家有个大结巴。"

老人说话容易重复，每次说的都差不多，就像小孩子让大人讲故事一样，喜欢反复听同一个故事。母亲总是不厌其烦地说："那时候人和人都亲着呢，可不像现在，不是吵架，就是不说话，像谁欠了谁八百吊似的。"

每次母亲说出这话，父亲都会呼应着说同一句话："唉，世道变了。"

每当这时，我就会想起沈大夫，仿佛还能听到他那悠扬的口琴曲子，耳边也会响起他对小狗子和大丫儿说的话："不管先来的后来的，都是好朋友，都要一起好好玩儿。"

"一起好好玩儿"，说起来容易，做起来却很难，每念及此，我也会像年迈的父亲一样叨咕一句："世道变了，大家不是一个阶层的，又都各顾各，再也玩儿不到一起了。"

五

可爱当兵的

二分场有一个排的驻防部队，任务就是看守犯人。

驻防部队是我们安全的保障，也是男孩儿们快乐的来源。但我无论如何也想不起来，他们究竟叫“武警”还是叫“公安”，我们一律称他们是“当兵的”。

后来得知，那几年，农场驻军所属的部队经历了多次改编，先后被称为“公安部队”“公安军”“人民武装警察”。每次改编，具体领导归属也很复杂，有时划归部队，有时划归公安部门，还有中央直属和地方管辖的区别，罗列起来实在是很复杂。

此刻的驻军应该叫作“中国人民解放军公安军”，其实，一个小小的二分场，叫驻军是“当兵的”再合适不过了，简单明了，易记易懂，也符合小孩子的语言习惯，叫起来上口。

男孩子和当兵的都玩得很好。驻军的操场是分场最平整最热闹的地方。当兵的上岗时，我们就跑到操场去玩战斗游戏；他们打篮球时，我们就在球场周围一边捡球一边起哄。大家都拿着个口哨模仿着裁判员吹，慢慢地，我们也摸清了裁判员的那点套路，遇到该吹口哨时，操场四周就会同时响起一片哨声，吓得树上的麻雀都呼啦啦地一起飞走，犯规的球员就被弄得很狼狈又很搞笑。有时，孩子们的哨声就是胡乱吹的，球员们弄不清哪声哨音是裁判吹的，哪个是我们瞎吹的，就会造成场上双方的争执，引起一点混乱，等弄清真相后大家才一笑了之。当兵的也不生我们的气，顶多是甩出一句“这帮熊孩崽子！”

这么一闹腾，反而增加了篮球场上的热烈气氛。有时候，驻军组织篮球赛，排长还特意嘱咐一句：“去，把那帮熊孩子都招呼来，助助威！”

我最羡慕那些当兵的穿的鞋，和母亲自制的鞋一比，人家那才叫真正的鞋。夏天是解放鞋，就算走在泥路上，脚下也是有节奏的“啪啪”声。冬天他们穿的是“大头鞋”，皮面胶底，踩在雪地上，声音跟我的鞋就不一样。我穿的鞋踩在雪地上是“扑哧扑哧”地响，当兵的那是“咔嚓咔嚓”地响。尤其操练时，他们脚下的声音就响得更有节奏，简直威武得不行。

有一次，有个当兵的看我总是盯着他的鞋目不转睛地看，还问长问短的，就要送给我一双解放鞋。我没要：一是因为我的脚太小；二是也怕父亲训我。

那些当兵的总是换不同风格的帽子，忽而解放帽，忽而船形帽。不知谁给船形帽起了个外号，叫“牛逼帽”。我们都觉得牛逼帽很难看，最难看的就是那帽子歪戴在一个矮胖子的头上。那矮胖子是个炊事员，本来就有点散漫，他们列队出操时，我总是站在一边盯着那个矮胖子，想象着那牛逼帽被大风吹走会是个什么样子。

矮胖子发现我总是盯着他看，以为我喜欢他，以后每次发现我看他，他就对我挤挤眼睛笑一笑。他的笑模样很憨厚，我就更觉得他的牛逼帽很滑稽。

又有一次，当兵的列队出操结束，那矮胖子走到我身边，笑着问："你总看我干啥，是不是看我长得太胖？"

我指着他头上的帽子说："你的帽子真好玩儿。"

他憨笑着说："好玩，那我想办法给你弄一个。"说完，他把帽子摘下来戴在我头上，还从上衣口袋里掏出个小圆镜子递给我，那小镜子跟一个小土豆般大小，却能映出我整个脑袋。我还是第一次照镜子，发现自己脑袋上戴着个牛逼帽，样子滑稽得不行，不好意思再看，却又看了两次。那胖子看我喜欢，就把小镜子送给了我，我怕父亲知道，就摆手谢绝，胖子挥手挡开我的胳膊，把小镜子硬塞进我兜里。

从此我就成了胖子的小朋友。我称他"胖哥"，他叫我"小家伙儿"。

有一次遇到胖哥去挑水，他边走边叫我："小家伙儿，来！"

我就随他去了井台，那口辘轳井是二分场唯一的水源，有几十米深。有时打水要排队，大家就借机聊天吹牛，井台成了个小小的公众场所。到了冬天，井台上结满了冰，大人们就不允许孩子去井边玩耍。

那天不知为什么，只有胖哥一个人打水，我本想听他吹吹部队的牛皮事儿，他却歪戴着牛逼帽，站在辘轳井沿上给我表演他的绝活儿。他从井里打上一"柳灌斗"水，倒进他自己的水筲，把空柳灌斗放回井里时，不像其他人那样，用手握着辘轳把儿一圈一圈摇着慢慢地放，胖哥玩的是大撒把，让辘轳把儿飞快地转。每转一圈，他用手轻轻地碰一下那辘轳把儿，胳膊上的肌肉疙瘩就一跳一跳的，瞬间，那柳灌斗就沉进井水里。我很是羡慕，可没想到，胖哥为了解释他的绝活儿，低下头，让我看沉到井底的柳灌斗，结果他的牛逼帽一下子掉进了井里。为了把帽子捞上来，胖哥多打了十几次水，打上来，倒掉，再打，再倒，可那牛逼帽就是死活不露面。

胖哥红着脸对我说：“我说小家伙儿，这下出事儿了，等着挨剋吧。”我觉得很对不住胖哥，却不会说什么安慰的话。

胖哥又说：“这帽子是跟苏联老大哥学的，真是一点也不好戴。”

戴个帽子也跟人家学，为什么呀？我不懂。

过了几天，胖哥找到我，递给我一顶牛逼帽，说：“排长没剋我，还给我发了个新的，这个送给你。”

胖哥见我一头雾水，解释说：“这是掉井里那个，昨天碰巧让我捞上来了。”

我不知道胖哥为了捞帽子又打了多少次水，既然排长给他发了新帽子，他为什么还要去捞这个旧帽子，原来是为了送给我！一股暖流在我心里流过，我赶紧接过帽子戴上，掏出小镜子照了照，心情一变，就觉得那牛逼帽还蛮好看的。

若干年后我才知道，其实那船形帽也不是跟苏联学的，而是国际上比较通行的军帽。解放军从一九五五年开始穿“55 式”军装，夏季都戴上了船形帽，但那时电影上戴船形帽的，不是美国鬼子就是国民党反动派，在人们心中都不是好人，所以看自己军队也戴上了船形帽，大家就感觉怪怪的。据说这种船形帽也让部队战士很反感，结果在一九五八年七月基本被取消，成为军队历史上寿命最短的军帽。

我记得胖哥是江西人，老家在井冈山脚下，却一直没问过他姓什么，叫什么名字，也记不清他送给我的小镜子和牛逼帽什么时候弄没了，甚至记不清他什么时候离开农场，可他那憨厚的样子却时常在我脑海里跳出来，特别是他在井台上表演绝活儿把帽子掉进井里的情景。连带着，我也能记起在小镜子里看到的自己，那个戴着牛逼帽的样子，简直和胖哥有一比。

那年月，在小地方或乡下，没什么文化的父母很少和孩子交流沟通，没几个当爹当妈的懂得孩子的心理需求，能让你吃饱穿暖的父母就是尽责的好父母，不搞家暴的父母就是温暖和善的亲爹娘。小孩子也没有从父母那里获取心灵慰藉的心理需求，友谊所带来的另一种温暖，只能在其他小朋友那里获得，所以我结识了胖哥，就有了一种全新的感受。他带给我的不仅是快乐，还有温暖、自豪、信任和安全感。他还教了我不少知识，满足了我的求知欲望。关于军帽，关于解放鞋、大头鞋、小镜子，关于江西，关于井冈山，这些都是父母很少讲的，即使讲了，也没有从胖哥嘴里听来的那种新鲜感，没有那种平等的交流感。

当兵的都是值得交朋友的好人，我真心喜欢当兵的，这是我与胖哥交往的最深感受。

若干年后，我读大学时参加了一个月的军训，和一个军人结下一段友谊。他姓李，是驻河北清风店原三十八军某部指导员，长得很像当年的胖哥，不同的是，李指导员口才极好，讲政治讲军事都有一套。两年后我去部队看望他，他恰巧不在，他的搭档王连长便热情款待我，还带我参观了营房和靶场。

有趣的是，王连长也长得很像胖哥，我就问他有没有亲戚当年在黑龙江当兵，他不明所以，想了想，就摇头，我不禁有点失落，胖哥在井台上打水的样子又在眼前浮现。我想，假如胖哥没有复原转业，现在应该当了营长团长了吧，如果胖哥真当了营长团长，就不用戴着牛逼帽去挑水了，可他还会像以前那样对我好吗？

一九八一年，我曾有二十一天的美国考察之行。有天在纽约街头，我突发奇想地邀请一个高大威猛的街头巡警合影，他竟欣然应允。回国后，我几次试图邀首都街头的警察合影，终究没敢造次。

在内心，我是把警察、军人和官员划为同类的，他们都是国家权威的象征，如果他们是好人，远比百姓是好人重要得多。

记得一九九二年，我早已在深圳电视台工作。一次，我陪央视一位老友外出采访，在通过“特区二线”检查站时，几十辆车犬牙交错拥挤不堪地抢着通过闸口。我后面是一辆军车，硬生生从我的车旁挤过，几乎是故意地把我的车剐蹭出一道长长的伤痕，我和央视老友都很恼火，开车的军人却像没事人似的，瞥了我们一眼就要离开，我对那军人说：“你不用嚣张，我们会跟着你去部队，找领导投诉你！”那司机歪戴着军帽，一脸傲慢地嚷着：“好啊，随便，算你有胆儿。”说罢绝尘而去。刹那间，我就想起农场的驻军，想起胖哥，想起和他们之间那些暖暖的往事，心里不禁翻江倒海，很不是滋味。于是把车停在路边，思忖再三，默默掉头返回。算了，别和当兵的打架了，他们曾是我心中最温暖的人。

可这类事，后来却越见越多，越听越邪乎，直到后来出了谷俊山、徐才厚、郭伯雄的事儿，我心中升起一缕希望之火，默默祈祷，但愿这希望之火不会再度熄灭。

一九九九年，我曾去军事科学院采访两位将军，负责接待的是罗大校，做准备工作时发生个小小的尴尬：有个沙发估计是很久没人坐过，罗大校试着坐了坐，没想到沙发竟歪倒一旁，原来是有条腿坏了。接受访问的将军尚未到场，这点尴尬也算不上大事，罗大校却羞得满脸绯红，向我解释道："不好意思，军费拮据啊。"一刹那，竟有种莫名的温暖充满心间，我对这位罗大校充满敬意，这是个把军队和个人荣辱视为一体的军人。我脑海里电光石火般闪出所有关于军队的记忆，有战士、有军官、有温暖，也有怀疑甚至冲突，但那一切，瞬间凝结成一种希望和信任。

罗大校就是后来鼎鼎大名的罗将军，尽管社会上对他有些争论，但我相信，他起码是位值得尊敬的好军人。

没有一支好的军队，我们长久的温暖又从何谈起呢。

六

温情赵支书

二分场规模不大，麻雀虽小，五脏也算齐全，有号称医院的诊所，有碾米磨面的米厂，有卖小百货的商店，最热闹的地方是那个俱乐部，人们的许多快乐都和俱乐部直接相连。

俱乐部里有个小小的舞台，台下是几排长长的木板垫起来的观众席。

俱乐部的一大功能是开大会，开会时能站在舞台上的只有一个人，那就是赵支书。他是二分场的最高领导，也是部队转业干部，上过战场，真刀真枪耍过。那时他还不到四十岁，笔挺的身板，瘦削的脸颊，表情总是很严肃，一副不苟言笑的样子，让人有点怕怕的。

一次在家里谈起赵支书，父亲说，他就是不爱说话的性子，其实很和善。

听父亲这样说，再玩耍时看到赵支书，我就很留意看他，发现他的确够和善的，就主动叫他一声“赵叔”。赵支书听了，不再严肃，笑一笑，叫我一声“小坛子”[1]，我就感觉周身温暖，走

① 取谭姓谐音。——编者

起路来都觉得带劲儿。

俱乐部还有个功能，就是犯人演京戏。每次演戏母亲必带我去看。我很喜欢看舞台上那些穿盔戴甲的武将，他们头上插着长长的野鸡毛还能耍花枪翻筋斗，那花枪耍得十分厉害，筋斗翻得人眼花缭乱，但我不喜欢那些男扮女装的角色，一听他们咿咿呀呀地唱起来，瞌睡虫就开始捣乱。母亲在县城是常看戏的，她说犯人演戏的水平远远超过县城的剧团，那些男犯人演起女人来，也比县城的女演员强很多。

母亲也会给我讲讲戏里的故事和人物，母亲的历史知识基本是在县城看戏看来的，带有很浓的"戏说"成分。我虽然不懂戏，但那些反抗朝廷对抗官府或反抗封建婚姻的故事，却给了我不少影响。我最初的历史知识，也是看犯人演戏看来的，不但鸡零狗碎，还十分不靠谱。

看戏也让我懂得了"人外有人，天外有天"的道理，犯人堆里也有能人。

那时候，虽有干群之别，但人们的"等级感"还比较淡薄。每次在俱乐部开大会，除犯人以外，人人平等，谁都可以参加，也包括大大小小的孩子们。先到场的坐着，后到场的没座位就在一边站着。男人们边开会边抽烟，女人们边织毛衣边听会。开大会成了人们生活中一件很开心的事。每次开大会，分场最高领导赵支书都要坐在舞台上做长篇报告，把他的领导给他讲的内容，尽可能完整地转述给大家。每次报告都是先讲国际形势，把乱糟糟的世界讲个遍，从一天天烂下去的美国总统艾森豪威尔，讲到气息奄奄的南朝鲜（韩国）总统李承晚，然后是一片大好的国内形势，越来越好的农场形势。

舞台上有个小小的讲桌，那是赵支书专属的宣传阵地。

直到现在，我还十分佩服那个年月的宣传方式和组织方法。上面要干某件事，一定会贯彻到每个组织每个人，一竿子插到底，让你不能不心甘情愿地卖命去干，干了也没什么回报，没回报也觉得自己是为国家干的，为人民干的，甚至是为全人类干的。

赵支书口才不是很好，讲话时往往说完上一句，下一句就变成“这个这个这个……啊”，那个“啊”字的尾音是向上扬的，那是领导的习惯用语，也是领导派头的体现，既有一种威严感，又能赢得几秒钟的思考空间。

大家听赵支书的报告一般都很安静，包括大一点的孩子们。但每次讲到艾森豪威尔，台下就会响起一片笑声，不懂美国人的名字为什么那么长。讲到李承晚，也会有人笑，觉得那外国人居然姓李，姓着中国人的姓却跑到外国去当总统，简直就是个大叛徒。大家都没什么文化，赵支书也不过是照本宣科，所以人们听国际形势就像听《三国演义》一样，听国内形势也相当于听《水浒传》，只是觉得好玩。只有听到农场形势，才回到现实，并对未来的美好生活充满了向往和期待。

有一次开大会，我听不懂赵支书讲的艾森豪威尔，就溜到外面去玩，玩着玩着就玩到了舞台的后门，从那里可以看见赵支书讲话的背影。突然我就觉得很渴，然后就看见赵支书的讲桌上有一个搪瓷缸子，我知道缸子里有水，不禁喜出望外，运了运气，就蹑手蹑脚走了过去。走到讲桌前，也没看赵支书一眼，就从他的腰际把手伸过去端起缸子。果然里面盛满了水，不凉不热的，我一仰脖，咕咚咕咚把水喝了个一干二净，放下杯子时才仰头看了看赵支书，他正看着我发愣。我扫了一眼台下的众人，大家似乎都目瞪口呆，我也顾不了那么多，反正是不渴了，一转身，得意而去。

晚上回家，父母联合起来把我收拾了一顿。

父亲说："你今天可真是丢人现眼，你昏头了？敢喝赵支书的水。"

我不服地反问："他能喝，我为什么不能喝啊？"

母亲说："那是领导的水！"

我还是不服地问："领导的水就不能喝？"

父亲说："当然不能喝，都去喝领导的水，会场还不乱套了，领导喝啥？"

我觉得很奇怪，就说："他再倒一缸子不就行了？"

父亲说："不是倒不倒一缸子的事。"

我不解地问："那是啥事？"

母亲解释说："领导多没面子啊。"

父亲又说："你喝水的时候，赵支书在台上看了我一眼，我羞得差点没找个地缝钻进去。"

我还是有点不服气，说："不就一缸子水嘛，赵叔又不是外人，他每回见到我都笑，还叫我小坛子。"

父亲说："平时他是你赵叔，今天是开大会，他站在台上，就是大家伙儿的赵支书，是二分场的领导。"

我又不解地问："赵叔台上台下还不一样？"

父亲叹了口气，用很失望的口气说："你怎么啥都不懂呢？"

母亲看我这个样子，知道和我讲道理没用了，就放了句狠话：“以后再干这种事，我揍死你！”

母亲是个说到做到的人，这下我真害怕了，晚上就做了个噩梦，梦见路上遇到赵支书，他一把揪住我的耳朵，厉声喝道：“为什么要喝我的水？我是大家伙儿的赵支书！我是二分场的领导！”

第二天我在路上还真的遭遇了赵支书，我转身想跑，却被他叫住了。我低着头不敢说话，他却没一点发怒的样子，还笑嘻嘻地拍了拍我脑袋，说了句：“小坛子，你真行。”

瞬间，我的害怕一扫而光，心想，还是父母想多了，人家赵叔才没那么小心眼儿呢。

后来参加了工作，尤其是进了大城市，自己当了个小官儿，和不少上司儿打过交道，也见过一些大官儿，才终于明白，还真不是父母想多了，而是我想少了。我遇到的不都是赵支书，不都是赵叔，因为对领导缺乏十分的尊重和百分的恭顺，我也吃过亏。每当这时，我就想起当年偷喝赵叔一杯水的事，还会匪夷所思地想，假如当年赵叔不那么温情，而是对我怒不可遏，甚至一脚把我踢到台下去，我痛了，就会长记性，让我对各种大大小小的权力能有敬畏之心，也许我的人生之路就会改写。

儿时的温暖也会衍生出副产品，谁说不是呢！

七

斗　熊

都说北大荒“又有兔子又有狼”，但在我的记忆中，好像黑熊比狼要多。

夏天的一天，有只黑熊不知是饿得慌，还是闲得慌，光天化日下竟大摇大摆地逛进了二分场，这在二分场历史上可是头一回。

那是个响晴[①]的天，风不吹树不摇的，因为是中午时分，大家忙着做饭吃饭，外面人不多，场里一片安静。

弄不清那头黑熊是从哪里进的分场，曾到哪里逛过，只知道它遇到的第一个人是“王铁匠”。

说起王铁匠，也算是二分场一个大名鼎鼎的人物，打铁是他壮年时代的营生，如今已是六十开外的老头儿，一张脸像是自己用铁打出来的，铁黑铁黑的。黑脸上留着《三国演义》里关老爷那么长的胡子，只不过是纯黑的。黑胡子黑脸连在一起，更黑得威武吓人。他的一口牙却洁白洁白的，张嘴一笑，那牙就白得有点瘆人。说话的声调也极富特色，筋筋道道的，有点像后来舞台

① 特别晴朗的天。——编者

上的赵本山。语速不快不慢，字正腔圆，他像那年月所有的下里巴人一样，喜欢说粗话，口头禅是“他妈了个巴子的”。

这王铁匠面相虽威严，却是个活宝。俗话说，世上有三苦，打铁挖煤磨豆腐，王铁匠就是在艰苦中练成了幽默搞笑的好性格，

他白话起自己的故事，常常让人分不清是纪实的还是戏说的。最奇特的是，他一个老头子的周围，总是围着一群像我这般大的孩子，缠着他讲故事。他的故事荤的素的都有，用现在的话说，我们都成了他忠实的粉丝。他能吸引众多“童粉”，还有一个硬条件，他是二分场唯一持有猎枪的人。他管那猎枪叫洋炮，据说是他自己亲手打造的，主要用来打飞禽。

那天，他却遭遇了走兽。

王铁匠吃完午饭就操起了猎枪，大概是想找“童粉”们吹吹牛。黑熊正在农场里悠然自得地散步，王铁匠一出门就遇上了黑熊。

“哟嗬，妈了个巴子的，不知死活的玩意儿，还敢往枪口上撞，你等着。”王铁匠自言自语了一句，眨巴眨巴眼，定了定神，身手敏捷地给猎枪填上了火药。

没想到，战斗进行得极为简捷。黑熊突然冲过来，先是一巴掌打飞了王铁匠的猎枪，第二巴掌就打飞了王铁匠本人。不过那黑熊倒也仁义，没继续攻击倒在地上发抖的老铁匠，竟悠然自得地离开了。

第二个遭遇黑熊的，是和我同龄的两个男孩，都长得胖乎乎的，一个姓范，人称“范小胖子”，另一个姓赵，人称“赵小胖子”。这俩小胖子是邻居，一起出门打酱油回来，没想到却与黑熊相遇。有趣的是范小胖子，他不认识黑熊是个什么动物，不认识也就罢了，居然玩心大起，凑上去，摸了摸黑熊那闪亮的黑毛，

还扭住一撮熊毛，想骑到熊背上去，他一定是把黑熊当成小牛犊子了。那黑熊说不清是反抗还是和他玩耍，一闪身，很随意地回敬了一巴掌，扇得范小胖子就地转了两个圈就吓得暂时性失忆了，两天后他才恢复记忆。不过那黑熊毕竟仁义，对范小胖子下手很温柔，范小胖子挨了熊掌竟毫发无损，既没逃跑，也没哭，蒙在那里，看上去倒是一副淡定自若的样子。

赵小胖子就不同了，他认识黑熊，看黑熊扇完了范小胖子，知道下一个该轮到自己了，不知他想起了电影里的英雄，还是想起了自己的英雄爹，总之他突然就来了神儿，把手里的酱油瓶子像甩手榴弹一样甩向了黑熊。酱油瓶在黑熊脑袋上碎了，酱油四处飞溅。其实那头黑熊还没成年，算是个“少年熊”，被酱油瓶子一炸，竟也玩心大起，潇洒地朝着赵小胖子扇了一巴掌，没扇着，估计是酱油迷了眼。这下赵小胖子害怕了，转身撒丫子就跑，他的腿居然还听使唤。

这赵小胖子的父亲也是在部队里干过的，赵小胖子也就喜欢舞刀弄枪的，据说家里的木头枪有长有短的好几把，因此他和当兵的来往很频繁，尤其和一个射击能手关系密切。那射击能手姓马，外号“神枪手”，赵小胖子自豪地称他“马哥”。

赵小胖子不由自主地跑向了军营，去找他的马哥。黑熊则傻乎乎、屁颠屁颠地尾随着赵小胖子。这下，黑熊的悲剧就注定了。很快，赵小胖子就跑到了当兵的操场。恰巧，那天有两个站岗的，其中一个就是赵小胖子要找的神枪手马哥。

看见马哥，赵小胖子大喊：“马哥，救命啊！黑瞎子！”

马哥一愣，随后就看见了那只黑熊。这马哥本来就是个愣头青，还眼尖手快的，不由分说，抬手就是一枪，子弹钻进了黑熊的肚子，鲜血立刻喷溅出来。这下黑熊急了，立马翻脸，嚎叫着扑过来找马哥拼命。另一个站岗的也是个快手，抬手就补了一枪，也打在了黑熊肚子上，这下黑熊幡然醒悟，知道遇上了强劲对手，不再和马哥计较，掉头就向场外的草地逃窜。

马哥也不站岗了，黑熊在他眼里就相当于越狱的犯人，他喊了几嗓子，军营里又冲出几个当兵的，提着枪，朝黑熊追了过去。

有马哥壮胆，赵小胖子也紧跟在后面。

这一闹腾，分场沸腾了。人们纷纷放下饭碗和手里的活儿，跑出门看热闹，男孩子们也不顾父母的劝阻，都朝场外的草地跑去。

那黑熊很顽强，肠子都从肚皮里流了出来，它居然能继续狂奔。

终于，黑熊力尽，倒地身亡。几个当兵的拖着黑熊的尸体原路返回。男孩儿们就像黑熊是自己亲手打死的一样，脸上挂着自豪的微笑跟在后面，尤其那赵小胖子，紧跟在马哥的身后，满脸的得意，连裤裆都在笑。

这只黑熊应该就是教科书里说的“亚洲黑熊”。

亚洲黑熊的嗅觉很灵敏，视觉却很差，所以在黑龙江被称为“黑瞎子”。

黑熊是杂食性动物，最喜欢吃的都是植物，很少主动攻击人类，更不会像狼一样，吃人还要吃得血腥残忍。黑熊可以像人一样直立行走，也能像人一样坐着，动作憨态可掬，加上它还有一手绝活，能爬到很高的树上去吃果子和蜂蜜；吃了蜂蜜以后，还常常把舌头伸出来，等那些喜欢甜食的蚂蚁爬满舌头，就像玩游戏似的把舌头轻轻缩回，享受一顿蚂蚁大餐。

所以我们那时虽然也害怕黑熊，却并不讨厌这种有趣的家伙，还能讲出不少人和熊之间的好玩故事。

好长一段时间，黑熊事件都成为大人孩子们热议的话题，不同版本的故事满天飞。很不幸，这次大战黑熊的全过程我都不在场，我之所以能把这件事详细写出来，也是综合了各种版本的结果。

这个熊故事对分场的人们，对我，都产生了深远影响。

首先，王铁匠被黑熊一巴掌打飞猎枪那一幕，恰巧被一个快嘴快舌的人看见了，并进行了添油加醋的传播，从此王铁匠就像关公走了麦城，拿破仑遭遇了滑铁卢似的，锐气大减，吹牛力度大不如从前，身边的“童粉”也纷纷掉线。大家感觉王铁匠说话没以前那么筋道了，甚至胡子都没那么黑，牙也没那么白了。王铁匠的变化又变成了新的故事，成为人们茶余饭后的笑料，这个结果让王铁匠很意外也很无奈，他没办法恢复往日名誉，只能不服气地骂几句“他妈了个巴子的”。

范小胖子、赵小胖子的“威望值”却噌噌噌地往上蹿，大家惊讶于范小胖子敢于主动摸熊的胆量，为他被熊扇一巴掌后的“沉着冷静”而喝彩；大家更为赵小胖子敢于用酱油瓶子打熊而竖起大拇指。男孩儿们内心似乎都有个渴望，最好再有几只黑熊到场里来逛逛，或者干脆来为“死者”报仇，然后自己也能遇到，也能被安全地扇上一巴掌，也能如此淡定从容，甚至能用木头枪、弹弓子和黑熊搏斗一番。

可见，英雄情愫来源于男人的天性。

其次，人们似乎悟出两条“真理”：

第一，熊是真的有啊，可不是闹着玩儿的。从此大人不忘提醒孩子，不要单独行动，以防被熊扇了巴掌，也有母亲借此来吓唬哭闹的婴儿：“再哭，把你喂熊！”

第二，民间高手干不过正规部队。王铁匠敌不过当兵的，还是真枪真炮厉害。尤其男孩子们，对当兵的从亲密转换为仰慕，和当兵的玩闹也不再停留在打篮球吹口哨的低级阶段，而是向赵小胖子学习，和当兵的切磋起打枪瞄准的事。人们的这些变化，让几年后的征兵工作进行得格外顺利。

父亲却说，黑熊不像狼那么坏，遇到有人想伤害它，他顶多也就是把人咬伤，却不会把人弄死。可惜黑熊眼神不好，要是眼神好的话，它就不会跟着赵小胖子跑到军营里去了。

父亲对狼充满仇视，对黑熊却颇有好感，每次听到狼伤人的事，父亲就会对狼诅咒一番，可听到黑熊伤人的事，父亲却怪那个人太不小心。我至今也不明白，为什么父亲对狼和黑熊的态度会截然不同。受父亲影响，我也对狼很不屑，甚至牵连到对“狼性”的鄙视。

熊事件给我的最大影响，就是让我改变了崇拜对象。

二分场地处通河县境内，重要的“外交”活动就是与县城的来往，其通道就是那条泥泞的乡村路，主要交通工具是马车。跟周围的村屯比较起来，农场的马车还是很威风的，清一色四匹马的胶轮“豪车”，相当于今天的法拉利、保时捷什么的。每当严冬过后的“返浆”季节，泥泞的路上坑坑洼洼，甚至有的路段跟翻江倒海一般，马车会经常打捂。这是“车老板子”大显身手的时刻，技术一流的车老板子，能把鞭子甩得像开枪一样，噼啪一阵脆响，鞭子打在哪匹马的屁股上，哪匹马的脖子上，那是有讲究的。若能在关键时刻一鞭子抽过三匹“套马”的屁股，同时还捎带上“辕马”的脖子，就能发挥四匹马的合力，基本不会出现打捂事故。二流的车老板子还是能把打捂的马车拯救出来的。三流的，不但自己遭罪，还会成为大家讥笑的对象。

人们去县城逛百货公司喜欢蹭坐马车，那时车老板子就有几分牛逼态。车老板子不是干部，却享有特殊的地位。评论哪个车老板子最牛，是男孩儿们的重要话题。有段时间，每个男孩子都自制了一杆鞭子，经常聚在一起比试，看谁的鞭子做得最帅，看谁甩鞭子甩得最响。

所以，我那时暗藏着个梦想，就是将来能当个永不打捂的车老板子。我还有个具体的崇拜对象，就是总也不打捂的孙大老板子。

黑熊事件让我改变了崇拜对象，我的理想升级换代了，亲手做的鞭子也被我塞进灶坑一把火烧了。

我期望有那么一天，自己能变成个当兵的，真刀真枪的，不打熊，可以去打狼，甚至上战场打敌人。

八

寒　夏

一九五七年到了，这似乎是个不吉祥的年头。

三月，弟弟来到人间，这是我家的一件喜事，父母都高兴万分，我的“幸福指数”却有下降的苗头，除了帮母亲照料弟弟，还要分担一点家务，比如给弟弟泡奶粉之类的，这对只倒过尿盆、挖过野菜的我来说，绝对都是高难度的技术活儿。干得越多，犯错就越多；犯错多，被母亲唠叨的机会就多。母亲的脾气似乎开始变坏，我也开始变得不乖。

不吉祥的气氛像天上的黑雾，越聚越浓。夏天到了，我们的大家庭却笼罩着霜降般的寒冷。

首先是父亲和爱吹牛的王管教、说话结巴的郑政工、手指头短会吹口琴的沈大夫、伶牙俐齿又漂亮的赵护士，都开始频繁地开夜会。晚饭后串门吹牛聊大天的固定节目被取消了，往日的快乐和温馨慢慢消失，每个人的心头都像被浇了一瓢冷水。

然后就听到他们散会归家时的长吁短叹声。王管教除了叹气喝酒，还时不时地吼上几嗓子京戏。那京戏我听犯人唱过，王管教却唱得南腔北调呜呜咽咽的，一句也听不懂。

后来的会越开越长，有时要开到深更半夜，好像大人们都出了什么事，几家女人们饭做得越来越简单，吃饭时也不再互相送菜，碰了面打个哈哈应付一下就静悄悄地回到自己屋里，弄得孩子们一到吃饭时，也是各回各家，各找各妈。

日子过得越来越没趣儿。

一天半夜，我已睡熟，被父亲回家的开门声惊醒，然后就听到父母断断续续的对话。

母亲："怎么又这么晚？"

父亲："唉，老王出事了，出大事了。"

母亲："挺好个人，能出啥事？"

父亲："他的嘴太不老实了。"

母亲："他讲的战斗故事都是编瞎话？"

父亲："前些天开会，他给上头提意见，还说什么卸磨杀驴之类的浑话。"

母亲："提个意见也不行？"

父亲："就老王那张破嘴，像开机关枪似的，'突突突'地开了好几个晚上，赵护士不让他说，他就是停不住。"

母亲："说卸磨杀驴也不行？"

父亲："他是讽刺上头呢。"

母亲："卸磨杀驴能讽刺个啥啊，谁家驴老了不杀？"

父亲："唉，老王还是太实在了，上头让你提意见你就提？上头你能惹得起？"

母亲："上头是谁啊？"

父亲："上头就是上头，不是谁。"

母亲："老王还提什么意见了？"

父亲："算了，别重复了，重复多了就变成我说的了，你又听不懂。"

母亲不说话了，她的确不太懂，我就更不懂了，什么"上头""下头"的，什么"杀驴杀马"的。

沉默了一会儿，父亲轻轻叹了口气，说："告诉孩子，以后长大了要多干活，少说话。"

躲在被窝里偷听的这些话，我似懂非懂。父亲说的"以后"，对我来说很遥远也很朦胧，长大以后，多说话少说话的，我能自己说了算？

这时，忽然传来王管教家里的吵闹声，深更半夜的，这可是我们温暖大家庭破天荒的第一次。

奇怪的是，没人去劝，大家似乎都睡着了，我却听得很清晰。

声音清脆又有点嘶哑的，是王管教的媳妇赵护士。只听她说："人家都不提意见，就你逞能，一瓶尿水子（酒）也堵不住你那张破嘴，逼逼逼、叭叭叭地提个没完，你说你傻拉吧唧的，装什么大尾巴狼啊？"

听不见王管教的声音，不知他的大嗓门哪儿去了。

又听赵护士说："上头让你提意见你就提，别人都不敢，就你敢，你说你算哪根葱啊？"

还是听不见王管教的声音。

赵护士又骂道："有的人平常装得像个好人，关键时刻就他妈的翻脸。"

看样子，赵护士好像不骂到天亮不算完，我索性也不装睡了，爬了起来，父母赶紧示意我躺下睡觉，我只好再次装睡。

母亲有点疑惑地问父亲："这回是骂谁？不是骂你吧？"

父亲说："别瞎猜，她是骂老郑呢。唉，老郑也真是的，批判老王一点儿也不留情面。"

母亲却说："要我看，都是你们开会开出来的，没事老点灯熬油地瞎开什么会啊。"

赵护士的吼声又响起来："你说话啊，往后怎么办？这熊日子还过不过了？"

还是听不见王管教的声音，不知道他是不敢说话，还是声音太小听不见。我很想听听小狗子的声音，却一点儿也听不到。

母亲对父亲说："你去劝劝吧。"

父亲却说："这种事怎么劝啊，又不是因为家长里短的事吵架，是因为搞运动，等她骂累了就好了。"

渐渐地，赵护士的声音没了，看来她真是骂累了。

父亲说："没事了，睡吧。"

突然，传来"乒乒乓乓"一阵乱响，好像有人在砸东西，我猜，一定是赵护士。

这下母亲挺不住了，披上衣服出了门。我赶紧爬起来，随母亲走出去，发现沈大夫也出来了，唯独见不到郑政工一家人。

只见赵护士披头散发的，她已经打开了大门，外面黑乎乎的，像个深不可测的大黑洞，什么也看不见。她一脚门里一脚门外，一只手拽着小狗子，一只胳膊挎着个花包袱。王管教穿着个大裤衩，扯着赵护士的衣襟，也不说话，只是把她往屋里拽。小狗子哭哭啼啼地不知该往外面走还是该回屋里去。

沈大夫劝慰着："一日夫妻百日恩嘛，有啥大不了的天亮再慢慢说，你看这外面黑咕隆咚的，你往哪儿去啊？"

母亲也赶忙劝说："你不怕狼把你叼走，小狗子也怕啊！你就舍得孩子？”

父亲说：“老王就是多喝了几口，多说了几句，没啥大事。”

赵护士这才哽咽着说：“没啥大事？我又不是三岁的孩子，我懂，大事在后头呢。”

父亲又说：“有事也得俩人一起顶着，你们一走，剩下老王孤孤单单一个人，你就真不心疼？”

这话似乎打动了赵护士，她看了看小狗子，默默跟着王管教回了屋。突然她一转身，从地上捡起半块砖头，摔在了郑政工家的锅台上。“咚”的一声，大铁锅发出一声闷响，那砖头滚落到地下又撞在郑政工家的木门上，发出“咣当”一声响，郑政工屋里静悄悄地没一点反应，好像一家人睡得很死。

沈大夫揉着惺忪的睡眼，对我们摆了摆手说：“回去睡吧，明天还得上班呢。”

回屋后，父母都不再说话，不知他们是不是真睡了，我倒是真睡不着了。刚才小狗子哭哭啼啼的样子很可怜，他家要是真出了大事，我以后跟谁玩啊？

我们这房子本来不大，四户人家都离得很近，房子的间隔墙也很薄，谁家说话声音大点，别人就能听见。可我不懂，刚才那么吵闹折腾，大丫儿为什么不出来呢？她平时不是和小狗子玩得挺好吗？她爸她妈也真不够意思，真能睡那么死？我有点不信，可又不明白他们是为什么，只是感觉那一夜很长很长，这是我人生第一次尝到睡不着觉的滋味。

第二天早上，王管教家没人做饭，母亲给了小狗子一个馒头。

男人们照常去上班，赵护士眼睛肿得像两个灯笼，但她还是梳洗一番，利利索索去上班了。母亲和郑政工的媳妇照常忙家务，但她俩好像事先商量好的，都不说话，各干各的。大丫儿干脆躲在屋里不出来，小狗子到我家来了一次，却不说话，默默地待了一会儿，就蔫头蔫脑地回了自己家。

午饭做得也很无趣，王管教家没人做饭，其余几家也没互相送菜，小狗子想到我们家来吃饭，被赵护士大声吼了回去。

虽然是盛夏，却感觉整个房子都冷飕飕的。

我家午饭吃得也很闷。

父亲慢吞吞地对母亲说：“老王正式定成‘右派’了，昨晚赵护士就知道了，不然她不会那么发疯。”

母亲有几分懵懂地说：“我说的呢，‘右派’是啥意思啊？”

父亲淡淡地说：“就是犯错误了。”

母亲问：“不就是给上头提点意见吗，总不会变成犯人吧？”

父亲沉吟片刻，一脸乌云地说：“还真说不好。”

母亲说：“他当了犯人要是归你管，你可对人家好点，以前处得像一家人似的，咱不能翻脸不认人。”

父亲摆了摆手说：“不容易，哪有那么巧的事。”

母亲不禁叹息着说：“唉，人要倒霉了，喝凉水都塞牙。”

父亲忽然看着我，一脸严肃地说：“记住，以后在外面少说话，看看你王叔，都是舌头惹的祸。”

父亲总是这样提醒我，提醒得简单又重复，我总是很懵懂，不说话怎么和别的孩子玩啊？但看父亲那严肃的表情，也就不敢说什么了，只能胡乱点头。

爱哭爱闹的弟弟，这天的表现也是乖乖的，居然没哭也没闹。

晚上，赵护士和儿子都没回家，也不知她们去了哪里。又过了几天，王管教也不知去向。再过几天，沈大夫也搬走了。父亲一直沉默着，我也不敢问。温暖大家庭就此解散，解散得神神秘秘稀奇古怪的，往日的欢乐就像是一阵风吹没了。

我不懂右派究竟是什么意思，但懵懂中能感觉到，说话太多的人就会当“右派”，当“右派”就没好果子吃，就会倒大霉。想过好日子，就别多说话，问题是，不说话真的很难做到啊。

再也看不到王管教表演快板书了，也听不到他吹牛了。我也没看到小狗子是怎么离开家的，我猜想他一定是一边走一边哭哭啼啼的。

最难忘的是沈大夫。他离开时提着个很旧的皮箱子，他曾说过，那皮箱子是爷爷传给父亲，父亲又传给他的。皮箱子里装着他的全部家当，他一步一回头地走出屋外，我默默注视着他。父亲一大早就去上班了，母亲和我站在一起目送他远去。一想到再也听不见他吹口琴了，我眼睛就有点湿。没想到，沈大夫走得快没了身影却又转了回来，看我和母亲还站在原地，他就从衣袋里掏出个小包包。我知道，那是他的宝贝口琴。沈大夫摸了摸我的头，把口琴塞进我上衣兜里，说：“给你了，慢慢学。”

父母一向不允许我要别人的东西，这次母亲却没阻拦，我也就默默接受了。

我是天生的音乐盲，没学会口琴，还把沈大夫的口琴弄没了，但我一直难忘他离开的情景。长大后，我曾和父亲探讨过沈大夫的事。他是个大学生，属于当年反右时的高危人群，为什么没文化的王管教中了招，沈大夫却安然无恙呢？

父亲说，沈大夫是个怪人，他的内心别人很难了解，他好像只关心两件事：一件是他的病人；另一件是甩了他的那个女人。政治上的事他从来都漠不关心。

我想到沈大夫送我的口琴，口琴寄托着沈大夫对那个女人的全部思念，只有口琴才能抒发他内心深藏的痛苦，可他却当作礼物送给了我，而我不过是个小屁孩儿。此刻我才明白了沈大夫，一定是反右运动给了他巨大的震撼，虽然他没出事，却因别人落难而看透了人生，不但看透了政治，连带着也看透了那个女人。他把口琴送人，是他告别过去重新做人的一种宣示。

我和父亲又谈到郑政工。父亲说，老郑人也不坏，可他是搞政工的，本来就有点升官的念头，运动一来，他就有了表现的机会。

我又想到赵支书，他可是二分场的最高领导，反右时他会怎么样呢。父亲沉吟一会儿就说，他不过是个最基层的小领导，反右那么大的运动，一个小支书能怎么样，他没借机会整对自己有意见的人，应该是个好领导。说完，父亲叹息一声："都是凡人啊。"

是啊，都是凡人，都有七情六欲，都有小小的梦想，也都想安全自保，可惜啊。

我也想知道父亲在反右时是个什么表现，我曾拐着弯问过父亲，他或者没听明白我的弯弯绕，或者故意不说。就我对父亲的了解，反右开会时他一定是躲在墙角，既不给上头提意见，也不批判放大炮的王管教，不出头，随大流，多干活，少说话，似乎是父亲的座右铭。在政治运动天天搞的年代，父亲还是有点做人的智慧，这种智慧既不高尚也不猥琐，是不得已而为之。

温暖大家庭破裂后，我们换了新家，结束了一屋四户的"群居"生活，住进了一栋六户，一户一间的新房子，依然是茅草土坯房。

反右过去了，一切又归于平静，太阳照样东边出西边落，人们见面又开始友好地打招呼，没受伤害也没互相撕过的人，渐渐地又开始聚在一起吹吹小牛，只不过谨慎多了。一谨慎，吹得就没过去有意思，我也失去了听他们吹牛的兴致。

据说王管教和赵护士还是离婚了。王管教没当成犯人，回乡下种地去了。小狗子跟了赵护士，赵护士好像又嫁了个男人，那男人是个老蔫儿，不爱说话，不会吹牛，当然也不会表演快板书。

童年懵懂的我，心中一直有个谜团：大人们这是搞什么鬼呢？大家都好好地过日子，像以前那么快乐温暖，难道不好吗？非要弄得吵吵闹闹鸡飞狗跳的，大家都难受才好玩吗？

我觉得，大人们就是喜欢没事找事。

父亲依然早出晚归做他的管教，严格执行着他给自己定下的规矩：多干活，少说话。这让他在农场当了多年的先进分子。

我虽年幼，和谐大家庭破碎的经历却在我内心深处投下一条长长的阴影，但它对我的影响和对父亲的影响不同，对父亲的影响是直接的、简单的、肤浅的，那就是“闭嘴”；对我的影响就复杂得多，但时至今日，我也实在是说不出个一二三，只是觉得：人与人、人与社会的关系，就如人体本身，当和谐被撕裂，温暖被冷藏，一开始是很痛的，慢慢就会麻木。人们善良的天性会把伤口慢慢修复，只留下疤痕却没了痛感。如果一次次地再去人为地撕裂，人体的修复功能就会彻底丧失，到那时再去追求温暖和谐，就像把一个伤残老人恢复成健壮青年一样，几乎是不可能的。所以，让人人都伤筋动骨的事，真的不能做！

九

挑战冷酷

二分场没有学校，没办法，经分场领导出面协商，我们十几个孩子被安排到三合屯小学借读。那年我八岁。

三合屯是个大村子，我们成了借读生，早晨走三里路去上学，中午带盒饭，傍晚再走三里路回家。三里路不算太远，却是个危途，那条路是只有半米宽的“稻池埂子”。

那年夏天，天老爷也跟着“大跃进”凑热闹，时不时地就把大雨瓢泼一样洒向人间。小路泥泞得很，一群衣衫破旧的熊孩子歪歪扭扭地走在小路上，一不小心就会滑进稻田里摔成个泥猴儿。那年的冬天，大雪也发飙，整片稻田简直变成了雪山，熊孩子们穿着厚厚的破旧棉衣，在雪山上像滚雪球一样奔向学校，不过那时毕竟年幼缺心眼儿，倒也没觉得怎么苦，以为上学就应该是这样。

另一件事却蛮苦的，我们遇上了个冷酷的老师，他对二分场借读生给予了整体性歧视，严重剥夺了我们当学生的尊严。

那老师姓江，一个总是满脸乌云，随时随地会霹雷闪电下雹子的中年男人。江老师塌鼻子上架着副近视眼镜，乍眼一看，很有几分斯文的冷峻，像个有大学问的人。接触一段时间，发现他确实有“才华”，却不是讲课讲得好，而是很会整治学生。

我们顶风冒雨艰难跋涉去学校，偶尔也会迟到。刚一推开教室门，屋里就会响起江老师率领本地户同学发出的吼声，那声音简直能把茅草房顶掀翻。

江老师：“一、二！”

同学们：“抽懒筋！”

江老师：“给谁抽？”

同学们：“给 ××× 抽！”

我们已经被浇得像个落汤鸡，冷得打哆嗦，被江老师一抽懒筋，就可怜巴巴地缩在墙角罚站，等待着其他晚到的借读生继续被抽。

江老师：“还给谁抽？”

同学们：“给 ××× 抽！”

转眼之间，我们就被抽了个遍。待我们被抽完懒筋回到座位，江老师又指着我们说：“我就是让你们光屁股拉磨，转圈丢人，看你们以后还敢不敢迟到了！”他的话引来一些当地同学的哄笑，江老师这才露出几分得意。每次抽完懒筋，江老师都会补上几句俏皮话，他很喜欢说俏皮话，这有点像二分场赶车的老板子，老板子的俏皮话比较荤，比如今流行的黄段子还要黄，江老师的俏皮话却是充满了讽刺挖苦。

虽然我们是吃“官粮”的农场人，三合屯不过是个村子，但我们毕竟是借读生，在人家的屋檐下，心里先矮了半截。再隔三岔五被江老师抽一顿懒筋，嘲笑讥讽一顿，就灰头土脸地更觉得低人一等。低人一等的滋味是很难受的，虽然我们小，但小也有小的脸面，也有一点小小的尊严啊。

我心里对江老师十分不解，这老师怎么没一点善心呢？一帮穷孩子为上个学风里来雨里去的，已经被大雨浇得没个孩子样了，他不可怜我们，反而如此冷酷，还不如那头黑熊仁义呢，简直是狼托生的。

我和母亲说过一次被“抽懒筋”的事，意外的是母亲根本不信。

她说：“别瞎说，那是学校，又不是监狱，你们又不是犯人。”

我说：“真的，我们就是下雨天迟到了一小会儿。”

母亲说：“别蒙我，我又不是没读过书，没听说老师那么邪性。”

不被母亲信任的滋味也不太好受。

一天下大雨，我们又迟到了，那天我还摔进了稻田。走到教室门口时已经冷得上牙磕下牙，浑身筛糠一样抖个不停。我走在最后，还没进教室，先走进教室的几个同学就被抽了懒筋，口号还是一样的口号，喊声却更雄壮嘹亮，估计屋里的江老师和同学们也都有点冷，喊声越凶猛，他们自己就会越暖和吧。

站在门外冷得瑟瑟发抖，我不禁想起那群当兵的，想起胖哥，和他们在一起多么快活，没想到盼望很久的上学读书居然是这个样子。好不容易挨过这一天，我有点破罐子破摔了，放学回到家，换上干净衣服后我就宣布再不去读书了。

本以为刚才的一身泥水能感动母亲，没想到却把母亲气个半死。母亲可是对我寄予厚望的，爷爷的欺负和奶奶的冷落，让母亲燃起了理想之火，一定要我做个有出息的人，至于出息到什么程度，估计母亲也没个具体设计。出息以后干什么，是不是要报复爷爷奶奶？估计她也没想，只是朦胧地觉得人没出息就会被欺负。为此，母亲两年前就开始为我铸造上学读书的美梦，她把县城小学的课本拿来搞启蒙家教，让我在上学前就学完了一年级的课程，光写字就写了十几个练习簿。

如今我刚上学没几天就要辍学，母亲自然大怒，不但打了我，还教导我要学会忍耐，就像她在爷爷面前那样，一忍再忍，总会有过去的时候。

没办法，我只能按母亲说的去忍耐，反正抽懒筋也就是那么喊喊，站一会儿，当众羞辱一下，又不是真的剥皮抽筋。

其实其他借读同学们一直都在忍，可江老师却变本加厉，整人的花样不断翻新。

班上有个同学叫胡金宝，是另一个村子唯一的借读生，比起我们来就更加势单力薄。胡金宝长得胖乎乎的，爱笑，几乎是不笑不说话，跟谁都玩得来，我们给他起了个外号叫“金元宝”。

没想到就是这个老实憨厚爱笑的金元宝，居然被江老师发动学生狠狠地整了一顿。整人的地点选在一片苞米地，那天我们参加秋收劳动，任务是扒苞米，就是把苞米棒从苞米秆上扭下来装进筐里，再由村里的农民一筐一筐地运走。对一群八九岁的孩子来说，这个活儿的强度可不算小。江老师一脸苦相地在那里呼来喝去，有些娇嫩一点的女生，手都被磨出了血，江老师非但不闻不问，还利用苞米地的有利地形，开起了斗争会。

蓝天白云下，苞米地一片金黄，暖乎乎的秋风吹过，大片的苞米叶子就发出一阵飒飒的响声，像大自然弹奏的一曲丰收之歌。可能是受到美好环境的影响，江老师整治金元宝也整得很“文艺”。

据说金元宝私下里顶撞过江老师一回，这江老师竟把金元宝的罪状编成“数来宝”当众亲自表演，不能不说他极有创作和表演才能，竟能把个一年级小学生的“错误”写成数来宝，还表演得绘声绘色、声情并茂：

胡金宝，不得了，
语文算数都不好，
老师讲课你不听，
作业写得真潦草。

胡金宝，不得了，
地没扫完往家跑。
劳动课你不积极，
明天就把你家长找。

胡金宝，不得了，
上课在下面玩家雀。
班干说你你不服，
顶撞老师还有一套。

数来宝和快板书差不多，表演的时候是需要使用道具“呱嗒板”的，江老师没有专业工具，就用一根小木棍敲着一个破铜盆，敲得很有节奏感，表情也滑稽古怪，让我们心里一阵阵发冷。

金元宝开始还不服，辩驳了两句：“我劳动怎么不积极了？”“上课玩家雀的也不是我呀。”

江老师吼道：“我看你就是茅房的石头，又臭又硬！”

金元宝的辩驳被江老师的俏皮话压住，显得微弱无力。

江老师的“杰作”，大部分都记不得了，只记得他表演完毕，还发动同学们继续揭发金元宝的问题。

那时有一种群众性的文艺节目叫作“活报剧”，就是用数来宝讽刺丑化敌人的。台上的美国总统和蒋介石都戴着纸糊的高帽子，美国总统还有个纸糊的长鼻子，表演起来十分滑稽可笑。

江老师一定是从活报剧里学来了这个招数，他没给金元宝戴上高帽子，糊上纸鼻子，已经算是格外开恩，或者就是偷工减料了。

那次苞米地里的滑稽表演结束以后，金元宝就蔫头耷脑地一蹶不振，见了所有老师都躲着走，和我们也不怎么说话了，后来就默默退了学。

我相信，这会给金元宝留下深深的心理阴影，甚至影响他一生的命运，其危害不亚于剥皮抽筋。

整治了金元宝，江老师在班级里的权威进一步大增，每个学生见了他都如同小老鼠见了大狸猫，连呼吸都得加小心，喘一口大气儿都打战。

我们都深恨江老师，却对他无可奈何，只是偷着给他起了各种外号，一个比一个难听，有些外号是从车老板子那儿学来的下流话。

我们发现其他班级的老师都不错，对学生总是一脸温暖的笑容，有的像个大哥哥，和学生们一起打“跑球”。那个玩法我们都喜欢，却不好意思加入他们的队伍，只能在一旁贪婪地观赏。有个女老师简直像个当妈的，总是在课间休息时给女同学梳小辫，给男同学补衣服，我们羡慕得不行。谁不愿意在老师那里得到温暖呢，尤其是我们这些借读生，本来就有点自卑自怜，遇到点温暖就会灿烂好几天，没想到这么倒霉，遇到江老师这个冷酷的家伙。虽然我们年纪小，不懂得探究江老师如此冷酷的心理因素，可背后还是议论不休。最靠谱的猜测是江老师在家里受老婆气，没地方撒气就欺负我们，于是我们都有个坏坏的愿望，盼望他老婆能得一场大病，然后就有个跳大神儿的去他家装神弄鬼，把江老师吓得魂不附体，再也不能欺负学生。

我也曾想过，是不是江老师像王管教一样，反右时挨过整遭过罪离了婚，现在找我们来出气呢？可这事无处打探，一个小孩子瞬间而过的疑心，一转眼也就抛在脑后了。

但私下里，我们还是给江老师编了几句顺口溜：

江老师，真恨人，
苞米地里敲铜盆，
敲得满屋子跳大神。

我们不掌控舞台，没法公开表演，也不敢表演。但是，没过多久，江老师和我们都没想到，局势突然间来了个翻天覆地的变化，江老师的冷酷遭到了挑战。

二分场还有个借读生，叫高森，读三年级，平时不和我们一起玩，但他是个资深蹲级生，从三年级一路杀回到一年级，成了我们队伍的一员，于是就有机会被江老师抽了一次懒筋。

高森个头高，比江老师还高了半个头，外号叫“二愣子”。他胆子大，天不怕地不怕的，否则他也不会接连蹲级，他被江老师抽了懒筋后，就开始造反了。

二愣子回到座位后，把书包使劲往木板桌上一摔，然后愤愤地掏出课本和铅笔盒，每掏出一样，就使劲摔一下，所有同学都看出他这是要闹事，我们借读生都替他捏了一把汗。

江老师突然大吼一声："高森，站起来，我看你是老虎屁股摸不得了！"

二愣子端坐着不动，冲着江老师说："摸得，你过来摸呀，来摸呀！"不等江老师说话，二愣子又大声说："有个人，真恨人，苞米地里敲铜盆！"

江老师在苞米地里整治金元宝时，二愣子还没蹲到一年级，这两句顺口溜他却听我们私下说过，没想到他还临时进行了改编，把"江老师，真恨人"改成了"有个人，真恨人"，算是给江老师留了点面子。

这天，二愣子是第一次挑战江老师，二人算是打了个平手。

第二天，二愣子的挑战开始升级。他的武器就是胡闹，闹得江老师简直无法上课，接连几天，我们上学的主要内容就是看二愣子和江老师斗法。

我们的课桌很简陋，两个木头墩子上横一块长长的木板，每张"课桌"前挤着七八个学生，大家的书包、课本、文具都整齐地排列在木板上面。二愣子不是把木板敲得叮当乱响，就是玩个"模仿秀"，找准一个鸦雀无声的机会，突然学一声鸡叫狗叫。他学的公鸡打鸣还真的很逼真，简直可以让公鸡们自愧不如。同学们想笑却不敢笑，就憋着，最后实在憋不住，就会一齐爆发出来，笑声也是能掀翻屋顶的，甚至赛过"抽懒筋"的吼声。

二愣子还有个绝活儿，就是用嘴学放屁的声音，好像是在表演口技。往往江老师发一通火后，班里就会出奇地安静，这时就会响起二愣子的"屁"声，由低到高，声音拐个弯后就进入高潮，变成一长串，然后就被同学们的大笑声掩盖。

如果江老师不服，继续说个俏皮话讽刺二愣子，二愣子就会突然把木板掀翻，桌上的书包文具就“哗啦啦”一阵乱响着四散飞扬，教室里即刻乱成一锅粥。

我们这些借读生虽然也要满地寻找自己的书本文具，心里却无比高兴，江老师则木呆呆地看着混乱的教室不知如何收场。几次混乱过后，江老师就认识到了二愣子的战斗实力，服输了。一看那二愣子有点要闹事的苗头，就赶紧露出巴结的笑容好言抚慰：“你们大家要向高森学习，他最近有很大进步，这几天都开始完成作业了。”

很可笑，我们每天都完成作业，他照样抽我们的懒筋。

那时有个顺口溜，叫“软的怕硬的，硬的怕愣的，愣的怕不要命的”。我们是软的，江老师是硬的，硬的欺负软的，似乎天经地义，现在冒出来个愣的，这是江老师没料到的。在不要命的出现之前，二愣子绝对是最厉害的，他挑战江老师取得胜利，成了我们的大救星。

我把二愣子整治江老师的故事讲给母亲听，出乎意料的是，母亲说了句“卤水点豆腐，一物降一物”，随之态度大变样，她不再教育我要忍耐，却说做人太胆小就受欺负，说她被爷爷欺负就是自己胆小过于忍让，还说了两句我从没听过的话：撑死胆大的，饿死胆小的，胆小不得将军做。

我一时有点蒙，不知道忍耐和胆大，哪个更对。不过那阵子，我们总是围在胆大的二愣子周围，还有人上学放学时都帮他背书包，这激起了二愣子的自豪感，就更频繁地跟江老师找碴儿。我们背后也帮二愣子出点馊主意。江老师一看我们结成了团伙，就知道自己现在是彻底失势了，突然间整个人就变了，上课时脸上总是堆着假惺惺的笑容，说话的腔调都是柔声细气的，像个女人。我们都认为他是装的，没想到，他装着装着就装成真的了，他的笑容竟渐渐透出了真诚的热情，他不再抽任何人的懒筋，不再表演数来宝，不再敲铜盆，甚至都不说俏皮话了。看他真的变了，我们对他的恨意也渐渐消退。小孩子嘛，天生的单纯轻信，二愣子也是见好就收，不再和江老师对抗，教室里出现了难得的和谐平静。

于是我想，和二愣子相比，我们的确是一帮胆小鬼，遇到秉性冷酷的江老师被抽懒筋，也不能全怪江老师，还是怪我们胆小，如果大家都是二愣子，谁抽谁的懒筋还说不定呢。可见母亲说的“胆小不得将军做”是对的，忍耐，是错的，江老师的变化就足以证明。

母亲不但改变了观点，还采取了行动，变着法锻炼我的胆子，有时候简直有点不近人情。

为了让我不再淋雨，母亲攒钱买了块油布。凡是自己不会制造必须用钱买的，母亲都视为家中的珍贵物资。

一天放学回家途中，一个神经敏感的女同学突然说，她发现远处有个黑瞎子，正呼扇着两个大耳朵向我们跑过来。大家立即紧张得不行，刚经过黑熊事件，谁都知道那家伙的厉害，关键是大家的身旁不但没个当兵的，连个王铁匠也没有。情急之下，大家便猫着腰，把身体隐藏在小路两旁的荒草里，大气不敢出地往家里跑，也有人摔进稻田里，慌忙从泥水里爬出来继续狂奔。

跑到家才发现我的油布落在教室里了。

母亲严命我马上回去拿，我说路上遇见了黑瞎子。母亲却痛说油布的来之不易，还说，就算真有黑瞎子也要回去拿。无奈，我只好去求同学做伴，陪我回学校找油布。同学都被黑瞎子吓着了，谁也不敢再冒那个险，胆大的二愣子正在家发高烧，我只好横下一条心，就算喂了黑瞎子也要拿回油布。于是，我一个人走上了刚才还吓得屁滚尿流的稻田埂小路。

路上，想起由硬变软的江老师，想起大救星二愣子，我索性挺直了腰板，目不斜视昂首挺胸地走回了学校。那块金贵的油布安然地放在课桌上。进教室时还遇到了江老师，我是第一次单独面对他，他居然朝我笑了笑，我也挤出一个勉强的笑。现在已经不是怕他，而是有几分鄙视。江老师那个笑，让我回程时胆子更大，我索性把自己想象成是当兵的，是有猎枪的王铁匠，是曾战胜了江老师的二愣子。

靠着自己给自己壮胆，我安然到了家。双手奉上油布，母亲笑了，说她根本不相信稻田里有黑瞎子，如果真有，她就不会逼着我去拿油布。从此以后，我胆子的确大了很多，为此我常常感谢母亲的苦苦相逼。

半年后，我们就不在三合屯借读了。又过了一年，我遇到个三合屯的同学，就向他打听江老师。那同学说，江老师现在更厉害了，没了二分场的借读生，江老师就整治本地学生，上个月还整过他一次，就像两年前整金元宝一样，在苞米地里表演数来宝，只是已经不敲铜盆了，换成了“呱嗒板”，整得他死的心都有。

我问他为什么挨整，他说，有人告状，说他背后说了江老师坏话。

这时，我已经多了点心眼儿，就暗自思忖，还是母亲说得对，江山易改禀性难移啊。母亲这话说的是爷爷，说知道他的古怪脾气没法改，才选择去二分场的，惹不起，躲得起。

几年后，有句顺口溜开始流行：

困难像弹簧，看你强不强。
你强它就弱，你弱它就强。

遭受过抽懒筋之苦，又见证过二愣子反抗得胜的几个学生，对顺口溜稍加改编，就变成了：

老师像弹簧，看你强不强。
你强它就弱，你弱它就强。

童年生活中，除了父母，和孩子接触最多，对孩子性格影响最大的就是老师。对父母还可以耍耍赖，打打亲情牌；老师则是权力的代表，或服从、或反抗，常常需要抉择，和老师的关系成为童年生活的一个重要内容。

尊重老师固然是美德，但不是所有老师都值得尊重。悲剧的是，冷酷的江老师是我人生道路上的第一个老师，这让“老师”二字在我心中的定位变得模糊不清，甚至常常对一个新老师的态度是从质疑开始，先认定这是个和江老师一样的坏老师，处处提高警惕，再根据他的表现慢慢为他“平反”。经得起质疑的好老师，就终生难忘，视为至亲；认为是坏老师，就在内心永远打入另册。

但是，遇到性格冷酷却并不太坏的人，究竟该大胆反抗，还是该宽容忍耐呢？这让我纠结了好几年。一想起冷酷的江老师，我就觉得应该大胆反抗；想起爷爷对我们母子的冷漠，却觉得应该宽容忍耐，好像这事必须看人下菜。

这个话题我曾多次和母亲讨教。母亲也是有点情绪化的人，始终认为自己被爷爷欺负就是因为胆小，认为爷爷是不可原谅的。直到母亲年近花甲，自己当了奶奶，才认可了我的观点，觉得应该原谅我那古怪冷漠的爷爷。而对江老师这种人，母亲和我的观点依然一致，那就是必须大胆地挑战、反抗。

直到母亲八十岁高龄，有一天她突然问我："还记得你小时候那个江老师吗？"

我不知母亲为什么想起那个八竿子打不着的人，想了想才说："当然记得。"

母亲声音微微颤抖，说："想想他也是够可怜的，说不定他遇上了什么倒霉事，不然怎么会那样，人天生都不是坏人，人变坏，不是学的，就是被逼的。"

我看着母亲，发现她越年老越慈祥，身上的能量在不平坦的人生道路上被耗损得差不多了，见谁都是一副谨小慎微的笑模样，我也就不想追问这老太太一天天的都在想些什么。不过母亲的话我也认同，其实江老师这人对我来说，早已不存在什么原谅不原谅的问题，都是些童年鸡毛蒜皮的小事。倒是后来，我的确遇到过不少江老师一类冷酷之人，他们或为民，或为官，或为邻。虽然我也是一大把年纪的人了，可还没老到像母亲那么通达，很多事依然不知该如何是好。

十

说谎的代价

一九五九年，二分场终于有了自己的“子弟小学”，一至四年级，四个班，没有统一的校舍，四个班分在不同的地方上课，像支“读书游击队”。

摆脱了借读生活，我们都有一种“得解放”的感觉。听听我们这学校的名字，“农场子弟小学”。“子弟”俩字多牛啊！多温暖啊！这是我们自己的学校。我们有种强烈的归属感。背上简易的小书包，走进不在同一处的简易教室，大家都周身暖暖的，母亲为我铸造的读书梦重新开始。

尽管如此，我们心里还是有几分忐忑。学校是自己的，却不知老师是什么样的，万一再遇到个江老师，那可就惨了。江老师给我们的刺激实在是太强烈了。

见到车老师那一刹那，我们瞬间傻眼。车老师三十多岁，中等身材，瘦瘦的，瓜子脸，黑黑的，没有一丝笑容；小眼睛，光芒凌厉，目光扫过我们时，感觉是把小刀子。

我再次涌起了退学的念头。我的姥姥死得很早，根本没见过，姥爷偶尔会来农场看看母亲，却对我像爷爷一样冷漠。每次来都宣传他的读书无用论，劝说父母让我去放猪。父亲过于随和，就显得犹犹豫豫，后来竟满口答应。母亲却坚决拒绝。有一次竟说“孩子是我的，你别管！”惹得姥爷很不高兴。有段时间，我对父亲也很不满意，怪他太没主见，心想，你自己怎么不去放猪呢?

然而见了车老师，就想起江老师，读书的心冷到冰点，就有了去放猪的念头。

没想到，情况很快发生了变化。车老师不但有了笑容，才华也渐渐显露，原来他不是江老师那样的人。他是半路出家当老师，一开始难免过于紧张。

车老师能写一手怪异的好字：歪体字。那一年，我们作业本上的字全是斜的，细长，向右歪着。大家攀比着学，为了歪起来方便，我们就进行了创新，写字时都把作业本歪着放，写出来的字，没有最歪，只有更歪。有个最能歪的同学，写出来的字就像一排排躺在地上睡觉的小孩儿。

一天，几个同学在我家写作业，母亲看我们的本子都是歪着放，好生奇怪，便拿过我的本子，看到我写的那一篇篇整齐划一的歪体字，不禁怒从心头起，质问道：“教你练了那么多字都白练了？这写的啥字呀，歪七扭八的，都得病了？”

我解释，是老师让这么写的。母亲不信，就拿过别人的本子翻看，果然一个比一个歪。母亲奇怪地看着我们问：“你们老师这是演的哪一出？真邪性！”

几个孩子齐刷刷地看着母亲，都是满脸的困惑。

母亲对我说：“别人我不管，你不许写歪的，还像我教你那样写。”

我实话实说：“不敢，车老师很厉害的。”

我在母亲和老师之间，只能选择服从老师。

母亲犹豫了一下也就屈从了，说：“算了，那就先歪着吧，等换了别的老师再正过来。”

其实，我们根本不懂把字写正和写歪有什么区别，哪种写法更好、更正规，但车老师写歪体字时速度很快，远远超过母亲教我写字的速度。他的歪体字不但能用铅笔写，还能用钢笔写，用粉笔写，光粉笔字就能写出红绿蓝黄各种颜色，煞是好看。我们对车老师由误会到佩服，由佩服到信任，由信任到崇拜，这种崇拜竟然转化成一种难得的温暖。

我们每篇作业都是一行行一页页的歪体字，车老师则用蘸着红墨水的笔在结尾处批上一个大大的“阅”字，也是歪体字，歪度和我们差不多，却比我们歪得帅气。每当看到车老师那个歪歪的批注，就有种暖流从眼睛传递到心间，再慢慢弥漫全身。那是学生和老师之间的一种认同感，甚至是一种亲近感。这种感觉远比获得一次口头表扬或让老师给补一次衣服来得更有感染力。

车老师还很会讲故事，除了什么《七侠五义》，就是妖魔鬼怪。有段时间，他每天都抽出一节课偷偷给我们讲鬼故事。怕被外人知道，他就告诫我们，回家不许和家长说，要是有人走漏了风声，以后就再也不讲了。我们听得很上瘾，就争先恐后地向车老师承诺，回家后绝不说出去，但每次做了这种承诺后，我心里都有种对父母的愧疚感，这种感觉在慢慢削减我对车老师的信任。我私下里和另一个同学交流过，他和我的看法差不多，觉得老师让我们说谎不好，但我们还是遵守了自己的承诺，没和父母说出实情，毕竟我们太爱听鬼故事了。

每次开讲鬼故事，车老师都把教室门窗关得严严的，还用几张报纸把一扇有破洞的窗子遮住，好像怕妖魔鬼怪钻进来似的。有一天，车老师正在讲“九妖十八洞，洞洞有妖精”，没想到，讲到高潮之处，分场领导赵支书却钻了进来。原来，有个同学没守住秘密，他父母知道后就告诉了赵支书。

赵支书还是那个赵叔，为了严肃办教育，他牺牲了文艺，犯人演戏的舞台成了二年级的教室。赵支书说：“用俱乐部舞台讲九妖十八洞，还不如让犯人唱戏呢！”顺带着，赵支书也说了歪体字的事，认为写歪字不正规，毕竟上级发下来的课本上不是歪体字，他看过的上级文件也不是歪体字。

后来几个听鬼故事瘾头太大的同学就跑到车老师家里，央求他继续讲完“九妖十八洞”。无奈之下，车老师在家里讲完了故事的结尾，就坚决改邪归正，再也不讲了。

自从车老师不再讲鬼故事，也不再写歪体字，他的脾气似乎也变了。在黑板上写字的速度明显变慢，说话的音调也失去了热情，我们上课时有种寒冷袭背的感觉。老师在我们心中的威信也直线下降。

这件事验证了当初母亲的预料——得知此事，她第一个反应是，怎么样，来歪的不行吧？从小就写歪的，长大后想正过来就不容易了。

人为什么要说谎，这个命题太大，各种专家学者的论述洋洋千万言。用最浅显的理解去表述，谎言的分类不外乎善意的和恶意的，至于为什么要说谎，也不外乎那么几条：讨别人欢心，夸耀自己和自我保护。有专家论述，说谎和欺骗是生物为了更好地繁衍而进化出的本领，所以婴儿刚学会说话时就会说谎。

无论说谎有多少理由，无论善意的谎言有多美好多高尚，老师教学生说谎总是不美好的。

但后来遇到的无数事实却证明，车老师为讲鬼故事说的谎，实在没那么不美好，甚至还有点高尚，起码他说谎没有私心，没有个人目的，没有不良企图，只不过为了哄学生开心。一个偏僻之地半路出家的小学老师，在那样一个初级阶段的小学校，你还能站在政治的高处去审视他的行为吗？

因为功课好，我和另外两三个同学都坐了“直升机”，从二年级直接飞到了四年级。借光飞到四年级的还有那个胆大的二愣子，他不但胆大，年龄也大。大龄，让他成为“特长生”。

四年级的老师姓姜，是个“二劳改”。

有些犯人刑满释放就留在农场劳动，继续接受监督改造，这样的人就被称作“二劳改”。本来刑满释放就已经罪罚相抵，但那个年代却不行，犯了罪，就永远被钉在人生的耻辱柱上，永远接受人们的监督。能让“二劳改”当老师，说明分场的领导已经十分开明，但也实在是无奈之举。管教干部里有文化的人太少，再说，总不能让管犯人的人，放下犯人来管学生吧。

果然如母亲所料，换了老师就可以把字正过来写了。

“二劳改”姜老师不但不写歪字，还正得十分漂亮，只是写得很慢。每堂课他都要花费不少时间慢慢悠悠地写“板书”。写几行，他就会后退两步，自我欣赏地盯着黑板左看右看，发现哪个字不满意，就擦掉重写，有的字会一连重写三四遍，直到满意为止。

奇怪的是，姜老师这么好的字却是用三个指头写出来的。他的另两个指头不知去向。他不说，我们也不敢问，这两个指头就成了个巨大的悬念，还带来个不大不小的危害。因为，每堂课我都要盯着他那三个写字的指头看，为那空缺的两个指头浪费时间去琢磨，想象着他那残缺的手指头背后的故事。猜想着他因什么犯的罪，是不是和那两个指头有关？我甚至想，姜老师啊，如果不光彩，你就撒个谎，讲讲那两个指头的去向，我们也就心安了，可他偏就舍不得撒个谎。

可没多久，他却自编自导地上演了一出撒谎闹剧，给我们带来很坏的影响。

他的课讲得很不错，竟然惊动了总场学校的领导，便安排他带上全班同学到总场场部上“公开课”——就是讲一篇新课文，进行观摩教学。这可是个露脸的好机会，姜老师喜出望外，提前做了周密部署，把要讲的新课文在班上做了好几天的预习。甚至老师会提问什么问题，由谁来回答都进行了精心演练，他还严厉警告我们：不许对外泄露实情！

公开课开始了。那是一场具有超前意识的表演秀。场部学校的校长、教导主任、十几位教师都坐在下面。姜老师穿着一件新衬衫，衬衫是系在裤腰里的，显得够精神；脚上穿的居然是一双皮鞋，这让同学们都羡慕不已。姜老师这身打扮，显得自己很有气场，也让全班同学都跟着提气。大家信心十足地配合老师开演了“观摩戏”。万没想到，刚开演就穿帮了。

姜老师示范读了课文，然后就开始在黑板上写生字，刚写了两三个字，后面听课的老师就有人发出“啧啧”的赞叹声。

姜老师面带微笑地念他演练过的台词：“我读完了课文，有几个生字，看看同学们是不是记住了，我来提问一下。”

可能是姜老师做假心虚，刹那间冒出来个担忧，怕学生回答问题太流利就露出马脚，竟临时更改了套路，耍了个欲盖弥彰的小花招。

可他那点临时起意的小心思，我们学生哪懂啊。

姜老师最先点名的是那个胆大却学习不好的二愣子。

姜老师的教鞭指着黑板上那个漂亮的“浊”字。

二愣子一副不情愿的样子，歪站着读：“混”，他把“浊”读成了“混”，其实也不算太离谱。

如果这时姜老师让二愣子坐下，赶快回到原来的脚本，一切就万事大吉了，但姜老师偏偏不知哪根弦儿搭错，又好像有小鬼附身，竟使劲皱了皱眉头，不满地追问了一句：“什么？你再读一遍！”

众目睽睽之下，二愣子很没面子。他在三合屯勇斗江老师的一幕又上演了。大声说：“在家排练时，也没安排我念生字啊！你安排的不是那谁谁吗？”

说着，二愣子还手指着两个同学，大声说：“读生字的是他，还有她，也没有我啊！”

我赶忙回头偷看听课的领导和老师，发现他们正在窃窃私语。再看姜老师，他头上已经冒出虚汗，脸红得像蒙了一块红布，尴尬中慌忙让二愣子坐下。

二愣子坐下后还有点愤愤不平。又说了句：“要是早安排我，我能不认识吗？”二愣子毕竟比在三合屯时长大了两岁，比以前懂了点事，再说毕竟不是借读生了，集体荣誉感还是有点，要不然，给你重演个模仿秀，来个公鸡打鸣，学个放屁再掀翻桌子，那麻烦可就大了。

姜老师稳定了一下情绪，想尽快扭转不利局面，就面向大家：“我刚才读课文时读过这个字，现在谁来说说，这个字究竟念什么？”

同学们已经完全不知道该如何配戏了。剧情完全在剧本之外，演练时安排的一男一女两个同学都低着头不敢举手。姜老师又扫视了一下其他同学，问：“谁来回答？”

其他人也都迷惑了，不知道该举手呢还是不该举手呢？所以就没人举手。

姜老师是个老实人，没有一点急中生智的本事。其实很简单，你自己把那个字念出来，再让大家跟着读两遍不就完了吗？可他偏偏就和那两个字较上了劲儿，出了岔子竟不知道如何演下去了，站在那里极为尴尬，一堂兴师动众的观摩课就稀里糊涂结束了。

我们都替姜老师的前程捏了一把汗，他毕竟是个“二劳改”啊！被开除了咋办？换个老师再写歪字，咋办？

事后，同学们议论纷纷，都述说着自己心里的不好受。攀比着谁更心碎。继而就发出质疑，不明白姜老师为什么要没事找事地先提问二愣子。有些脑瓜灵活的同学就开始献计献策，说以后再做假时应该怎么做才能不露馅儿。

估计我们学会说话后就说过谎，为了躲避父母和老师的责怪，出于自我保护的本能，随口而出的谎言或许每天都有，也毫无记忆了。姜老师率领下的成规模有预谋的说谎，我们却是第一次遇到，也把大家说谎的能力提高了一大步。

事情过后，姜老师只是被批评了一下，并没受到其他处罚，可他却为自己的说谎造假行为付出了小小的代价，也遭遇了不少次尴尬，记忆深刻的是一次捡粪评比活动。

那年冬天，为了响应“大跃进”号召，学校开展了捡粪评比活动。每个班级划定一个地方，学生们捡的牛粪马粪就自己送到指定地点，开学时再向老师上报自己的成绩。成绩是以“筐”为单位计算的。有了姜老师上公开课作假的先例，我们就比其他班级的同学狡猾了不少。为了获得奖励，就大着胆子攀比着虚报。姜老师也没去粪堆实地查看一下，就乐滋滋地把数字上报，等待着领导的表扬。结果可想而知，他上报的数字比实际多出好几倍。这下惹恼了其他班级，纷纷进行质疑。姜老师很尴尬，不得不向领导做检讨。可当他批评我们时，很多同学表示不服。二愣子自然又站了出来，说撒谎是跟老师学的，这让姜老师憋气又窝火。

后来，我们得知全国正在开展“大跃进”运动，父亲回家也会说说那些“放卫星”的奇闻。再后来，我们就被各种标语口号、各种充满豪情壮志的诗歌包围，一颗小心脏也被激励得像个小兔子似的“砰砰”乱跳。有一次开朗诵会，我还朗诵了一首著名的诗，那是在报纸上看来的：

天上没有龙王，
地上没有玉皇。
我就是龙王，
我就是玉皇。
喝令三山五岳开道，
我来了。

有点豪情万丈的意思吧？报纸上说，这是革命现实主义与革命浪漫主义相结合的创作成果。还有一首打油诗，据说是农民自己创作的：

稻堆堆得圆又圆，

社员堆稻上了天。

撕片白云擦擦汗，

凑近太阳吸袋烟。

的确够浪漫的。每个人都像打了鸡血，劲头都用在了吹牛上。我们时刻被撒谎说大话的氛围包裹着，想想自己捡粪时虚报的那点成绩，真是羞愧不已。我们不能不重新评价姜老师，原来他才是先进分子。

然而，犯人种的水稻没有堆上天，也没人能凑近太阳吸烟。我们很快就品尝了大饥荒的苦涩，才知道那些所谓的浪漫主义，不过是吹牛撒谎，心一下子冷了下来。

我偶尔会想，那些睁着眼睛说瞎话的人，他们也经历过类似姜老师的熏陶吗？他们的父母究竟是什么样子的呢？他们是从什么时候开始恶意说谎的呢？他们说谎造成恶果后，内心有过愧疚吗？有过失眠吗？做过噩梦吗？想过他们自己的孩子吗……

十一

老魏头的小人书

一九五九年到了。

大饥荒像一场台风般悄然生成，然后毁灭性的恶浪就一波一波地卷过中华大地，但我们的农场由于过于偏远，竟像个“世外桃源”般暂得其乐。

农场干部职工领国家工资，吃国家供应粮，犯人也吃着他们“劳动改造”的成果大米白面，这让周边村屯的农民羡慕得直流口水。

农场成了有钱有粮的地方。农民捕的鱼，自家产的鸡蛋都拿到农场来，卖点钱或换点米面。

父亲是个大孝子。自己省吃俭用，买到鱼或肉，就会让我到县城去给爷爷奶奶“进贡”。每次进贡，或许是三五斤鱼，或许是一二斤肉。

虽说爷爷是个古怪吝啬的老头儿，母亲总是宣扬当年我们母子遭受的冷漠和歧视，但这些，都改变不了父亲的孝心。

“进贡”没关系，问题是我去县城只能偶尔蹭到马车坐，更多的是徒步跋涉。去县城，单程二十公里的泥泞土路，往返一次需要走四十公里，对一个瘦小的九岁孩子，难度指数蛮高，危险系数也不低。在那荒野之中的泥泞路上，四年前我们是遭遇过狼的。

每次提着“贡品”走过二分场那最后一栋茅草房，恐慌就骤然袭来，逐渐弥漫我的全身。

“北大荒又有兔子又有狼”的民谣早已深入人心，尤其那只黑熊进场扇了王铁匠和范小胖子后，熊和狼就成了孩子们的话题，虽然也有和熊搏斗的“英雄主义”念头，更多的还是议论和传播着“逃生”的方略。

我走在路上，有时也会忘乎所以地望望天上的小鸟，玩玩地上的青蛙。

玩青蛙一直是孩子们的一大乐趣。玩法很简单，就是抓住青蛙，把它翻过来，用一根细柳条有节奏地敲打它的白肚皮，一边敲，一边念念有词：

蛤蟆、蛤蟆气鼓，
气到八月十五，
八月十五不杀猪，
气得蛤蟆直哭。

青蛙真的是“气量”很小，随着柳条棍儿有节奏地敲打，青蛙的肚子就会越来越大，鼓胀得无法走路，更跳不起来了。要是好几个孩子一起玩青蛙，看着一个个青蛙鼓着大肚皮翻在那里不能动弹，那些孩子就会笑得不行。我爱瞎琢磨事儿，就想，蛤蟆肚子里的气是哪儿来的呢？为什么一被敲打，肚子里就会生出气来？生气、生气，原来气是被欺负以后生出来的，看来以后得长点能耐，就算不欺负别人，也别被别人欺负，可别像青蛙似的，被人敲打着生出那么一大团窝囊气。

我一个人在路上偶尔玩玩青蛙，看着它很快就鼓起的大肚子，不敢笑，也不敢再瞎想，一路上都像做贼似的，警惕地瞄着路边的荒草和庄稼，想象着万一遇到狼和熊该怎么办。五岁坐牛车遇到狼的情景总在脑海里晃动。那次遇狼有惊无险，因为父亲毕竟是上过战场的转业军人，身边还有我母亲，起码也能壮壮胆。最关键的是有大白猪和拉车的牛，危急时刻，父亲可以把猪牺牲掉，牛也是可以舍弃的。我现在孤身一个小屁孩儿，能舍弃的只有手里的鱼和肉。我不知道狼和黑熊喜欢不喜欢吃鱼，但有一点我很清楚，一斤猪肉是肯定没一个小孩好吃的。在车老师讲的“九妖十八洞”故事里，妖怪最爱吃的就是童男童女的小鲜肉。

父亲曾说，狼怕摆阵狗怕猫腰，狼也怕火。自我掂量一下，真遇到狼，我是没能力点火和摆阵的。如果遇到的是黑熊，或许还能有一线生机，都说黑熊是有点仁慈心的野兽，那次黑熊扇王铁匠和范小胖子就足以证明。父亲说过，遇到黑熊要顺风跑，因为熊的额头上有一撮很长的黑毛，顺风时，黑毛就会遮住熊的眼睛。熊头上是否真有那撮黑毛我也没验证过，但每次害怕时，我都会下意识地判断一下风向，准备好顺风逃生的路线。

那种孤独无助的感觉，现在想起来还能触摸得到。我也曾抱怨父亲，既然要尽孝，为什么不亲自去“上贡”呢？难道儿子的生命不重要吗？长大后我曾问过父亲，父亲好像恍然大悟似的说：“那时候心思很简单，根本就没想那么多。”

路上除了怕狼和熊，我也怕遇到人。据说很多人正在挨饿，而我手里提着鱼和肉。

我还真在半路上遇到过几回人，每次我赶紧溜着路边，一边迈着大步，一边警惕地察言观色。还好，他们看见我提着鱼，眼光里露出的是羡慕，而不是贪婪。有个人眼馋得不行，叫住我，问我卖不卖，我赶紧摇头，快步离去。

后来我常常想，那时的人还真是朴实厚道，要是现在报道的那些欺行霸市的地痞，我手里提着鱼和肉，在荒郊野岭遇到，他们用不着团伙行动，随便一个人就可以把鱼肉抢走，要是我敢大喊大叫，说不定就会果断地把我掐死。

虽然这么恐惧，我对去县城“进贡”倒也没怎么抗拒。那时的父母之命就等于圣旨，我没有抗旨的力量。还有，县城里有件好事正等着我呢。

每次千辛万苦地把“贡品”交到爷爷奶奶手里，爷爷就会笑容满面那么几秒钟。虽然爷爷笑得有点吝啬，我也能感受一下瞬间的温暖，毕竟他以前是不对我笑的。“贡品”换来的笑也是笑，瞬间的温暖也是温暖，关键是，爷爷不在身边时，奶奶就会偷偷塞给我一毛钱的慰劳费，让我去买麻花吃。钱虽然少了点，那可是当面支付的现钞啊，不是某些大人挂在嘴边的“下次我会给你……”的空头支票。

凭这一毛钱的现钞，我可以在街边一个小书摊看大半天的“小人书”。

那个小书摊距离爷爷家不远。在一棵活了几百年的大榆树下面，平铺着一片小人书，书旁摆放着几个小木凳。摊主是个瘦小的干巴老头儿，头发稀疏，眉毛灰白，一副老花镜后面是一对半睁半闭的眼睛。他坐在小板凳上，很少说话，只是津津有味地看他自己的小人书——一边看，薄嘴唇一边蠕动着，发出的声音虽然很轻，却抑扬顿挫。随着声音，他的脑袋还轻轻摇晃着。

每次我递给他一毛钱，他都是同一个慢半拍的动作——接过钱，慢慢地放进地上一个小钱盒里，然后就很随意地晃一下脑袋，看不清是点头还是摇头，那意思倒是很清楚，仿佛是说："行了，随便看。"

书摊旁边还有幅"广告"画儿，画的是《三国演义》里的猛张飞。一脸大黑胡子，一双豹子眼，面目虽然狰狞，却有点"狰狞美"。画纸贴在一块木板上，木板用一根细铁丝吊在大榆树的树杈上，远远就能看见，要是有风吹过，那画上的张飞就会轻轻摆动起来，像活了一样。

看小人书时，我偶尔也会想起黑熊和狼，身体就会下意识地向张飞的画像挪动。潜意识里，那应该是在寻求庇护。那张飞像，我猜想是摊主自己画的，由此不仅对那干巴老头儿充满了敬意。半年后我还喜欢上了画画儿，画的都是穿盔戴甲的武将。

书摊上的小人书种类还真不少，我最爱看的除了《三国演义》，还有《水浒传》《红楼梦》《杨家将》《封神演义》。

我聚精会神地看，快快乐乐地看，翻来覆去地看。很多时候，大榆树下只有我和那小老头儿在看书。一老一小，各看各的，谁也不搭理谁。有时那老头离开书摊去撒尿或打尖[①]，我就一个人在那里看，却一点也不觉得孤单，有张飞给我做伴呢。

我给爷爷奶奶送过不少次"贡品"，奶奶给了我不少一毛钱，我一根麻花也没买，都送给了摆书摊的小老头儿。那小老头儿也把《三国》《水浒》塞了我一脑子。

有一次，奶奶又塞给我一毛钱时，忽然问我："麻花好吃吗？"

① 两餐之间吃点东西。——编者

我只好实话实说："没买麻花。"

奶奶诧异地问："给你的钱呢？都交给你娘了？"山东老太太管妈叫娘。

我像犯了大错一样，说："没给我妈，我去看小人书了。"

奶奶愣了一下，瞪着吃惊的眼睛，说："我的娘哎，你把钱都送给那个死老魏头了？"

我只好点头："我也不知道他姓什么，就在那棵大树下面，有个瘦老头儿摆的书摊。"

奶奶突然扯住我的手说："就是他，走，找他去！"

我慌了，难道奶奶让人家退钱？我已经看了那么多小人书，也没办法把脑袋里的《三国》《水浒》退给人家啊，见了那小老头儿我该怎么说啊？

奶奶是个小脚，个子矮矮的，一脸皱纹。我曾努力复原奶奶年轻时的模样，觉得无论如何也用不上"漂亮"二字，按照山东的传统叫法，奶奶被称为"谭李氏"。奶奶辛劳一辈子，也没混出个真正属于自己的名字。

奶奶平时在爷爷面前总是低眉顺眼的，这次却有几分斗志昂扬的劲头，小脚迈得飞快，领着我来到书摊前。那干巴小老头正聚精会神地默读小人书。

奶奶故意干咳了一声。干巴老头儿一激灵，抬起头笑嘻嘻地说："吆嗬，老姐来了？"

好像是山东话，爷爷奶奶聊天时就是这种口音。

奶奶指着我说："这是我大孙子，我给他买麻花的钱都送你这来了？"

不用说，这小老头儿就是奶奶说的"老魏头"。

老魏头脸红了，不好意思地笑着说："我哪知道他是你大孙子啊？"说着，老魏头从装钱的小匣子里摸出几张一毛钱，数了数，又把手伸进内衣兜，掏出几张小票，合在一起，向手指上吐了口吐沫，一边捻着钱，一边大声有节奏地念叨着："一毛，两毛，三毛……一共九毛，我记得是九毛。"老魏头脑子还挺好使，我都不记得给了他多少钱。老魏头把钱塞进我口袋里，拍着我手背说："傻小子，以后看书一分钱也不要，只要我活着，你随便看，我要是死了，那就……"

奶奶转怒为笑地说："什么活呀死的，你就是个老不死的。"

老魏头说："是啊是啊，不还完老姐的人情，我还真不敢死。"

奶奶笑着对我说："以后别看他那些破书了，能当饭吃？你看他，整天看书，穷得就剩一把瘦骨头和几本破书了。"

他们说话我也插不上嘴，心里却想，老魏头可别死，小人书我还没看够呢。

第二天我要返回二分场了，奶奶领着我，用昨天老魏头退回来的九毛钱买了九根大麻花。

卖麻花的也是个小老头儿，一边数着麻花，一边笑眯眯地问："干吗一次买这么多？你是怕过几天买不着了？"

奶奶看了看他也没说话，忙着用一个花包袱皮把麻花包起来。卖麻花的老头儿朝着我说："孩子，慢慢吃，过段时间你可就吃不着了，我这儿快断粮了。"

回农场的路上，那麻花的香味熏得我简直要晕，连黑熊也忘在了脑后。

回家以后，父亲知道了小人书和麻花的事，沉吟了一下，有几分不高兴地说："以后别乱花你奶奶的钱。"

母亲替我打抱不平，说："孩子跑那么远路，担惊受怕地送鱼送肉，去一次就给一毛钱买根麻花，够抠门儿的了，你还不让要，下次有了鱼肉你自己送去。"

父亲看了看我，不说话了，好像这才意识到，他儿子去给他爹妈送东西挺不容易的。

我关心的却是老魏头儿和他的小人书。后来知道原来父母跟老魏头儿都挺熟悉的。

当年爷爷领着两个伯父，先行一步闯了关东，在黑土地上开荒种地，辛辛苦苦打拼了几年，从分文没有的穷光蛋变成了有车有马有房有土地的富户，奶奶便带着父亲和姑姑到东北投奔爷爷。老魏头儿是爷爷的同乡，还拐着弯沾点亲，祖上都是教私塾耍笔杆子的。可惜老魏头儿命运不济，很小就父母双亡，自己吃百家饭长大，却总是舍不得出苦力，一直穷得揭不开锅，也娶不起媳妇，于是就和奶奶一起搭伴来找爷爷。可他到了东北不肯开荒种地，一直到老也没成家立业。爷爷奶奶把他当亲人一样，时不时地照顾着点。后来实行土改，爷爷的车马土地都被农会没收了，还差点戴上富农的帽子。无奈之下，老魏头儿就只好自谋生路了。但老魏头儿一直不忘爷爷奶奶的好，每逢过年，都要提着两瓶酒登门致谢，顺便自己也喝上一瓶。

父母说的这些事，我依然是半懂不懂，心里还是想着：老魏头可别死，我还要看小人书呢。

后来我就渐渐明白了，为什么奶奶得知老魏头儿收了我的钱会那么不高兴。在奶奶心里，老魏头儿那叫忘恩负义，属于缺德行为，与奶奶流淌在血液里的传统道德观念背道而驰。可我也为老魏头儿叫屈，人家确实不知道我是谁的孙子啊。

十二

田羊倌

人是从几岁才有了交朋友的意识呢？怎么样才算是朋友呢？

如果喜欢在一起玩就算朋友，我的第一个朋友应该是毛家屯的日本女孩儿小琴。如果喜欢彼此交流，还能因对方而快乐，为对方担忧才算朋友，我的第一个朋友应该是犯人田羊倌，如果一定要弄得像伯牙钟子期那样的高山流水才算朋友，那很悲哀，我一个都没有。

我宁愿承认，第一个朋友是犯人田羊倌。

二分场关押的犯人有政治犯和刑事犯，只有男犯，没有女犯。

政治犯又细分为“历史反革命分子”和“现行反革命分子”。历史反革命分子，指的是日伪政权的军、警、宪、特和党团骨干，还有被俘的担任过连以上的国民党军官。现行反革命分子，大约就是有对抗政府行为的人，也有对政府出言不逊的人。

刑事犯则很简单，就是那些偷摸盗窃的，行医看病出了人命的，强奸通奸的，总之是对社会和谐稳定起了破坏作用的家伙。当然，这其中也包括被误判错判的倒霉蛋。

农场要发展，人手明显不足，就给一些表现好又有一定专长的刑事犯一个特殊待遇，允许他们脱离武警的看守，离开监狱干点专业性工作。这种犯人最典型的代表是个当过医生的，姓王，据说是因医疗事故出了人命而被判刑。沈大夫走后，姓王的犯人常常在夜里也被允许出来行医问诊。慢慢地，人们似乎已经忘记他是个犯人了。

在这种背景下，我认识了个犯人，姓田。他每天早晨走出监狱高墙，晚上再回去报到。他白天的工作是放羊。放羊也是个技术活，所以我猜想他蹲监狱之前也曾放过羊的，我就叫他田羊倌，当面称呼他羊倌大哥。

实在想不起最初是怎么认识他的，我猜想，最初可能不是对田羊倌感兴趣，而是对放羊感兴趣。

那年的初夏，一连几天我都跟着他到大草甸子去放羊。

田羊倌很瘦小单薄，一件宽大破旧的紫色犯人服里，好像裹着个瘦萝卜干似的，一阵风都能把他刮丢。他剃着光头，脸很瘦很窄，大眼睛显得格外突出，眼神却黯淡无光。他的言语和动作都有点木讷，人显得很老实，老实得像他放羊鞭下的一只病羊。

田羊倌总是一副浑身发冷的样子，就算是大晴天站在太阳底下，我浑身冒汗的时候，他也蜷缩着身子，好像冷得打战。

黑龙江初夏的草是碧绿碧绿的。草甸子上有几个大水泡子，水面时不时地泛起小鱼儿搅动的涟漪。天上常会有排成人字或一字形的雁群飞过，那是北归的大雁，不知它们究竟来自何方又飞往何处。

我那时有了最初的探寻外部世界的意识，总想着大雁落脚的地方会是什么样子。田羊倌这时就会默默地仰望着雁群，直到大雁飞得无影无踪，他还盯着空空的蓝天在看，许久才回过头看看我，一副欲言又止的样子。

看着望天发呆的田羊倌，我有一连串的疑问在脑子里转悠。我猜想，他一定是怀念家乡了。他的家乡在哪儿呢？不是那大雁起飞的地方，就是大雁落脚的地方吧。他为什么喜欢带我来放羊呢？他一定是和其他犯人合不来，一个人放羊又太孤单了。那为什么和我也不多说话呢？我看他的年纪也就是二十岁出头，是不是他家里有个像我这么大的小弟弟或小妹妹？他究竟犯了什么罪呢？有一点我敢肯定，他这么老实的人，犯的罪也不会太大，不然管教们也不会让他出来放羊。

我也曾怀疑他是被冤枉的，因为在一房四户的大家庭里听大人们吹牛的时候，王管教曾讲过一个"羞杀人"的故事。说的是在一个村子里，有个小伙子大白天在家里光着屁股睡觉。一个大姑娘从窗前经过，就好奇地看了起来，没想到被她嫂子撞见，大姑娘羞得无地自容，竟然投河自尽。出了人命，可谁都不是凶手，当地有关部门就把光屁股睡觉的小伙子抓起来判了刑。小伙子开始觉得很冤枉，慢慢就习惯了。其他犯人总是戏谑地问他犯了什么罪，他就嬉皮笑脸地说："羞杀人。"

这事旁人听起来好笑，对当事者却是个天大的悲剧。

一天，田羊倌照样呆看着天上的雁群，许久才收回目光。

我实在是忍不住了，就问他："羊倌大哥，你为什么总喜欢看大雁啊？"

田羊倌看着我，不回答我的话，反倒问我："你学习好吗？"

我有几分奇怪，就说："好啊，很好！"

田羊倌问："你们老师是男的女的？"

我说："男的女的都有。"

田羊倌好像有点不好意思地问："女老师长得好看吗？"

我平时也没注意过谁好看谁难看，想了想，说："有一个挺好看的，你问这干什么呀？"我十分不解。

田羊倌不回答我的话，继续问："她人好吗？"

我认真想了想才说："我觉得她挺好的，她是教音乐的，唱歌很好听。"

田羊倌突然一激灵，然后像是自言自语地说："为什么教音乐都是女老师呢？"

我看见田羊倌眼睛突然很亮，嘴角还向上扬了扬，好像要露出笑容，我第一次看见他眼睛里还有光芒。

田羊倌又问："她都教什么歌了？唱一首听听。"

我有点害羞地说："老师说我五音不全，唱得难听。"

田羊倌说："没事，大草甸子最适合唱歌，又没别人听见。"

我扫了一眼大草甸子和羊群，觉得田羊倌说得对，就唱了一首：

两只老虎，
两只老虎，
跑得快，跑得快，
一个没有脑袋，
一个没有尾巴，
真奇怪，真奇怪。

这是我唯一能记住歌词、能独立唱下来的歌，也是第一次在大草甸子上独唱。对着天空，对着草地，对着羊群，还有田羊倌。我知道，我不是纯粹地唱，简直就是半吼半唱，就像当初父亲唱

“北大荒真荒凉一样”。

田羊倌终于笑了，笑得我脸都红了。我能感觉到，血像在脸上慢慢地流动。

没用我请求，田羊倌就主动唱了起来。但他不像我，他是低低的半哼半唱，却很有味，像小河的流水，流在草地上，也流在空气里，流在白云边，甚至感觉就要流进我心里了。这让我有点不好意思，因为那歌是我从来没听过的，长得好看的女老师更没教过，歌里还有什么“好姑娘”，我都有点想起小琴了。

在那遥远的地方，有位好姑娘。
人们走过她的帐房，都要留恋地张望。
她那粉红的小脸，好像红太阳。
她那美丽动人的眼睛，好像晚上明媚的月亮。
我愿流浪在草原，跟她去放羊。
每天看着那粉红的小脸，和那美丽金边的衣裳。
我愿做一只小羊，跟在她身旁。
我愿每天她拿着皮鞭，不断轻轻打在我身上。

他唱的歌，我没记住几句歌词，甚至都没怎么听懂，只有两句歌词记得很清楚：“在那遥远的地方，有位好姑娘。”后来就经常偷偷哼这两句，却总不在调上。直到长大成人，才记住了那首歌的全部歌词，也知道了王洛宾和萨耶卓玛的故事。

田羊倌唱得极为专注，极为动情，好像忘记了我的存在。唱完，他又抬起头盯着天上看。等他低下头时，表情又恢复了先前的模样，黯淡无光的眼睛下面似有几滴泪珠。他抹了抹眼睛，没头没脑地说了句："人不能犯罪啊。"

我期待他继续说下去，他看了看我，嘴又闭上了。他一定是觉得和我一个小孩子说什么都是多余的。

我终于忍不住了，问他："你家乡在哪儿啊？因为什么……"

我没好意思说"犯罪"俩字，想了一下，说："你为什么到这儿来了？"

田羊倌刚想说话，忽然有两只野鸭子从不远处的草丛飞了起来。他就带我走到野鸭子起飞的地方，拨开草丛，发现有个鸭子窝，窝里静静地躺着两个野鸭蛋，我用手一摸，鸭蛋还是热乎乎的。

田羊倌薅起一缕青草，编了个草兜兜，把野鸭蛋放在里面递给了我。他说："我们老家没有野鸭子，只有鸽子，鸽子蛋很小。"顿了一下，他又说："明天我给你讲讲我们家乡的事。"

"说话算话！"我朝他伸出了小拇指，要和他拉钩。他就伸出小拇指和我使劲拉了两下。他那小指头冰凉冰凉的，我不禁一哆嗦。田羊倌好像也哆嗦了一下，我估计他很久没碰过人的手了。

没想到这两个野鸭蛋却坏了事。

我拿着野鸭蛋高高兴兴回到家，和田羊倌去放羊的事就露了馅儿。一向温和的父亲竟勃然大怒，不但踢了我一脚，教训我的口气也极为严厉，我甚至怀疑他是不是突然发了什么怪病。

"为什么不去上学？"

"放了三天假。"

"为什么又放假？"

"老师又病了。"

"老师病了就去放羊？那姓田的是个犯人，你知不知道？"

“知道，他穿着犯人服呢。”

“知道还跟他去放羊？”

父亲动用他会使用的所有词句警告我，说犯人就是我们的敌人，管教干部是他们的仇人，说不定哪天，那个放羊的敌人就会把我这个敌人的孩子推进水泡子淹死，而且会让我活不见人死不见尸的。

父亲的恫吓让我起了一身鸡皮疙瘩，差点尿了裤子，还做了一夜的噩梦。第二天早晨起来，太阳照常升了起来，把天上的白云照得粉红，把大地照得暖洋洋的。又有一群大雁，排着个大大的“人”字，从房顶上空缓缓飞过，向着放羊的草甸子方向飞去。我立马就觉得父亲实在是小题大做，就那个单薄得像一张马粪纸，放个响屁都震得自己打晃的羊倌，敢把我推到泡子里淹死？他要是想害我，第一天就该下手啊，何必等这么久呢？又是放羊又是唱歌的。我跟他无冤无仇，把我弄死，他能有什么好处？又不是弄死我就能放他出狱。

父亲临上班前严令我不许再去找田羊倌，我只能点头应允。

本来说好了的，今天我还跟他去放羊，他还答应给我讲他的故事，我们还拉了钩的，突然就不去了，连个招呼都不打，也太不够意思了吧，这让我很烦闷。

紧接着我又开始担心，那田羊倌会不会因为带我去放羊而受处罚呢？

我不止一次听管教们讲过，处罚这种自由行动的犯人有种种方法，最轻的是取消他单独行动的自由，厉害一点是给他们加刑。如果加刑，就田羊倌那小身板，会不会死在监狱里？

不行，我还得见他一面，即使他不给我讲为什么犯罪，不给我讲他家乡的故事，起码也要和他告个别。顺便告诉他，父亲已经知道了他带我放羊的事，让他心里有个准备。

我偷偷跑到昨天放羊的草甸子。远远看见那群羊，正围在一个大水泡子周围安详地吃草。等我跑近一看，那放羊的却不是田羊倌，而是另外一个高高瘦瘦的人。一看那光头和紫色的破囚服，就知道他也是个犯人。这时突然想起父亲的警告，就和那陌生的犯人保持一定的距离，大声问："羊倌大哥去哪儿了？"

那犯人看了看我，面无表情地说："哪个羊倌大哥？我不就是嘛！"

我说："他姓田。"

犯人说："啊，姓田那小子，他来不了了。"

我心里一惊，赶忙问："他怎么了？"

那犯人咧嘴一笑，说："你一个小毛孩子，瞎打听什么呀？和我玩不是一样？"

说着，那犯人向我走了过来。我看着他高大的身子，看看旁边闪着亮光的大水泡子，吓得回头就跑。身后传来那犯人的喊声："跑什么啊，我给你钓鱼吃！"

我一溜烟跑回家。幸好，父亲没回来，母亲带弟弟串门去了，我坐了好一会儿，心还狂跳着。

一天晚饭后，我看父亲心情不错，就打听田羊倌是不是病了。

父亲收敛了笑容，说："不知道，那个田羊倌不归我管。"

我不死心，又问："他犯了什么罪啊？"

父亲担忧地看着我，很认真地说："你不好好上学，老关心犯人干什么？"

我老大的不高兴，就说："谁说我不好好上学了。"转念一想，父亲也是为了我好，就嬉皮笑脸地说 :“就是随便问一问，求你了！”

父亲有点无奈，就说 :“我帮你打听一下吧。”

我想起了王管教讲的“羞杀人”，就认为田羊倌和那个光屁股睡觉的小伙子差不多，是个被冤枉的好人，而不是真正的罪犯。

看来是父亲上了心，过了几天，他主动跟我说起了田羊倌。

原来田羊倌在家乡是当小学老师的，和一个教音乐的女老师好上了。结婚时，女老师的父母坚持要他做一套全新的缎子被褥，否则就不答应他们结婚。田羊倌无奈，就偷了一个村干部家的两只羊，牵到县城卖了，买了一套缎子被褥。新婚的当晚，田羊倌就光着身子被民兵从缎子被窝里带走了。教音乐的女老师连羞带气，穿上衣服就跑了出去，当晚就跳了河。田羊倌得知，就翻墙逃跑想回去见妻子最后一面，结果被重判了六年。

我知道，监狱里最重的犯人是无期徒刑，要一辈子待在监狱里，直到死。只要不是无期徒刑，我都觉得不算长，听说田羊倌被判了六年，就松了一口气，问 :“他家乡是哪儿啊？是大雁飞来的地方吗？”

“这个，忘问了。”父亲说。

我觉得田羊倌太可惜了，也觉得他挺可气的，还真犯了罪，为结个婚就偷东西犯罪，太傻了。那个教音乐的好姑娘也够傻的，亏她还是当老师的，太缺心眼儿了，忙着跳什么河呢？你就知道田羊倌一定会判刑？就算判了刑，你等他几年不行？

我把这想法和父亲说了，父亲却说 :“没你说的那么简单，犯了罪，一辈子就不是好人了，那个女的跟了他，还不遭一辈子罪？”

“大人们就是想得太多。”我心想。

过了几天，父亲告诉我 :“田羊倌的家乡是湖南的。”

“那里是大雁飞来的地方吗？”我有点茫然。

父亲却说：“大雁从哪儿飞来的我也不懂，前几年，有十几万南方的犯人来到了黑龙江，有广东的、湖南的、江西的，还有咱们山东老家的。”

原来田羊倌和音乐老师离得那么遥远啊，难怪他总是凝望天空，他唱“在那遥远的地方，有个好姑娘”时，心里不知会怎么难受呢。

我忽然觉得很同情田羊倌，不是同情他犯罪，是同情他的贫穷，连个缎子被也买不起。可转念一想，有几个人能买得起缎子被呢？于是又恨那个女老师的父母，干吗非要什么缎子被呢？没缎子被不一样吃饭睡觉，一样过温暖日子吗？这下可好，一床缎子被，死了一个，蹲监狱一个，难道这就是母亲常说的“人作有祸，天作有雨”吗？

我不想再见到田羊倌了，他不值得我当朋友。然而，我内心却并没真正做到，脑海里总是有意无意地浮现出他的形象。在我眼里，他似乎并不是个纯粹的犯人，而是一个单薄、孤独，总是感觉寒冷的人，是个买不起缎子被的可怜兮兮的穷人。

十三

武警老师

告别了田羊倌，我有了第二个忘年交，是个当兵的。父亲知道后，不再担忧我有安全问题，还夸我懂事了。

这个当兵的和田羊倌不同，田羊倌让我惦记，让我担忧，某种程度上，他激起了我对一个被社会抛弃的人的无比同情。为这份同情，父亲曾批评我思想有问题。对父亲的批评，我默然接受。

和当兵的忘年交给了我真正的帮助，和他交往，我完全没了和田羊倌交往的那种感受。我找到了安全感、自豪感，甚至是依赖感。在我面前，他不但是好人，还是个强者。

能和这个当兵的成为朋友，得益于我在老魏头儿那里看的小人书，张飞和赵云成了我们友谊的桥梁。

二分场干部职工的茅草土坯房，每两三年就要进行“大修”。苫房、扒炕、抹墙一大套活计，由几十个犯人挨家挨户地干完，几个武警端着枪在“警戒线”外看守着。

一九五九年一月开始，公安部队又改称武警部队了。大人们叫他们“武警”，我们则乱叫，一会儿叫他们武警，一会儿又叫他们当兵的。

房子修到我家那天，天很冷。休息时，一个老犯人瞟了一眼武警，对我说："你这小家伙看着挺仁义的。我给你讲故事吧，《三国》，知道《三国》吗？"

我立刻来了兴致，马上说："当然知道，张飞赵云……"

老犯人坐在一垛干坯上，念念有词："滚滚长江东逝水，浪花淘尽英雄……"说了两句，就问我："你光知道什么张飞赵云的，那不行，这诗你懂吗？"

我那张飞赵云都是从小人书上看来的，什么滚滚长江，没看见过。我就朝老犯人摇了摇头，实话实说："不懂，小人书上没有。"

忽然听到一位武警朝老犯人吼了一嗓子："干活去，别借机会磨洋工！"

老犯人偷着瞪了武警一眼，慢吞吞地站起来，龇牙咧嘴地和泥去了。

这时，喊话的武警招手让我过去。原来这武警也是个《三国》迷。他刚才听见了我和犯人说的话，就对我说："你别听那老东西瞎白话，他就是借机会偷懒耍滑，就他说那几句诗，看过《三国》的谁不知道啊？"

我有几分愕然，就说："我就不知道。"

武警笑嘻嘻地说："你当然不知道，你那叫什么呀，你也就是个看小人书的，那不叫看过《三国》，看《三国》得看原著。什么叫原著，知道吗？"

我有点羞愧。犯人知道的我不知道，当兵的知道的我也不知道，我还跟同学们吹过好几回牛，他们听说我看过很多《三国》《水浒》小人书，都挺服我的。

武警看我不回答他的话，就说："一看你就不知道，跟我学吧。我姓崔，可不是吹牛皮的吹，是姓崔的崔，你别跟那帮熊孩子一样，老叫我们当兵的。"

"那叫什么呀？叫武警？"我开始喜欢这个当兵的了。

他沉吟了一下却说："叫什么都不太合适，随便吧，就别叫我当兵的。"

我忽然有了主意："叫你崔老师行不，你给我当《三国》老师。"

他拍了拍我的后脑勺，说："小脑袋瓜子还挺灵，就照你说的办，叫崔老师，本来我的理想就是当老师。"

从此，我和崔老师成了朋友，成了忘年之交。我真心喜欢他。他文质彬彬，满肚子故事，就是说话挺粗的。从嘴里出来的话，都像从裤裆里掏出来的。不但说脏话，还爱骂人，和他文质彬彬的长相很不搭调。

认识了崔老师，我想起胖哥，但崔老师和胖哥不同，胖哥喜欢和我玩，让我感到亲切，享受温暖，崔老师却是让我佩服。他有文化有思想，每次和他交流，都有具体内容，甚至还有主题有行动的。他说的话总能引起我的思考，或者让我赞同，或者让我产生疑问。同样是温暖的感觉，却温暖得新鲜刺激，温暖得很有价值。

修别人家的房子时，崔老师也会叫我过去跟他聊《三国》。当然，主要是听他讲，人家看过原著嘛，我不过是个看小人书的。他给我讲故事，也会主动让我给他讲小人书里的画，什么关羽的青龙偃月刀是什么样子的，张飞的丈八蛇矛枪什么样子的。有时他还会拿出笔和纸，让我给他画关公的刀、张飞的矛。我心里明白，崔老师不是不懂那刀是什么样，他是给我面子。不过有两次我画得不太好，他撇着嘴说：“你这画的是啥鸡巴玩意啊？”

有一天，崔老师问我：“你有点理想没有？长大了想干点啥啊？”

我说：“跟你一样，当兵！”

没想到他竟笑得嘻嘻哈哈的。接着跟我说，他原来的理想是当老师，专给孩子们讲历史故事，没想到他爸是个退役的老团长，寻死上吊地非逼着他参军，结果他就成了个当兵的。

“我这辈子算是让他给坑苦了。”崔老师的话给了我一个不小的震动，我瞪大了眼睛不知该说什么。

崔老师说：“你不是想当兵吗，明天跟我上前线看热闹吧。”他说的上前线，就是和犯人一起到地里收割庄稼。

他又说：“犯人多，场面大，你会觉得好玩儿。”

那天，秋高气爽。场外的土路上，七八个武警荷枪实弹，押着近百名犯人去收割水稻。

武警和犯人们保持着一段距离，因为犯人手里都拿着镰刀——那也是武器啊。我走在崔老师身旁，感觉到像上战场似的紧张。

崔老师看出我很紧张，就拉着我的手说：“就这耗子胆，还想当兵？”

我从他的大手里抽出手，故作轻松地说：“人家还小嘛。”

崔老师拍了拍枪托说：“别怕，咱有这家伙呢。”

“前线”到了，就是一片稻田地。稻子长得很好，稻穗都沉甸甸地低着头。劳动场面倒没什么特别，犯人内部也有着大队长、小组长之类的头头，管教干部指挥他们，他们再指挥其他犯人，武警监视着警戒线，劳动场地管理得严丝合缝的。

让我感到新鲜刺激的是犯人请假大小便。

犯人厨房里送来了午饭，犯人们饿了，争先恐后地吃，偶尔也能听到点笑声。

午饭后一直到下午，是犯人大小便的高潮时刻。稻田周围是草地和山林。防止犯人逃跑和暴动是武警的首要任务。暴动一般不太容易发生，逃跑就很难说。稻田四周插着十几面小红旗作为“警戒线”的标志，犯人拉屎撒尿不许越过警戒线，如果有人越界，武警就可以开枪射击。

犯人大小便，必须使用固定的标准词语向就近的武警报告，经过允许才可以便或不便。

我站在崔老师旁边，他端着上了刺刀的枪，暖暖的阳光下，刺刀闪着寒光。

这时，他附近一个高个头却长得很瘦的犯人放下镰刀，站直了身子，大声喊：“报告，犯人大便！”

崔老师大着嗓门，回答得很威武：“去吧，不许越过警戒线！”

稍稍离开人群，那高瘦的犯人蹲了下来。

一个矮个子也很瘦的犯人在稍远的地方，他也放下镰刀，站直身子大声喊：“报告，犯人小便！”

崔老师依然是大嗓门，很威武地命令：“就地解决！”

矮瘦的犯人就地解决了。

很快，其他犯人也纷纷喊了起来。

“报告……”

“报告……”

“报告……”

崔老师一连声地应付着。

“去！”

“去！”

“去！”

过了十几分钟，刚才那个高瘦的犯人又站直了身子，大声喊：“报告，犯人大便！”

崔老师有点不耐烦地问：“你不刚去过吗？”

犯人的声音有点发颤，听起来像是装的：“我闹肚子了！”

崔老师犹豫了一下，大声喊道：“去去去！”

后来崔老师告诉我，犯人里面很复杂，老实人确实有，大部分都很滑头，很顽固，也很凶，有的是借大小便机会偷懒，因为干别的都不能请假，只有大小便是请假的理由。也有的犯人是想借着尿道子屎道子逃跑，真大便假大便又不能去验证……

又割了一会儿，那个高瘦的家伙再次喊了起来，这回他的腰也没那么笔直了，声音更加发颤：“报告，犯人大便！”

崔老师极不耐烦地吼了起来：“去去去，除了拉屎，你还会干什么？”

那个矮瘦子也开始凑热闹，微微弯着身子喊叫：“报告，犯人大便！”

崔老师有点怒不可遏地吼道：“再说大便我枪毙了你……快去快去！”

一个没请过假的犯人也喊了起来：“报告，犯人小便！”

崔老师也没仔细看是谁，就骂了起来：“你还有完没完了，你再他妈的撒尿，我一枪把你那破玩意打碎了！”那犯人看样是真来尿了，也不等批准，就地开尿。

这回崔老师没计较，小声对我说：“没办法，说实话，你又不能不让人家拉屎撒尿。”

最难的时刻是傍晚收工，光集合队伍就像一场小小的战役。我看着乱糟糟的犯人们，一个个手里还拿着在夕阳下闪闪发亮的镰刀，就感觉后背发凉，汗毛直竖。

犯人们的动作乱七八糟，还叽叽喳喳地不知嚷着什么，武警们的喊声此起彼伏起来：

“快点，集合了，集合了！”

“说你呢，你还往哪儿走？”

“还有你，赶紧给我滚回来！”

“听见没有？再不滚回来我开枪了！”

随着一声声的怒吼，武警们把枪栓拉得哗啦啦响。不知是谁，还朝天上放了一枪，“砰”的一声，犯人们顿时安静下来，我觉得够刺激，不过也吓得抖了好几抖。

队伍往回走时，崔老师稍稍轻松了点，断断续续地对我说了一大堆话，说话中间，时不时地还要对犯人吼上几嗓子。

崔老师说，看犯人还不如上战场呢。犯人太复杂了，这里面什么人都有，老实人也有，估计被冤枉的也有，各种能人都有。可是大部分都很坏，有的蹲监狱蹲出经验了，滑头得很，他知道和你对抗的分寸，知道什么情况你可以收拾他，什么情况下你啥招儿都没有。有些犯人刑期很长，早就破罐子破摔了，就算你真一枪毙了他，他都满不在乎。问题是我还真不敢随便枪毙谁，唉，难啊！咱这里还好，没有女犯，听说有女犯的地方更复杂，动不动就给你来邪乎的，脱光了往地上一躺，打滚撒泼。女管教制不住了就来找武警。你说你一个男的，对着个光不出溜的女人，怎么管？

原来犯人不都是老实的田羊倌，不都是看病看出人命的王大夫，不都是会写字会讲课也会演戏撒谎的姜老师。

大人们，好复杂啊。

一瞬间，我觉得自己长大了不少。

两天以后，崔老师问我："怎么样，上完前线了，你的理想还是当兵吗？"没等我回答，他突然问我："你是不是觉得我够坏的，总爱骂人啊？"

我看着他的眼睛，发现那里流露出一种难得的真诚，就看着他的眼睛，实话实说："你是好人，就是太爱骂人，对犯人有点太狠。"我猜想，崔老师听了我的话也许会生气，也许不拿我的话当话，讥笑我一番再说句脏话。没想到他既不生气也不笑，面无表情地说："爱骂人是跟我爸学的，老头子听我骂人一点儿也不生气，还夸我不愧是他的亲儿子。"

我很惊讶，问："他都骂谁啊？"

"他当然是骂美国鬼子，骂蒋介石啊！我呢，前几年主要是骂个曹操、白骨精、牛魔王什么的。我爸就夸我骂得好。现在主要是骂犯人。"他好像想起什么往事似的，又说："其实我这人挺心慈手软的，每次骂完犯人都有点后悔，有些坏家伙本来就是狗娘养的，怎么骂都不过分，一枪崩了才解恨。有的犯人就挺可怜的，说不定就是个冤大头，我没办法，我不是管教，我只能远远地看着他们，分不出谁是冤大头，谁是王八蛋，没招儿啊，谁让我是个小兵崽子呢。"

人生的每个阶段，我几乎都情不自禁地想起童年和青年时期那些当兵的朋友，但每个人对我的影响都很不同。胖哥让我怀念军人的友好，崔老师却给我播下了思索人生的种子。这辈子，有几个人先后改变了我的人生走向，最早一位，应该就是崔老师。

黑熊进场让我立志当兵，崔老师却让我打消了参军的念头，尽管我尊敬军人的基本态度从未改变过。

有趣的是，三年前的一个晚上，我在北京开往深圳的火车上，居然又想起了崔老师。那天，我对面坐着个刚退伍的复员军人，列车徐徐开动，他直勾勾地看着车窗外灯火阑珊的夜景，直到列车开出北京，驶入郊外的黑夜，他才恋恋不舍地转回头，发现我正在看他，有点不好意思地朝我笑笑，说："北京的夜景可真漂亮啊！"

我有点不解，问他："你不是在北京当兵吗？"

他回答道："是啊，当了三年兵，一直儿在北京，可我没看过北京的夜景。"

我简直不相信自己的耳朵，可他一点开玩笑的样子都没有，满脸的遗憾，又对我说："我在一个大院里当兵，晚上是不能离开的，所以就没看过夜景。"

我问他是否提干了，他的脸颊爬上几分羞赧，低声说："一直是个兵。"

我那天实在有点弱智，竟问了他一个伤口撒盐的问题："新兵刚入伍时，你是不是想到一句名言，不想当将军的士兵不是个好士兵？"话刚出口，我就十分后悔。但他却并没生气，却一脸惊讶地问我："你怎么知道？你会算命？"

我只好半真半假地说："我当年也是这么想的，不过我还不如你呢，我体检都没过关，连个兵都没当上。"

一路上，我们聊了很多，我问他："当兵后悔没？"

他沉思了一下，说："也后悔，也不后悔，后悔的是当初太天真，奔着当将军去的，没想到混成个没看过夜景的兵。不后悔的是，当兵有个最大收获，我有了一帮知心换命的好战友。我现在满脑子都是战友的影子，一想起他们，浑身都是暖洋洋的，一切让我后悔的事都忘了。”于是他就如数家珍般地讲起了他的战友，好像他的战友我也认识似的。

我却一下子想起了崔老师，也想起了近年来人们热衷于聚会的情景。不能不承认，各种各样的聚会效果各异，以拉关系搞攀比为目的，弄得不欢而散的也有，若论感情最真，还是部队老战友的聚会，只可惜，我却少了这种特殊的温暖，不能不说是个遗憾。

十四

走进高墙

劳改农场最神秘的地方自然是高墙之内，可惜我无法去观光，几次让父亲讲讲里面的事，他也是应付了事地说一句："一个小孩子问那些事干啥？"有时还会说句难听的："你也想当犯人？"

我问："你们管犯人有没有意思？"

父亲说："管犯人能有什么意思？好好学习，别犯错误，别蹲监狱，蹲监狱一辈子就完了。"

这是父亲管犯人的最大体会。我探秘的乐趣他不懂，哪个孩子不愿凑热闹呢？

崔老师在高墙的岗楼上站岗时，带我上去玩过几次，我不知道这对他算不算违反纪律。

监狱四周被高墙围成个大大的四方形，每个转角处有个岗楼，配一个武警站岗。高墙内侧装着探照灯，晚上就会把监狱大院照得雪亮，亮得神秘、瘆人。

我站在岗楼俯瞰监狱大院。几排监房整齐排列，偶有犯人进进出出。崔老师说，大队犯人外出劳动时，监狱里留下的都是做饭打扫卫生的后勤犯人。这些犯人都是胆小老实的，犯的罪轻，刑期短，很快就能出狱，所以就不会闹事，武警站岗也就轻松不少。但犯人在院内活动也是有规矩的，如果越过红线接近高墙，那就有越狱和偷袭岗楼的嫌疑，武警在警告无效后就有权开枪。

崔老师说，假如犯人劳动地点很近，中午就回到狱里吃饭，那场面就会很热闹。一般情况下，武警是不进高墙之内的。武警带着枪，在犯人密集的地方施展不开，弄不好武器被犯人给抢了去就出大事了。有不少政治犯都是上过战场的，是真刀真枪拼过命的，有不少还是高手，所以高墙内都由管教干部负责，他们不能带枪。

崔老师这么一说，我对父亲在高墙之内的安全就有了几分担忧。

崔老师说，一般没大事，没枪反倒更安全。如果你挎着枪走进监房，就等于带着肉包子进了狼窝。

“不带肉包子也不能进狼窝啊！”我对崔老师说。

“我就是打个比方，干脆让你爹带你进去看看，我算看明白你了，像老娘们儿似的爱凑热闹，比耗子胆还小，还说理想是当兵呢，你还是老老实实看《三国》吧。”

崔老师说得我挺不好意思的，不过也进一步激起了我进监狱看热闹的兴头，想探探父亲究竟是怎么上班的。

苦思冥想一番，终于有了好主意。有一天，看父亲心情不错，我就把崔老师主动带我去“前线”的事讲给父亲听，以此来刺激父亲：你看人家，一个当兵的都能做到的事，你当爹又当干部的却做不到，是否有点太那个了！

这招果然够灵，父亲竟点头同意了。

没想到母亲出来搅局，她担心我遇到危险，并拿出一年前逼我去学校取油布的执拗。

在母亲眼里，犯人远比黑熊厉害。我却不服，理由很简单，父亲和那么多犯人打交道好几年都没出事，你把父亲放到一大群黑熊里试试。

"说不行就是不行！"女人一来横的，你就没法子了。父亲本来也不是很情愿，也就借坡下驴，说："算了，别去了，本来就没啥意思。"

我败下阵来，只有另寻出路，可我实在是想不出辙儿了。

几天之后，这事却意外地成了。原来父亲和他的一个领导闲聊天，无意中说了我的事，那领导很开明，处理问题也干脆。

他笑着对我父亲说："行，你儿子够尿性[①]，不像我家那淘气包，整天就知道爬树抓雀儿。你就带他去看看嘛，能有什么危险？看哪个犯人敢碰他一根手指头，还反了不成？"

还是领导管用，领导说行那就行，不行也行，但这事还是先瞒住了母亲，她不像父亲，犟劲儿一上来，领导说的也没用。

我把父亲答应领我去探监的消息告诉了崔老师，他先是竖起大拇指，接着又摇了摇头说："去吧，看看你就死心了。"

"你什么意思啊？"我不懂崔老师的话。

"我带你去看犯人干活，你现在不想当兵了吧？进监狱看完，你就不想当管教了，你看的东西越多，不想干的事就越多，最后就没事可干了。"

我第一次觉得崔老师说话有点乱七八糟，还神神道道的。

很多年后，才觉得崔老师的话很有道理。没想到，我九岁就

---

① 东北土语，意为有胆识。——编者

交了个有智慧的大朋友，可惜我开窍太晚。

接连下了几天雨，监狱大院里汪洋一片。十几个犯人在院子里干活，用铁锹挖了几条小水沟，院子里的水就顺着小水沟流向大铁门，从门底下流到了高墙外面，汇入一条小河，流向远方。

临近午饭时间，我随父亲走进监狱大院。有个扛着铁锹准备进屋吃饭的犯人发现了我，诧异地叫起来 ：“伙计们，快来看热闹啊，来了个小崽子伙计！”

几个已经进屋的犯人就返回来看热闹。

后来父亲说，犯人的生活很单调，他们比我还爱凑热闹，哪怕看见两只公鸡掐架也能兴高采烈地看半天，然后再议论半天，分析斗败的公鸡是因为什么败了。当过国民党兵的犯人会分析得更有条理，好像总结他们被共产党军队打败的教训似的，为那只斗败的公鸡惋惜。

有个犯人竟走到我面前，捏了一下我脸颊，笑着问 ：“这么鸡巴点年纪就进了监狱，干什么坏事了？当特务了还是当汉奸了？是偷了还是抢了？要不就是搞破鞋了？”

父亲并没有发怒，却装出嗔怒的样子，黑着脸说 ：“别瞎闹，这是我儿子。”

一个犯人嬉皮笑脸地对父亲说 ：“呦嗬，管教，真有你的，带儿子到这鬼地方来，你也不怕他变成坏蛋？”

父亲说 ：“你们好好改造，他就学不坏，他想给你们写篇作文！”

写作文是父亲瞎说的，也没哪个犯人当回事。我那时候也不会写什么作文，但很显然，犯人并不怎么惧怕父亲。父亲和他们说话的口气也不像是对阶级敌人说话，倒有点像车老师给我们上课。

走进监房，我的心一下子紧张起来。一股怪味刺得鼻子痒痒的，眼睛也痒痒的，弄不清是屎味儿、尿味儿、汗臭味，还是屎尿汗混合在一起的味儿。里面黑黢黢的，过了一会儿眼睛才适应。发现屋里有南北两铺大炕，各有几十米长，能睡几十个人。犯人们都坐在炕沿上，手里拿着各种各样的小饭盆儿，望眼欲穿地看着大门口，等着伙房的人端着大饭盆走进来。

犯人们穿着紫色衣服，一律的光头。在监房里看他们和在外面是不一样的，外面毕竟天高地阔，犯人没那么集中，监房里光线晦暗，犯人们密密麻麻的，但见一片肮脏的紫色中，密密麻麻的光头上闪着点点黑光，那是犯人们滴溜乱转的眼睛。

伙房的大饭盆端来了。一大盆饭，一大盆菜汤。两铺大炕中间有个破桌子，饭盆菜盆往上一放，桌子就摇晃起来，一副随时会垮塌的样子。

局面开始混乱起来，犯人们各自拿着吃饭的家伙争先恐后往前挤，一片肮脏的紫色晃动起来。

犯人们很能吃，粮食供应量却有限。有些身高马大又滑头的犯人，就会对值班打饭的犯人耍点手腕，连偷带抢地多捞点，要是没捞到便宜就会骂骂咧咧的，把人家祖宗八代拿出来侮辱一番。据说为吃饭动武打架的事情也常发生。今天父亲为了确保我的安全，就亲手给犯人打饭，秩序比平时好了不少。

“别抢别抢，排好队！”父亲嚷着。

“排好排好，挤什么？一个一个来，饿不死你！”帮着父亲维持秩序的是犯人的大组长，长得膀大腰圆，一脸横肉。

“管教，多给我点，今天干活太卖力气，饿得邪乎。”一个大个子犯人嬉皮笑脸地对父亲说，他手里拿的饭盆儿也比别人大了一圈。

碗大勺子有准儿。父亲看了那犯人一眼，还是给他加了半勺饭。

“我也饿得邪乎，多给点吧。”一个面容很猥琐的家伙对父亲说。

父亲斜了他一眼，半嗔半笑地说：“干活不咋地，吃饭倒是把好手，你是饿死鬼托生的？”父亲虽然这么说，也给他加了一点饭，大约是半勺的一半，那家伙笑嘻嘻地离开了。

后来我才知道，由于父亲对犯人态度比较和蔼，处理纠纷比较公平，也很少严厉惩治一时犯浑的人，犯人们对父亲就比较尊重，尤其是政治犯，他们更喜欢得到点尊严。

忽然，我见到了田羊倌。他拿着个破搪瓷碗，颤颤巍巍地凑到父亲身旁，猛然间看到了我，眼神里竟有几分慌乱。

我一直惦记着他，没想到他突然出现在这一片肮脏的紫色中，成为这队伍中最可怜巴巴的一抹紫色。他的形象在我心里瞬间大打折扣。可我发现他的紫衣服比别的犯人都干净时，心里就七上八下的。父亲在场，犯人混乱着，我没办法和他打招呼，一时不知道该怎么办。我想告诉他，我曾去草甸子找过他，我已经知道了他的故事，知道了他那个远方的好姑娘，希望他好好改造，早点走出高墙。没想到，他打上饭，突然转身溜走了。

我实在不懂他究竟在想什么，生气了不想见我？怕我和他说话惹父亲不高兴？后悔带我去放羊心生歉意？还是……

我突然觉得来探监真的很无趣，就算他们打架了，有热闹看了，可这种热闹有什么意思呢？一帮犯罪的人，光着秃脑袋在刺刀下生活，拉屎撒尿还得报告一声，就像崔老师说的，很多人早已经破罐子破摔，是一群毫无希望的人，内心如一片死灰，活着和死了没什么两样。就算活着出了监狱，仍然是被人看不起的二劳改……想到这儿，我突然觉得心里冷飕飕的，同时有点可怜父亲：整天和犯人在一起，太无趣了。难怪崔老师说，看了监狱，就不想做管教了。

吃完饭，犯人开始午休，我就主动要求离开。

走出监狱，我又想起田羊倌的事，就问父亲："田羊倌怎么不去放羊了？"

父亲是个简单的人，很少探寻别人内心深处的想法，包括对我。他看也没看我的表情，只是轻描淡写地说："是，他不放羊了。"

"要是中午没吃饭，晚饭能吃双份吗？"

"不能。"

"为什么不能啊？"

"不能就是不能，哪有那么多的为什么，这是规矩。"

父亲不再多说话了，他终于安全地完成了带我进监狱观摩的任务，似乎松了一口气，就像给犯人打饭，打完了，他也累了，也就不想事了。至于我为什么想着法子进监狱，探监之后有什么感想什么心情之类的，他一概没问。

其实父亲要是真问，我也没什么好回答的。我探监的感受很难说出口，也实在说不清楚。

十五

死亡的滋味

一九六〇年，大饥荒的恶浪终于扑到了东北这个农场。我不懂为什么，大米白面吃得好好的，怎么就突然挨饿了，一个个饿得像个瘦猴子、瘪犊子似的，究竟从哪月哪天开始的，竟毫无记忆。

小孩子不懂什么天灾人祸的，大人们也不说。现在回首往事，最深的记忆倒是那些挨饿的“趣事”和面临死亡的滋味。

为什么挨饿还是趣事？主要是没饿死嘛。那时候我走在有可能饿死的路上，那路却幸运地拐了弯。那时毕竟年纪太小，农场太小，知道的事情太少，无法感知整个中国在大饥荒中的窘境，也就没什么精神痛苦，只知道，饿了，就要想办法弄吃的；弄不到，就沮丧；弄到了，就吃，就开心，就有趣。

劳改农场能享受点宽大政策，自种的粮食上缴国库的数额有所减免。农场本来就自产粮食，所以在最困难的日子里，干部职工也有大米白面供应，只不过是数量太少，根本填不饱没油水的肚子。大家都要想尽办法自谋生路，补充那不足的部分。黑龙江大自然环境不错，人口密度不高，就算再饿，也没闹到吃树皮吃“观音土”的地步。

没饿死，都活着，身为小孩子的我们还在继续成长着，这就是命。这难道不是最有趣的“趣事”吗？

那时候的早餐在一天中是最重要的，虽然没吃的，大人们的革命工作并没有减量。犯人也没吃的，因此管教工作更难做。管教们自己也要鼓捣吃的，更要确保自己和家人都活着。

暑假的一天，早饭是照例的绝对平均主义分配方式，不分大人小孩，每人一小碗白米饭。三岁的弟弟吃饱了，就出去玩耍，这让我很羡慕。我只吃了个半饱，父母最吃亏，现在猜想他们可能当时都饿着肚子。

父亲摇摇晃晃地上班去了，母亲摇摇晃晃地参加劳动去了。临行前，严令我不许去河里洗澡，因为几天前刚发生了一个不算小的事故，我在河里洗澡差点淹死，被一个大两岁的哥哥给救了。

我写完作业，唯一困扰我的事情就是饿。越饿，肚子越是咕噜噜地叫个不停，那滋味就像是五腹六脏都被掏空了，整个身体成了一个空壳。

忽然，我想起差点被淹死的情景，然后就联想到鱼。对啊，吃鱼不是可以解饿吗？为什么不去钓鱼呢？对，偷着钓鱼去，我越想越美好，说干就干。

首先要自制鱼竿。家里有一把大竹扫帚，我抽出一根竹条子，又找来一根拇指粗细的木棍子，用铁丝把竹条和木棍连接上，一根鱼竿就有了。这鱼竿后半截的木棍很光滑也够硬实，前半截的竹条够柔软，挥动一下，富有弹性，蛮带劲儿。

鱼线好办，母亲有一团纳鞋底的线绳儿，我偷偷剪下来一丈左右就解决了。

鱼钩就难办了，没钱买。想来想去，只好找到两根大头钉，用钳子弯成鱼钩状，也凑合了。

做鱼坠儿是跟一个大哥哥学的。我拿出家里的牙膏，把卷着的尾部展开，剪下来一条儿再重新卷上，不留一点蛛丝马迹。然后把剪下来的牙膏皮放在铁饭勺里，再放在火上烧。很快，牙膏皮就化成铅水。把滚烫的铅水倒进在地上挖好的小圆坑里，铅水遇冷凝固，一个圆圆的小鱼坠就制作成功了。拿在手里看了看，掂了掂，不大不小，不轻不重，心里美美的。

鱼漂也好办，找到一个旧“盖帘”。那是用高粱秸秆做的，反正家里也没什么多余的食物可放了，早已经废弃不用。我剪了一段秸秆做成鱼漂，绝对比现在渔具店那些花里胡哨的鱼漂更实用。

鱼食最简单。在茅草堆附近的“腐殖土”里，蚯蚓特别多，但不能用铁锹挖，容易把蚯蚓拦腰斩断，要用“四股叉”来挖，最好用“四齿子”——这农具有点像猪八戒的武器，刨起来又快又省力。刨出来的蚯蚓红红的，肥肥的，比挨饿的孩子们鲜亮多了。很快就弄了半罐子蚯蚓，突然觉得蚯蚓这傻东西够倒霉的，不知为什么就被水里的鱼给喜欢上了，它们又没一起玩过。

怕母亲察觉，准备工作就像做贼似的。断断续续用了一整天，一切完美就绪。那晚的梦做得也很美，一条条大鲫鱼大鲶鱼都长了翅膀，直接从水里飞出来，飞进了我的鱼筐。一家人一边吃一边笑，父亲夸我真厉害，救了一家人的命。

第二天早饭，依然是半饱，却难掩兴奋。母亲问我怎么了，我撒谎说做了个好梦，梦见一家人在吃大馒头和炖猪肉。母亲轻叹一口气说：“还是当孩子好啊，做个梦也能解饿。”

我拿着鱼竿溜出家门，偷偷到了野外一个没什么人去的大水泡子。去这样的水泡子有两个好处：一是可能鱼多；二是没人看见。可一到那儿，发现问题来了。这水泡子可不是养鱼池，站在岸边就可以甩竿。水泡子是由浅入深很不规则的一大片水，在阳光下，波光粼粼的，却无处下脚，看来只有走过水草杂乱的浅水区，才能把鱼线甩进深水里。可哪里水深哪里水浅根本就看不出来。我一犹豫，肚子就开始咕咕乱叫。于是一狠心就下了水。不敢光脚，只好穿着母亲精心制作的布鞋，颤巍巍地，一脚一脚试探着往前走，怕一不留神掉进深水里，我可是个旱鸭子。没想到怕什么就来什么，突然一脚踩进了深水里，竟毫无防备，紧接着整个身体栽了下去。前几天洗澡差点淹死的情景再现了。那天还好，是在一个熟悉的水池子里，虽然不会游泳，可我不是一个人在战斗，今天可是孤零零地在这陌生的大水泡子里挣扎，喊“救命”都多此一举，淹死了也属于父亲说的“活不见人死不见尸”。我感觉真的就要玩完了，第一个反应是后悔没学习游泳，然后就觉得很想念父亲母亲和弟弟，看来是要和他们说再见了。危险时刻，人脑好像特别灵光，那些过往的杂事竟一齐在脑海里乱窜，甚至想起了车老师讲的九妖十八洞，感觉水里有个妖怪正在拽我的腿，看来这回是在劫难逃了，我真的要死了。

我不知别人是从几岁开始有死亡恐惧的，反正我对死亡的恐惧来得很早，估计这与我的生活环境有关。我五岁之前住在爷爷家时，就总是听爷爷奶奶唠叨关于死的话题，不光说他们自己要死了要死了，还常说些山东老家的亲戚谁谁死了，一起闯关东的同乡谁谁死了，甚至还说些关于死亡的民间奇闻，说得古灵精怪的。

有天爷爷说，人睡着时，魂就会离开身体去四处闲逛。假如魂儿归来之前人醒了，魂儿就回不到人身上，人就会很快死去。虽然我还无法想象人死时究竟什么样，但爷爷奶奶的表情语调让我知道，死是很可怕的。再说，我也是见过死狗死猫死老鼠的。我想：人死了一定像死老鼠一样，被人提着两条腿，一甩，就甩进了粪坑里。

我最怕的是母亲死去。一天，母亲搂着我午睡，我却睡不着，一看母亲闭上眼睛，就怀疑母亲死了。我赶紧摇晃母亲胳膊，母亲醒了，奇怪地问我什么事，我说没事。母亲再次睡着，我想再次把母亲摇醒，又怕母亲的魂回不来。过了一会儿，看母亲一动不动，只好又摇晃母亲，结果母亲发了怒，我却想，生气总比死了好。

其实我自己出生后，也一直在死亡线上挣扎，几次都病得要死要活的，每次又都死里逃生。记得有个关于我死不死的故事，却有两个完全不同的版本，一个版本是母亲的，另一个是爷爷的。

母亲的版本说的是，有一次我发高烧躺在炕上喘息，但是家里来了几个闲杂客人。爷爷奶奶让母亲烧水做饭招待客人，好容易熬到客人吃饱喝足走了，母亲乘爷爷奶奶去送客人，偷偷抱着我去医院打针，没想到，回来后爷爷大发雷霆，原来家里有两只小鸭子被邻家的狗咬死了。

爷爷暴怒时有个标准动作，就是用右脚使劲跺地，能跺得屋地咚咚响。这次母亲是真的急了，大声质问爷爷："是我儿子的命重要，还是你的鸭子重要？"

爷爷跺着脚大声吼道："简直反了！"

估计在爷爷心里，还是他的两只小鸭子重要。

这件事对爷爷刺激也很大，后来他终于找了个机会说起我的生死问题，这是他的版本。

爷爷说我其实排行老四，在我之前曾有两个哥哥一个姐姐，都是一岁多点就夭折了。老三死的时候，爷爷恰好听到个民间流传的邪门歪道，于是他帮着埋葬老三时，就挥起铁锹在老三尸体的后背猛拍了三下。所以，我虽然多病，却一直活着，不然的话，我早就死了。我明白爷爷说这话的意思，他虽然对我很冷漠，然而对我有救命之恩，让我不要记恨他。

此刻，我再次面临危机，虽说是为了给家人弄点鱼吃，可这话我是没机会说了。看来我是早就该死，爷爷那三铁锹哪有那么大的威力？

我感受到了死前的滋味，那是一种彻底绝望的孤独，似乎一切都在消失，只有眼前这片水存在。我终于明白了，我将孤零零地死在水底的烂泥里，永远无人知晓。我死后，亲人会难过，但很快就会忘记，他们依然会努力去找吃的，会努力地熬着，熬过去艰难的日子，慢慢地就忘了我，然后一家人欢欢乐乐地活着。

我开始大口呛水，意识开始模糊，手脚乱蹬乱抓的挣扎似乎都是无意识的。可没想到，就在死亡的滋味都要淹没的最后一下挣扎时，我竟抓住了一缕救命的水草。一线微弱的希望之光骤然闪现，一股暖流竟像过电一样让我有种酥麻的感觉。慢慢地，我稳住了下沉的身体，无意识地稳定了心神，排除了各种杂念，不断抓住前方的救命草，一步一步向前挪动身体，终于挪到了水浅的地方。我竟奇迹般地站了起来，像小狗洗完澡一样甩甩头发上的水，发现鱼竿鱼食竟安然无恙地躺在不远处的草上。一切场景竟如同几分钟前，突然间想起当兵的崔老师讲过的一句话，好像是《三国》里的曹操在赤壁之战后说的：“天不亡我啊。”

经过这场生死挣扎，我知道脚下哪里水深哪里水浅了。我脱掉湿衣服，晾在树枝上，然后从装蚯蚓的破铁罐里拽出一条蚯蚓，用空心掌使劲拍几下，被震死的蚯蚓就变短变得更肥。把蚯蚓揪断，每个鱼钩挂上半截。当我把鱼线甩进刚扑腾过的那片浑水时，昨夜的梦境在脑海里浮现出来，眼前仿佛有无数条大鱼争着跃出水面。

被我扑腾过的浑水慢慢变清。很快，鱼漂动了，一下、两下、三下，接着就慢悠悠地沉入水中。这是大鲫鱼要上钩的样子，我兴奋地用力抬竿拽线，感觉水下沉甸甸的，兴奋得小心脏“蹦蹦蹦”乱跳。可没想到，水下的鱼钩突然变轻，紧接着，鱼钩嗖的一下飞出水面，空的，鱼跑了。

接下来，这样的情景就不断重复。有两次，白花花的鲫鱼已经被拽出水面，可还是脱钩了。我终于明白，都是鱼钩惹的祸，那自制的大头针鱼钩上没有“倒刺”，狡猾的鱼就能自动脱钩，我不禁沮丧万分。让我更沮丧的是，刚才在水里挣扎时把一只鞋陷在水底的泥里，我万不敢再下水去捞，只能做好被母亲一顿胖揍的准备。

但我不死心，继续钓、钓、钓。终于，在蚯蚓快要用尽、几乎绝望的时刻，竟有一条足有二两重的“三胖头”鱼被钓了上来。“三胖头”又称为“老头鱼”，因为那鱼有点像痴傻呆的老头子一样，又傻又笨，一张嘴，就把蚯蚓连同鱼钩一起吞进肚里，吞了鱼钩也不知道逃跑，就在那里傻傻地坠着。水面上的鱼漂轻微地动一下就再也没有反应。鲫鱼却不同，鬼机灵，很会“逗食”，和你折腾半天，往往吃了蚯蚓还能溜之大吉。

蚯蚓用光了，老头鱼给了我希望的力量，干脆把空鱼钩甩进水里，幻想再遇上几个更倒霉的老头鱼。

鱼漂再也不动了，等了好一会儿，我失望地抬起鱼竿准备回家，没想到水下居然沉沉的，拽上来一看，万没想到，那只鞋竟被钓了上来。

真是太神奇了，我忘了刚刚敲过鬼门关，也忘了饿，把鱼竿藏在草丛里，穿上已经晒干的衣裤，提着孤零零的一个老头鱼潜回家中。

父母还没回来，弟弟也不知玩到哪去了。我钓鱼的本意是想给全家谋点福利，没想到出师不利，差点搭上小命，一条老头鱼够谁吃的！弄不好还会被母亲教训一通，干了好事还要挨训，这样的傻事不能干，干脆，自己偷着吃了吧。

我把鱼收拾利索，在灶坑里点上火，找到油瓶子，往锅里倒了点油。

那是我第一次亲手下厨，煎好的鱼那个香啊，这只能意会，无法言传，只能说比五年前父亲在泥路上烤的鱼要香上一万倍。

父母回家时，我早把一切都不留痕迹地收拾停当，只是觉得那条鱼虽然很香，却没解饿，肚子里的咕咕叫声更响了。

母亲做饭时，发现锅里油汪汪的，觉得很蹊跷，不停地抽鼻子嗅着空气，用疑惑的眼神看了看我也没加追问。我自然不敢说刚经历的鬼门关前那一幕，如果说了，我将永远失去自由。

吃午饭时，照例每人一小碗饭，菜也是清汤寡水的。我看着父母和弟弟，想着刚吃过的煎鱼，不禁心生歉意。要是能多钓几条该多好啊！于是就转弯抹角地劝父亲，能否带上我去钓点鱼吃。父亲说：“鱼那玩意只能解馋不能解饿，臭鱼烂虾，送饭的冤家，越吃鱼越饿，越费饭。”

啊，原来是这样。

我不再去钓鱼了，藏在草丛里的鱼竿也不要了。也从未跟任何人说起过我掉到水里差点淹死的糗事，但偶尔想起那次钓鱼的经历，还是觉得很有趣，尤其那死亡的滋味，其实很难得。

十六

抱团取暖

有段时间我家遇到个大难题，每次吃完饭就恶心呕吐，那时人真是太傻，

也不知道四处打听打听，就在家里闷着头找原因。吃了米饭没事，吃完馒头就出事，终于发现是白面惹的祸。后来听说是白面起了丹毒，为什么会起丹毒，丹毒是啥玩意，也没人知道。面是农场按量配给的，本来就量少不够吃，就算有毒，也不能不吃。每次吃馒头，我就怕得不行，弟弟那时也懂得害怕了，手里捧着热气腾腾的馒头，还没吃进嘴，就先哭了。然后边哭边吃，过一会就边哭边吐。我毕竟已经十一岁，想的就更多。每次吃馒头时，脑子里就会想，为了活着，不能不吃，可这回吃完了是不是真的要死了？决定就吃这最后一次，下次宁肯饿死也不吃了，但到了下一次，馒头还没出锅就急得不行。

饿，真的比死还要可怕。

父母是大人，吃的馒头却和我们一样多，应该说每公斤体重分摊到的毒量就少得多，所以头晕呕吐也就没我们严重。大概他们知道，这面是不能吃死人的，所以还是尽量让我们多吃点。有一次我们吐过以后，看见母亲在偷偷地流泪。

母亲终于想到个好办法，不知她是跟别人学的，还是自己创了个新。

在我的记忆里，母亲有两件家务活做得最有技术含量。第一件是做布鞋，第二件就是她马上要做的事。

秋天到了，农场给每家每户分了一大堆土豆，母亲就在这堆土豆上打起了主意。她先是找到一大片儿薄薄的铁皮（谢天谢地，农场没参加过大炼钢铁那种奇葩运动，所以还能轻易找到铁东西），然后找到几个粗铁钉，在铁皮上啪啪啪钉了一排又一排的孔，把铁皮翻转过来，就看见上面有一片锋利的凸起。

我不懂母亲是要干什么，连父亲也觉得莫名其妙。

母亲洗了几十斤土豆，然后就在铁皮上磨了起来，一个又一个的土豆被磨成了土豆浆，漏进了铁皮下面的盆子里。母亲磨累了，我就帮忙磨，父亲似乎明白了，也去找了片铁皮，也用钉子钉眼儿，也翻过铁皮磨土豆，我家变成个小小的土豆磨坊。

几十斤土豆磨了一整天。母亲指挥着我们把土豆浆灌进一个大布口袋，用线绳系牢口袋嘴，然后把饭桌一头高一头低地斜着放，把布口袋放到桌子上，上面再压上一块石头。几个小时后，布口袋里的水被挤压干净，剩下的就是土豆粉。

关键的时候到了，母亲把长了丹毒的白面和土豆粉掺在一起，做成了饺子皮。饺子馅嘛，不用细说，以野菜为主，没肉少油。当一锅蒸饺出笼时，母亲宣布，今天不用分了，能吃多少吃多少，管饱。我和弟弟高兴得又蹦又跳，其实弟弟也没怎么挨饿，只不过听母亲说，这回吃了肯定不会恶心呕吐了。

原来母亲是把丹毒给稀释了。

可惜，我一个蒸饺还没吃完，想不到的事情发生了。

门吱一声被推开了，一个五十岁左右的半大老头领着个十几岁的男孩走了进来。那老头把肩上扛着的一个麻袋咣当一声放到地上，扑通一声就朝我父亲母亲跪了下来，他身后的男孩也跟着扑通一声跪下了。

那老头我只见过一次，姓李，按辈分我得叫他二爷，他家住在五六十里开外的乡下，是真正的农民，那少年是他的孙子，虽然从没见过面，却知道他乳名叫“狗剩子”。

父亲赶忙扶起李二爷，让他爷孙俩坐在炕头上，他们坚决不坐。李二爷指着地上的麻袋说：“今年土豆收成好，交公粮也不用交土豆，就给你们送点，有六七十斤，我和狗剩子换班扛来的。”

李二爷说得上气不接下气的。

父亲一脸的困惑，问：“跑这么远路送土豆，你还给我们下跪，二叔你这是为啥呀？”

是啊，李二爷这是为啥呀？我站在一旁，百思不解。

父母以前说过几次李二爷，他是奶奶拐了好几个弯的远房亲戚，可真论起来，他和老魏头的关系倒是更近一点。在山东老家，老魏头也曾帮助过李二爷，怎么帮的，奶奶和老魏头都没说过，李二爷是个极要面子的人，当然也不愿提起自己落魄的往事。

一般来说，穷人的小毛病臭毛病都比较多，目光短浅，注重小利，常为些鸡毛蒜皮的事纠缠不休，甚至大打出手变成冤家，直到实在混不下去了，或许能互相帮助一下。有些人一旦富裕了，不是炫耀就是羡慕嫉妒恨，然后就是翻脸。爷爷在山东老家实在混不下去了，才带着大伯二伯逃荒到东北，没想到很快就混得有车有马有土地，更没想到的是，很快又在土改时遭了殃。披星戴月奋斗来的财产大部分被没收，只留下一所还不算小的房子。据说，当时背后有个捅刀子的，就是当年一同闯关东的远房亲戚。这人好吃懒做不务正业，到了东北依然是穷得叮当响，也曾得到过爷爷奶奶的接济，土改时那人进了农会，没想到他却首先向爷爷发难。从此，在乡下种地混得风生水起的大伯二伯就每况愈下，日子越过越艰难。这些事爷爷奶奶从来不愿说，可能是过于伤心吧，也许这是爷爷变得冷漠的原因之一。

母亲原来家境也算殷实，姥爷勤劳肯干，开着杨家磨坊，到了母亲这一代，就大势所趋地一天不如一天，日子过得十分拮据。姥爷当然看不清这背后的大趋势，总是骂两个儿子不争气。

唯独父亲，走了一条参加革命的路，虽然只当了个小小的管教干部，却是两个家族中过得最稳定的，有固定收入，有国家供应的微薄待遇。于是父母就成了香饽饽，隔三岔五就被各种亲戚上门光顾一次，来得最多的是三舅，每次登门，都能讨得三五块钱，吃喝一顿，高兴而归。

李二爷却从不登门，他是父亲的长辈，十分爱面子。再说，也许他曾经和谭家有什么过节。如今，李二爷舍下老脸上门求救，可见是山穷水尽走投无路了。

父亲又问了一句："李二叔，你这是为啥呀？"

这一问，李二爷的眼泪就下来了，颤声说道："你二婶子快不行了，病了大半年了。前天说，临死前就是想吃顿面条，我们家哪有面啊？我想来想去，就你们农场有面吃，我们也知道，这年头都活得不易，你二婶说，不能白要你们的面，就让我拿土豆来换。"

李二爷说完，看着我母亲为难的表情，就拽过他孙子，说：

“狗剩子，来，再给你婶儿磕几个响头。”狗剩子又扑通一下跪在地上，朝着母亲使劲磕了三个头，地面是土的，头磕在上面，声音闷闷的。

母亲赶忙扶起狗剩子，对李二爷说：“这是干啥，好歹也是亲戚。不是不想帮你，是我们家也在挨饿啊。”

李二爷颤巍巍地说：“我不是白要，我是用土豆换，换五斤面就行，五斤就行了。”

母亲只好实话实说：“我们家的面有毒。”

李二爷一脸的惊讶，然后就有点不高兴了，看着桌上的蒸饺，说：“怎么可能呢？你这是看我屯子里的人傻，不识数，蒙我呀？”

母亲说了句“真的”，就转身去了外屋。

父亲知道这老头子很爱面子，就赶忙解释：“李二叔啊，是真的，我们吃了就吐，没办法了，才把土豆磨成粉，和毒面掺在一起吃。”

李二爷先是瞪圆了眼睛，马上又把眼睛眯成一条缝，极为仔细地辨认着桌上的蒸饺，发现饺子皮和纯白面的确实不一样，有点发亮，这才信了。狗剩子圆睁着一双小眼睛看着饺子，嘴角已经流出了口水。

父亲犹豫了一下，就对李二爷说：“你们走了这么远，饿坏了吧，先吃饺子吧，别见外，掺了土豆面，就算吃吐了也没大事，吐完过一会儿就好了。”

李二爷的脸立刻涨红了。犹豫再三，最终还是忍不住，就对狗剩子说：“孩子，那就吃几个吧，都是实在亲戚。”说完，这一老一少就狼吞虎咽地吃了起来。

我家有一杆老秤，母亲为李二爷称了五斤面，秤杆高高的，足足多出二两。

母亲拿着面口袋走回里屋，看那爷孙俩正大口吃着蒸饺，我和弟弟则站在一边傻看着，赶紧小声对我说："快去吃啊……"

我和弟弟就赶忙过去抢着吃，也狼吞虎咽的，像是和李二爷他们进行吃饺子大赛。

一大锅蒸饺转眼间就剩下了四五个。这时李二爷才如梦方醒似的看了看站在一旁的父母，有点不好意思地按住狗剩子的筷子："行了行了，住嘴吧，你叔你婶还一个没吃呢。"

狗剩子打着饱嗝放下了筷子，说："头有点晕。"

李二爷顾不得和狗剩子说话，接过母亲递过来的"毒面"，又要下跪，母亲真有点不高兴了，说："你这是干啥呀？把我家的地都磕出坑了，过来，我教教你怎么磨土豆粉。"

李二爷这才发现放在墙角的磨土豆工具。

母亲讲完整个流程，又提醒他："面里一定要掺土豆粉，不然就会吃吐了。你家二婶本来就是个病秧子，弄不好就提前见阎王爷了。记住，一份面，放两份土豆粉，擀面条不行，可以包饺子，不能煮，只能蒸。"

李二爷千恩万谢地领着狗剩子走了。父亲母亲平分了剩下的四个饺子，看了看李二爷扛来的半麻袋土豆，一脸苦笑。

我心里有点不高兴，不懂父母为什么对李二爷这么好。父亲大概看出我的不高兴，就说："都是穷人，都在挨饿，互相帮一下，就挺过去了，谁饿死了也不好。"

我没说话，心里的疙瘩还是没解开。父亲说："以前我们部队冬天行军时，晚上就睡在野外的雪窝子里，都是两个人一组，铺一个褥子，盖一条被子，两人一颠一倒，都搂着对方的臭脚丫子，这样互相取暖，谁也冻不坏，要是各顾各，就都冻成冰棍儿了。”

父亲的话，我若有所悟。母亲什么也没说，看来她也是认同的，不然怎么会去称那五斤白面呢，还多给了二两。

第二天，我们又开始磨土豆。

我问母亲，是怎么想起来磨土豆粉包饺子的，母亲说是当年跟开磨坊的姥爷学的，姥爷那时候是为了调剂口味，可现在是为了保命，说到这，母亲轻声感叹了一句：“唉，真是一年不如一年，一代不如一代啊。”

几年后，听说李二爷用那五斤二两白面，掺上自制的土豆粉，给李二奶做了好几顿蒸饺。李二奶吃了饺子，不但没吐，还精神大振，起死回生。

大饥荒年代，有悲惨也有温暖，悲惨来源于莫名其妙的天灾，温暖来自普通人尚在的那份淳朴和善良。悲惨让温暖更加可贵，温暖让悲惨更加痛彻心底。

还记得有直接关系的几件小事：

孙哥不但救过我的命，还带我去他家吃过饭。他父亲曾是我崇拜过的车老板子。他母亲很会做饭，能用黄豆秸磨成的粉掺上面做成发糕，因为放了糖精，吃到嘴里也是蛮甜的，咽到肚里那一刻，一身的暖和。

《三国》迷崔老师给过我好几回大馒头，那馒头每次都是冒着热气，还没到手就被香气熏得周身温暖，有点想哭，因为那年月，当兵的照样吃不饱，我猜想那馒头一定是崔老师从自己嘴里省下来的。那年，胖哥已经不在农场，也不知去了哪里，不然的话，我还能多吃几个大馒头。

当然，我也把“毒面”加土豆粉做的蒸饺送给过同学，还帮别人找过铁皮，往铁皮上钉过眼儿。

我没听到过谁偷别人家的米面，抢别人家的粮食。遗憾的是，我一直不知道挨饿那几年，犯人是怎么过、怎么吃的，甚至连问都没问过，也暂时忘了田羊倌，没想过他是死是活。

饿，吃，几乎是那几年生命活动的全部。

若干年后，就听到了一些犯人被饿死的事，据说还有犯人亲属回农场寻找一九六〇年的遗骨。在农场的一片坟地里茫然四顾不知所以。其实哪里还有什么犯人的遗骨。听说这事后，我自然想起了田羊倌，可以料定，以他那身子骨和性格，是必定躲不过大饥荒那一劫的，他用不着放羊时再仰望天空的大雁了，他一定是把白骨留给了这片土地，留得无影无踪的，所谓“荒冢一堆草没了”，就是这个境地吧。我不懂人们为什么那么重视遗骨，也许因为骨头是人的肉身上唯一不腐烂的物质。其实，一个人最重要的应该是灵魂，如果说物质不灭，那么灵魂也应该是物质，灵魂才是真的不灭。田羊倌的灵魂应该早早地就回到了那大雁起飞的地方，找到了他当年的好姑娘，愿他在另一个世界不再犯罪，不再挨饿，灵魂不再孤单，永远过着快活幸福的小日子。

还有件让人伤心的事，就是县城传来老魏头死了的消息，是父亲去县城看望爷爷奶奶回来说的。父亲一脸的凝重，说着说着就有泪水从眼中涌出，我心里一惊，虽然没有眼泪，却也十分难过。我曾一直害怕老魏头死，他和奶奶说话时总会说到那个死字，我就有种不祥的预感，他死了我可就看不成小人书了。后来认识了当兵的崔老师，才知道世上还有什么《三国》《水浒》的原著，也就对小人书失去了兴趣，同时也渐渐忘了那个该叫一声爷爷的老魏头。

如今听说他死了，我就问父亲，老魏头是不是饿死的？没想到父亲却说："我也问你爷爷奶奶，老魏头是不是饿死的？你奶奶说，千万别在外头说老魏头是饿死的，人家不让说饿死人了，以后就说他是病死的吧。"

原来饿死人是不能说的，我立马想起反右时王管教舌头惹祸的事，也就进一步懂得了，饿死人是没关系的，但你要说饿死了人，那就有关系了。一个少年内心的郁闷，不知如何才能准确表达出来，我眼前闪出那棵大榆树，大榆树杈上挂着的那个张飞，张飞下面那个干巴老头儿，那个自己开书摊自己看书的老头儿，那个干巴得一阵风就能吹走，和田羊倌好有一比的瘦老头儿。

一九六二年，妹妹来到人间，她是幸运的。后来我遇到一九六二年以后出生的人，不管他们在人生道路上遇到什么挫折，内心有什么不平，我都会情不自禁地说一句："你们真幸运。"同时我脑海里就会悠然飘过十个字：只要能吃饱，啥都不是事。

严格说，十岁之前的那些回忆，并不属于我自己，很多叙述都掺杂了父母的回忆，或者说是和父母旧事重提后才完成的记忆。然而从挨饿开始，我的记忆已经具有了独立性，这一方面是年龄增长了，更主要的是，挨饿的经历过于刻骨铭心，它像我人生的一个分水岭，把我的成长历程划分成童年与少年，也划分成懵懂无知和混沌初开，大灾大难似乎是一个人快速成长的催化剂。

这段经历对我的影响是深远的，它潜移默化地影响着我对某些人亲疏好恶的取舍。那些在挨饿年代还能抱团取暖的人，我视为最难得的朋友，哪怕早已天各一方音信全无，他们也永远驻足在我记忆中最重要的位置，那些寒冷中传递的温暖，永远成为点燃我心中激情的火种。

这段经历也影响着我对执政者的好恶，对某些政策是优是劣的基本判断，让百姓们饱暖、尊严、安全地活下去，是执政最起码的基础，是个底线。这个粗浅的认知，从我的少年时代一直贯穿到人生迟暮。

十七

冷峻邓班任

几年后，我考入了初中，要到场部的中学去读书了。

十几个孩子从二分场升入场部中学，将要从游击队走进正规军，这对二分场的震动，绝不亚于如今某些人考入清华北大。

不知为什么，那年考上中学的都是男同学，女同学竟然全军覆没。男同学高高兴兴准备行头的时候，女同学正躲在家里哭得伤心欲绝。

我学习成绩一直很好，考上中学毫无悬念，所以并没怎么兴奋，倒是心里空落落的，因为我们必须在场部中学住校，这意味着我可能从此远离父母和弟弟妹妹，一种恐慌感倏然袭来。

母亲在为我准备新被褥，妹妹刚会走路，弟弟在逗她玩耍，我却忽然想起刚上小学那个抽懒筋的江老师，心里有种隐隐的担忧。

到了场部学校，果然不一般，这里有独立的院子，有校长、教导主任、班主任一串头衔的“各级领导”；有中学部、小学部等正规“内设机构”。老师也是数理化分科的，几个主科老师都是省城师范院校毕业的大学生，就是后来被统称为“老大学生”的人。尤其是姓侯的美女校长，要颜值有颜值，要气质有气质，要口才有口才，据说还见过很多大世面。

出乎意料的是，我刚怀着忐忑不安的心情走进学校，就迎面遇到了侯校长。更让我意外的是，侯校长竟拍了拍我的肩膀，指着我身边的永壮说：“你俩这次升学考试并列第一，但不能骄傲，要再接再厉，更上一层楼。”瞬间，我的担忧不翼而飞，也不明白侯校长是如何认出我的，只感到有种温暖从心底升起，即刻涌遍全身。我感觉，考试第一第二倒在其次，被校长关注则是个莫大的安慰，好像忽然之间在陌生的地方有了强大的依靠。有依靠的感觉真的很爽，尤其侯校长的笑，爽朗、率真，没有一丝矫情，那笑容竟有几次进入我的梦境。我那时突然懂得了，微笑会带来温暖。侯校长的一句话还瞬间拉近了我和永壮之间的距离，用不着再慢慢互相了解，慢慢增进感情，我俩一步到位，直接成了好朋友。

永壮一直在场部，对侯校长颇为了解。侯校长原来在青岛公安局工作，不但有文化，还能歌善舞，据说还陪叶帅跳过舞呢。后来因为丈夫反右时犯了错误才被贬到农场。我想起反右时倒霉的王管教，本能地认为侯校长的丈夫也一定是个好人，对我和永壮的友谊也充满了信心，这可是侯校长亲自牵线搭桥的。

永壮的父亲是设计师兼建筑师，农场办公楼和干部们住的新砖房都是永壮父亲设计的。永壮有个姐姐，比我们高一个年级，是全校闻名的优等生，考试永远第一，从未第二。永壮带我去他家玩，他父亲竟笑眯眯地送我一套三角板，是他设计办公楼用过的。三角板的材质也不是通常的白塑料，而是米黄色的有机玻璃，拿在手里沉甸甸的。永壮的姐姐本不太爱说话，却对我问长问短，她在我眼中的形象绝不亚于如今粉丝眼中的大明星。

我彻底放下了纠结好几天的担忧，江老师的抽懒筋瞬间忘到九霄云外。

我眼前展开了一片新天地，不过，想每天都瞻仰一下侯校长的风采也不容易。每天都能瞻仰的，是我们的邓老师，他是数学老师兼我们的班主任。三年的初中生活，他对我们影响最大，留下的印象也最深。

邓老师那年二十二岁，风华正茂四个字在他身上体现得淋漓尽致。他算不上高大英俊，却有几分威武，五官端正，标准的身材像个军人，腰板总是挺得直直的。一对小眼睛 , 光芒凌厉，直视学生时，具有极强的杀伤力。从他身上，我才懂得了“眼大无光”的道理。他鼻子高挺，略带鹰钩，脸上有几颗小麻子，却分布得很均匀，丝毫不影响五官的综合指数。

说邓老师是威武的，严厉的，似乎都不够准确，直到若干年后我才找到一个比较贴切的词，那就是“冷峻”。

冷峻的邓老师数学课讲得非常好，他激发起我们对数学的极大兴趣，虽然我小学时只喜欢语文而不喜欢算数，却对邓老师的数学课有一种期待，每天期待那种由浅入深层层递进的严密“逻辑”。第一学期的数学考试，我竟得了一百三十分，这是那次考试正题加附加题的最高分，也是我读书史上的最高分。

让我难以接受的是邓老师的严厉。这与他的性格有关，也与他的责任心有关。他平时很少开怀大笑，遇到好笑的事必须笑一笑时，也是嘴角微微上扬，虽然笑不露齿，却有几分女性的妩媚。其实他并非真是个天性严肃的人，后来的“文革”证实了这一点。但他给我们当班主任的时候，就是那么严肃，就是那么严厉，严厉得很冷峻，冷峻得近乎专制。

他讲课的声音低低的，却低得很有威慑力。他的声音越低，课堂就越安静。他的课讲得虽好，我们却不能参与任何讨论，更不敢妄议，只能听他的一言堂，同学之间互相切磋一下也不敢。他很少大声批评同学，都是同学们自觉害怕的，对他来讲，那叫不怒而威，或是“狮子不必怒吼”。

每天都有晚自习，相当于大人们晚上开会念报纸，也相当于现在的白领加夜班。在二分场，是从来没什么晚自习的，放学以后就去找当兵的玩耍，或玩“战斗”游戏。天天晚自习让我很不适应，不过晚自习时邓老师只是偶尔巡视一下，所以气氛也算宽松。

一天晚自习，教室里取暖的炉子坏了，弄得满屋子是烟。有两个年纪大一点的男生主动修起了炉子。大家就借机休息一下。有的同学聊天，也有的跑到室外去玩耍，忽然有个同学大喊了一声：“邓老师的帽子！”

大家一激灵，这才发现邓老师那顶漂亮的丝绒棉帽静静地放在讲桌上。不知邓老师是什么时候放的，大家感觉那帽子下面就有邓老师的眼睛。修理炉子的同学放下手里的工具，悄悄地回到自己的座位，在外面玩耍的同学也赶紧回到教室，装模作样地捧起书本，屋里顿时鸦雀无声，大家似乎忘记了逼人的寒冷。

邓老师的帽子，就相当于邓老师本人，帽子在，威武就在。这时我脑海里忽然浮现出和江老师抗衡的二愣子，可惜二愣子没考上中学。邓老师和江老师不同，邓老师毕竟是我们崇拜的老师，即使对他的严厉有些抵触，也只能算是又爱又恨。

邓老师事后得知了他帽子的故事，不露齿地笑了一笑，也是只见笑容，不闻笑声，但他的内心一定充满了自豪。

邓老师的冷峻一时压住了永壮一家给我的温暖，孤独感重新袭来，于是我就盼望周六快点到来。周六下午只有一节课，放学就可以回到二分场的家。我相信，家里的父母和弟弟妹妹也一定等着我回去团聚。每次收起书包，刚踏上回家的小路，就开始想象一家人围坐饭桌前的惬意。

没想到，在我最盼望回家的一个周六，邓老师却突然一脸冷峻地宣布，住校的同学以后两个星期才放假一次，不放假时就留在学校复习，并参加义务劳动。听了这话，那感觉不亚于当年江老师的抽懒筋，瞬间生起一股怒气，但我没敢发出来，却装着微笑欣然接受。我毕竟不是反抗江老师的二愣子，再说，参加义务劳动可是名正言顺的做好事，属于政治正确，没人敢质疑，更没人敢反抗。

那天晚上，我躲在宿舍的被窝里哭了。没想到，后来才知道，那个周六的下午，六岁的弟弟竟走了好几里路去迎接我，直到天黑也见不到人影，只好闷闷不乐地走回家。

邓老师给我印象最深的，还有他的“积极分子”形象。

邓老师是学校的先进教师，也是农场的场级模范人物。他曾在农场演出的话剧《年轻一代》里扮演主人公萧继业。在农场俱乐部的舞台上，他穿着雪白的衬衫和裤线笔直的裤子，手里握着一张卷起的党报，说着让观众振奋的台词：“无论命运对我多么残酷，我也绝对不向它低头。”

很长一段时间，我们眼里的邓老师就是舞台上的萧继业，舞台上的萧继业就是现实中的邓老师。

那时候，政治挂帅之风已开始刮入全国的各行各业，邓老师一定比我们更早地感知了政治风向。

邓老师不但数学课讲得好，班会课搞得更加精彩，我觉得他更像个政治课老师。他能把社会上政治挂帅那些宣传和同学们的思想状况有机结合起来，利用黑板报墙报等宣传工具，主动自觉地批判资产阶级思想。他还创造了一种批判的武器，就是几年后“文革”中普遍使用的那种小评论。邓老师自己带头写小评论，先在班会上朗读，然后贴上墙报，然后的然后，就是让同学们自选题目进行评论，有了样板，大家就写得既规矩又五花八门。

邓老师的小评论大作，我记得最清楚的一篇，叫作《能去病的大粪渣》。

为什么大粪渣能去病呢？去的是什么病呢？

读中学和读小学有很多的不同，但有件事一直未变，那就是让学生白干活。课表内有冠冕堂皇的劳动课，讲点农业知识，然后就是白干活。课表外的白干活更是名目繁多，中学白干活和小学白干活的唯一区别，就是劳动的强度增加了。

这也怪不得学校，应该是全社会风行的一种优良传统吧。

邓老师那篇《能去病的大粪渣》诞生在一九六四年的冬天，我们白干活的内容是刨粪。冬天的大粪是结成冰山一样的，刨粪既是个体力活，也是个技术活，掌握技巧的，抡起大铁镐，刨下来的冻粪是一大块儿一大块儿的。没技巧的，费了吃奶的劲儿，也只能刨下来一些粪渣子。这些粪渣子会四处飞溅，弄得大家一身一脸，有的就直接蹦进了嘴里。这时，有些女同学的表情就会不太好看，有些男同学就会说几句不太“正能量”的牢骚话。其实，那些牢骚话也算不上是发牢骚，纯属东北男孩的一种幽默或耍贫嘴。

邓老师的大作就是针对这种现象进行深入剖析，认为某些同学害怕大粪渣是一种资产阶级思想，并指出，大粪渣蹦进嘴里，其实是能治病的，治的就是资产阶级、小资产阶级怕苦怕累的“思想病”。

在“大粪渣能治病”的样板引导下，同学们能写出什么样的评论可想而知。我自己写了什么已经毫无印象了，记不住的原因是谁写的都无法达到邓老师的政治高度。

我一直认为，邓老师可以胜任一个优秀的政治老师，但他的大粪渣理论我却很难苟同。我们从小到大吃的苦遭的罪，遇到的危险还少吗？难道黑熊和挨饿还比不上大粪渣，还需要再吃大粪渣来改造子虚乌有的“小资产阶级思想”么？就按当时的阶级划分，我们也都是“根红苗壮”的孩子，我们的“资产阶级思想”又是哪儿来的呢？再说，我们都是些十三四岁的小孩子，哪里知道什么资产阶级思想？资产阶级究竟是个啥玩意啊？

但我们谁也不敢说，若说当年专制冷酷的江老师还可以反抗，那是因为他并不代表什么。高同学反抗的只是江老师本人，而冷峻的邓老师，却是代表了一种政治思想和社会风尚，那是决不能反抗的。

我们背后也曾经议论过邓老师，有些人蛮欣赏他的冷峻，也崇拜他的先进思想，但大部分参加议论的同学观点却颇为一致：学生们离家住校，没有亲人在身边，我们更渴望的是老师的体贴和关心，但我们在邓老师那里得不到。好在同学们还没有告黑状的，否则邓老师知道了，说不定又会给我们扣上一顶资产阶级反动思想的帽子，发动大家写一篇小评论贴在墙报上。

我从小就不喜欢自己的名字，总觉得它来源于所谓的家谱，不能反映我的梦想，上中学后，我给自己悄悄改了“宇平”二字，暗含“宇宙和平”之义，有点价值观的体现。没敢说给父母，先签在了所有课本的扉页，不巧被邓老师发现，他稍加思索就说：“这个名不好，不符合阶级斗争观念，最好叫‘赤宇’，赤色的宇宙，多有气派啊。”

我暗想，这叫啥呢，“赤宇”，听起来像是“吃鱼”，但我不敢说出口，怕驳了邓老师的面子，只好把“宇平”二字也牺牲掉了。

邓老师的政治理想色彩真是无处不在。我猜想，主演《年轻一代》时，邓老师政治理想的风帆已经悄悄启航，写《能治病的大粪渣》时，邓老师的理想已经跨进更务实的阶段，但人算不如天算，一切似乎都是有定数的。当理想不是源于本性，而是追逐某种风向时，它就可能变成自己给自己挖的一个坑。果然，“文革”一开始，邓老师就率先变成了倒霉蛋，他和他的政治理想一道掉进了坑里。

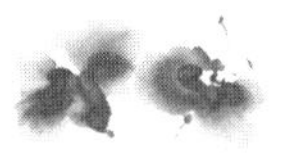

十八

爆　炸

一九六五年，农场发生手榴弹爆炸事件，这事件本是一个重大事故，因为震惊了全国，渐渐地竟演变成一个荣耀，在农场青史留名。

场部驻军是一个连的编制，学校的院子挨着连队的院子，学生和军人本来就有一种天然的亲近感，学生崇拜军人，军人也喜欢读书的，现在成了近邻，关系就更加密切。

以前在二分场，我们和军人的关系还处在初级模式，主要是男孩们围着军人看热闹，像我这样和胖哥和崔老师深入交往的算是绝无仅有。如今不同了，大部分战士还是二十岁左右的兵，我们却是中学生了，有了爱好，有了性格特征，也有了一点头脑，甚至有了模模糊糊的价值观。我们和军人之间的友谊升级换代，形成了定向交往的格局。

喜欢打篮球的男生和连队的“球星”成了密友，喜欢舞刀弄枪的男生就专门找连队的“刺刀标兵”去求教。“三好学生”更愿意和“学雷锋标兵”亲密接触。

那年，父亲工作调转到场部，我们一家团聚，我摆脱了冷峻老师带来的孤独，心情大好，全部心思转到了看课外书，于是就和一个爱读书的军人成了哥们儿。他姓楚，我叫他“楚哥”，他送给我一本《封神演义》，是本发黄的老书，被翻得快要烂了，我喜欢得要命，把那书翻得烂上加烂。

有一次，部队在练习打靶。楚哥招呼我过去趴在他身旁，教我用他的冲锋枪瞄准儿。我知道，用步枪的是普通战士，用冲锋枪的就是班长。楚哥指着冲锋枪说：“争取以后弄把手枪挎挎。”挎手枪的是排长或连长，看来楚哥是个有理想的人，让我发自内心地佩服。

说实话，我们和连队的关系如果用官话说是军民鱼水情，实际上就是一家人啊。

更有意思的是，女同学也逐渐加入了“一家人”。

那时上学读书有很大的随意性，学生年龄参差不齐，一些男生还是个小屁孩儿，年纪大点的女生却出落成亭亭玉立的大姑娘了。小男生尚不解风情，大女生已经暗中怀春。

年轻战士自然而然就成了女同学怀春的第一目标。

那年月有个很怪的现象，男女结婚后不断生孩子是光荣的，谈恋爱似乎就是耻辱。大概是因为名分没定，算不上一家人，亲密接触就有男女乱搞的嫌疑。没人敢公开喜欢谁，万一哪对男女单独会个面，就会成为负面新闻，并演绎出不同版本的故事被传得沸沸扬扬的。因此女生就很羡慕我们男生，能跟任何士兵私下会晤，她们自己却只能心想往之，有时候就不得不拐弯抹角地跟男生打探，诸如“那个小胖子家乡在哪里啊”，“那个大高个家里有几口人啊”，等等。我们男生哪里会关注这些鸡毛蒜皮的事，我们关心的是与理想、前途相关的大事，所以就感到女生真是奇怪，你管人家乡在哪儿，家里几口人与你有什么关系。

有些士兵也会跟我们打听女生的情况，或者对某个女生评论一番："你们班那个辫子最长的女生，长得挺白的哈。"

"是，挺白的。"

其实我们就没注意过女生谁白谁黑。

"那个大眼睛女生，腿挺长的哈。"

"是，挺长的。"

我们哪里注意过人家女生腿长腿短。

不过，连队一个很优秀的赵哥，后来就娶了我们班很优秀、脸也白腿也长的女班长张姐，他俩是怎么发的信号，怎么对上的暗号，怎么躲过众人的耳目，我是一概不知，也未曾打探过内幕。

场部有个俱乐部，比二分场的俱乐部大，每个月都能放映一到两场电影。

看电影成了仅次于过年的乐事，军人和我们学生同样都巴望着看电影，特别是大龄女生和年轻的女职工，她们可以近距离明目张胆地欣赏连队的帅哥们，就算抛几个媚眼，也几乎没什么风险。

那年冬天一个周末，俱乐部又放映电影，和往常一样，场部的干部职工学生都坐在观众席的右侧。中学生是集体入座，干部职工则随意散坐着。左侧是留给驻军连队的，他们依然是最后进场，这样就更有派。当他们身背步枪、冲锋枪，腰挎着手枪、手榴弹，唱着"向前向前向前"的雄壮军歌，迈着整齐的步伐，在人们的期待中列队进场时，和往常一样，引起人群中女性的嘁嘁喳喳的议论。我们男生则直接鼓着掌，朝队列里的某人叫唤几声，以显示我们之间是朋友关系。

有的女生对某个战士早就有仰慕之心，这时就会眼神直直的，脸红红的，小心脏像兔子样的乱蹦乱跳。我怀疑，脸白腿长的张姐那时候一定就脸红心跳得不行。

队伍落座后，照例是先唱歌。站在队列前打拍子的姓谢，以前唱歌也是他打拍子。我们私下称他为“谢拍子”。此刻的他是众人瞩目的中心，他只用单手打拍子，两只手交换着，挥动的节奏感极强，一首《学习雷锋好榜样》后，“谢拍子”就指挥着拉歌：

“初二班！”

“来一个！”

“再来一个要不要？”

“要！”

当兵的带着感情大声喊，声震屋宇。

我们也唱“学习雷锋”，可我们的雷锋比起他们的雷锋就差远了，此刻，军人威望值就达到了巅峰状态。

电影开始了，弟弟说那天演的是《箭杆河边》，我却记得是新片《英雄儿女》，这么重要的环节居然忘记了，我只能按自己的记忆去描述。

《英雄儿女》是战斗片，演绎的是抗美援朝的故事，其实演的是什么战争无所谓，只要是战斗片，男生就爱看。战斗间隙若能有点花前月下，女生就爱看。《英雄儿女》很热闹，银幕上，天上敌军的飞机冒着浓烟下坠，地上志愿军的大炮喷着火焰，俱乐部里回响着隆隆的枪炮声、手榴弹的爆炸声。

一个战斗片段结束，银幕上硝烟散去，转入了相对的宁静。观众们刚喘息了几秒钟，意外却发生了，只听“轰”的一声炸响，银幕突然变成一片漆黑。

大约过了几秒钟，只听一个声音高叫着："快开灯！快开灯！"

俱乐部的电灯亮了，只见观众席的前部一片混乱，一缕浓烟在众人头上浮动。很快，人群中冲出"谢拍子"，他踉踉跄跄地朝俱乐部大门口跑去，后背上是一片血红，紧跟在他身后的是小学部的关老师，只见他双手捂着脑袋，血从指缝间涌出来，流了满脸。

又不知是谁大喊了一声："手榴弹爆炸了！"

陆续有几个军人踉跄着跑出俱乐部，随后的几个是被战友背着跑出去的。俱乐部里一片混乱，人们不知道下一秒会发生什么，不知道还有没有更厉害的爆炸物，不知现在该怎么办。

驻军队伍却没有乱，连长排长朝着满屋的人们一齐大声喊："不要慌，不要乱，镇静，镇静！"

几个去看电影的农场领导也站了出来，和连长排长们互相配合，指挥疏导着学生和妇女们先撤出了俱乐部。

领导喊着："赶快回家，赶快回家！"

多年后，我还常常想起当时的场面，虽然我早已离开农场，甚至和农场的所有人都中断了联系，却依然会心生感动。在那个突如其来的爆炸事故中，没人喊什么"让领导先走"之类的浑话，先走的，是妇女和学生。

回想三十年前手榴弹爆炸的现场，那时，是不是只有一颗手榴弹爆炸？一秒钟后还会发生什么？对于从未经历过这种事故的领导们来说，谁也不知道。更大的危险随时可能发生，但他们不约而同地选择了"让群众先走"，"让学生先走"，"让妇女先走"。

那夜，我几乎没睡，为什么手榴弹会爆炸？有多少人受伤？我们离开后，俱乐部又发生什么事了？还有没有更厉害的爆炸物？

我尤其惦记楚哥，不知他会不会受伤。

第二天，父亲说，手榴弹是一个士兵自己拉响的，他为什么要这么做，一时无法知道，只知道上面已经来人调查处理此事。

接连两天，驻军没有出操训练。军营大门的岗哨明显增多，每个军人都一脸的严肃，我们不敢去军营大门口转悠打探，心里却急得要命。

又过了两三天，气氛开始变得轻松，终于探明了楚哥的消息，他还真的受了伤，据说还伤得不轻，和其他伤员一起住在县医院里。

我们几个男同学商量着去看望伤员。几个女同学听说了，也要一起去。我们看望伤员，并非学校组织的公益行动，纯属个人行为，每个人心中都有不同的看望对象，我当然是看望楚哥，女同学要看望谁我也没心思多想。

买点什么礼物呢？我把能想到的都想了，经父母慷慨赞助，我给楚哥买了半斤白糖。白糖在那时是挺珍贵的，要凭票供应，全家一年只有半斤白糖票，得了肝炎的才能受照顾多买半斤，所以人们都称肝炎是“幸福的病”。

步行到县城，找到医院，我终于见到了楚哥。他的脑袋胳膊和腿都缠着纱布，孤独地蜷缩在病床上。看见我，他显得很高兴，高兴里却藏着几分忧伤。我拿出那半斤白糖递给楚哥，他欣然接受了，显然，这给他带去了暂时的温暖。

楚哥被手榴弹片亲吻了十多处，但没伤到要害处，最危险的伤疤在额头和眼角。他半笑半伤感地跟我说：“万幸啊，眼睛没瞎，我这兵当到头了，挎手枪没希望了，估计伤好以后就得退伍回老家去种地，你看我一身的伤疤，难看死了，以后连媳妇都找不着了。”

我心里明白，楚哥是个有梦想的人，现实却明白无误地告诉他，梦想已经过早地彻底破碎。他的心情该是如何的沮丧和绝望，我能想象出来，但我心里有，嘴上无，不知该如何安慰他。听了楚哥的话，我只是机械地不住点头，估计他要是说马上会死去，笨笨的我也照样会点头。

楚哥又告诉我，这次爆炸，有十几个战士受了伤，不幸中的万幸是一个都没死。除关老师脑袋上擦破一块皮，也没伤着其他老百姓。

原来拉响手榴弹的就是那个“差兵”，我们也认识他，但看他脾气怪怪的，没谁愿意和他交朋友。他总是吊儿郎当的，和其他战士完全不是一种人。我们觉得他很差，就给他起了个外号，叫“差兵”，相当于现在给某个商家一个大大的差评。

“差兵”曾经逃跑过两次，被英武的赵哥追回来后蹲了两次禁闭。他选择看电影时拉响手榴弹，应该是经过深思熟虑的，幸亏他胆量还是小了点，他的手榴弹是裹在羊皮军大衣里面偷偷拉响的。手榴弹炸飞了他自己的屁股，弹片穿过羊皮大衣，还能炸伤十几个人，可见威力不小。倘若他胆子再大一点，模仿电影《英雄儿女》里的英雄，把几颗手榴弹捆绑在一起直接扔进观众席，那后果真是不堪设想。

这个事故震惊了全国，让农场出了大名，如果那时有电视有互联网，估计露脸能露到全世界。

“差兵”为什么要制造流血事件，为什么要搞“自杀式”袭击？我们一概不知。

从此以后，部队参加地方性的群众活动，都不允许带武器，或只带枪不拿弹药，怕再遇上“差兵”伤了百姓，这也算是一种安保措施吧。

不知楚哥什么时候离开的部队，他没和我告别，估计他走的时候很伤心，伤心到极点，才会暗自离开，他一定是不想让人看到他的失落和悲伤。

后来部队操练时，我总是毫无希望地寻找楚哥的影子，我盼望出现奇迹，奇迹却一直没有出现。

十九

突　变

一九六六年春，农场发生突变，犯人突然撤走了，军人押着犯人，也走了，事先我们竟毫不知晓。

那时农场已经有了好几辆解放牌汽车，加上临时调来的汽车，组成了一支浩浩荡荡的车队，每辆拉着犯人的汽车后面，都跟着一辆军车。军人在大卡车驾驶室上面架着机枪，枪口对着前面车上的犯人，那场面，威武、肃杀。

我带着弟弟妹妹，夹在看热闹的人群里，看着车队缓缓通过。汽车轮子卷起砂石路上的尘土，有点像电影里行军的场面。

望着车队，我不知他们去往何方，但我意识到，农场发生突变了，“劳改”性质要改变了，我们的命运说不定也会跟着改变。

我五岁到农场，至此整整十年，这十年，很多时候是和军人、犯人混在一起，不但和军人感情深厚，甚至对犯人也有一种莫名其妙的情怀，觉得没有了犯人，就会没有大米白面吃，没有了犯人，农场就丧失了特殊性，就和周围的农村没了区别，我们就成了没工资、没供应粮，脸朝黄土背朝天挣工分的农民，就成了李二爷，成了狗剩子。

这十年，农场发生了很大变化，周围不再那么荒凉，我们渐渐淡忘了“又有兔子又有狼”的歌谣。农场人口增加了不少，再也不缺少大姑娘了。除了犯人，还有不少农工，他们也种地生产粮食。

更值得说的是，农场陆续增加了各种人才，除了大学毕业生，还有一批摘帽的“右派分子”，他们和学校的老师构成了农场的知识分子队伍。尤其是“右派”们，都是在省城大机关当过干部的，见过世面，也颇有口才，不知为何成了“右派”丢了官位。如今已经摘帽，能说会道的潜质还在，只不过不再谈政治，“右派”成了农场人才队伍里一道特殊的风景。

这十年，农场有了汽车、拖拉机，基本淘汰了四匹马的胶轮车。还有了修配厂，有了砖厂，因此也有了自产的“工人阶级”，农场还有了自产自销的牛奶、烧酒、豆油。农场的土路也变成了砂石路，路边的杨树也翠绿成行，树上也有小鸟啁啾，树下也有小桥流水，也有电灯把夜幕下的砂石路照亮。

农场每年都有一场群众性的文体盛事，那就是在“六一”儿童节举办的体育运动会。至今我都觉得，参加农场的运动会，比现在看奥运会要有意思，因为那是群众自愿参与的，是检验自身体质和意志的盛会。

驻军自然都是体育健将，中学生也不狗熊。还有个姓郑的小个子，是修配厂的工人，几乎每年都是三千米或五千米的第一名，他的奖品都是一双“回力鞋”，这让我们羡慕得浑身发痒，可没办法，他的腿就是倒腾得比我们快。妹妹刚几岁，也跑得飞快，母亲站在跑道边，一边鼓掌，一边对妹妹喊：“快点快点快点……”

几十年后，母亲还常说，农场的运动会比奥运会好玩，看奥运会就是瞎看热闹，参加农场运动会好像自己过大年。

运动会带动了农场的群众性健身运动，虽然大家经常参加劳动，但觉得体育锻炼更有趣，大家都想在“六一”儿童节露露脸儿。

还有件事让人难忘。那时的农场还极其重视公共和家庭卫生，每年都组成检查团，挨家挨户检查卫生。检查团成员都戴着一副白手套，这里摸摸，那里摸摸。谁家让白手套变黑了，谁家就要整改，有的还要在大会上做检讨，做自我批评。正因如此，农场诞生了不少“洁癖”。有些人后来进了大城市，虽然没大市民见多识广，搞起家庭卫生来却有过之而无不及。

总之，农场那十年，让我很亲切，很温暖，很热爱，很舍不得。

在我人生的长途中，虽无惊涛骇浪大喜大悲，却也伴随着时代变迁和个人运道的起伏，小波折不断，所以我很难对某段较长的时光下一个准确定义，唯一能有明确定义的就是“文革”前，我在农场的十年和深圳的二十世纪八十年代，那是蛮值得留恋的一段不短的时光。

这几年，我很喜欢仓央嘉措的情诗，他把最美的诗写给美丽的姑娘仁增旺姆——青梅竹马的恋人。

那一天，
磕长头匍匐在山路，
不为觐见，
只为贴着你的温暖。

那一月，

我轻转过所有经筒，

不为超度，

只为触摸你的指尖；

那一年，

我磕长头拥抱尘埃，

不为朝佛，

只为贴着你的温暖。

作为六世达赖喇嘛，他的爱情凄美绝伦，不但传奇，还能传于后世。作为一个俗人，我只能把最深沉的感情注入一段有限的时光，一方小小的水土。

温暖、快乐、自由，是人激情、力量、信心的基础。我没亲身经历在唐朝、清朝、民国，也没长期居住在欧洲、美洲、大洋洲，我只能从我生活的时代和居住的小环境去寻找曾经的温暖和快乐，从这点出发，实话实说，我更喜欢“文革”前的农场十年和二十世纪八十年代的深圳。

农场那十年，虽然贫穷，甚至挨过饿，但人们都有种傻傻的淳朴；人与人之间是温暖的，尽管也有各种政治运动，也有人大倒其霉，可毕竟我年纪小，没参与其中，更无切肤之痛。而深圳的二十世纪八十年代，我则从万马齐喑的日子里，看到了百废待兴的希望。来深圳创业的人们，初心大都是纯真的，人和人之间都被一种美好的盼望连接着。最初的日子尽管艰苦，但内心是无比温暖的，这种温暖是人们共同的希望带来的。

所以，农场那十年，经常会让我想起，不为朝圣，只为贴着那段温暖。近年来，凡对农场有所回忆时，我几乎都会奇怪地联想到仓央嘉措的那首诗，不为觐见，不为朝佛，只为寻找远去的那份温暖。

那一年，犯人突然就走了，驻军也随着看管对象走了，后来“二劳改”也被迁走，虽然没有机关枪侍候，但先后都走了。那么“右派”呢？虽然他们摘了帽，可毕竟还是“摘帽右派”，他们会不会像“二劳改”一样被迫迁走呢？尤其是管理犯人的管教干部们，如今也没了用武之地，今后何去何从？我父亲会何去何从？

我在心里默默地等待着命运的安排。在那个没有迁徙自由的年代，一个单位就是人的一辈子，万一有个强制性的变化，就关乎一生的命运。

课堂上学了一些现代诗、古诗、文言文，暗地里开始咬文嚼字，我的日记系列《足迹》此刻开始。

那晚，我绞尽脑汁想了几句，因为是开篇，至今记忆犹新：“人有人命，场有场命，场命如此，人又奈何？”

半忧伤半闲扯的几句，足以证明我对军人和犯人的不舍，实际上是对农场那点特殊性的不舍。

温暖时光似乎要结束了，我很快进入了一个另一段岁月，随着“文革”的开始，我对农场的失望开始滋长，然后是快速疯长，最后到了舍命也要出走，也要离开农场的境地。

二十

城里孩子乡下狗

经过几年的苦熬、挣扎和努力，人们终于吃上了饱饭。犯人迁移和驻军撤离带来的担忧也烟消云散，农场依然是国营的，大家依然拿工资，依然吃供应粮，依然不是农村，身份没有变化。

当初的温暖生活有了回归的迹象，然而，一场大变故轰轰烈烈地来到了，“文革”开始。

这不是个好写的题目，可我在农场的岁月，偏偏有八年是在“文革”中度过的，不说说“文革”的事，似乎也对不住自己。

我那时年纪还小，农场不过是个小小的基层，我没活在“文革”的大旋涡里，没经历过那些动刀动枪、让人伤筋动骨直至逼人上吊跳河的那种血腥，只不过有些小见闻。

在顶层、在大城市、在高校，“文革”似乎早已开始，但在边远的小小农场，能感受“文革”到来的明显标志是一九六六年那个八月八日。

我们是从大喇叭广播上听到“中共中央关于无产阶级文化大革命的决定”的，那决定的标题够长，它的简称却很容易记：“十六条”。

有过不同经历的大人们，比如说反右、“反右倾”时被整的和整过别人的人，听了“十六条”会有完全不同的反应，或兴奋、或胆怯、或担忧。国人判断是非有个最简单的标准，那就是凭自己的经历和感觉，看对自己有利还是有害。我不知“文革”对自己有利还是有害，只是觉得十分新鲜，“十六条”里的每句话，每个字，在学校的课本里，在大人们的吹牛调侃里，在魏老头的书摊上，在车老板子和王铁匠的荤故事里，都见所未见，闻所未闻，既别致又刺激，可又别致刺激得让我不知所以。

农场毕竟地处遥远的边疆，加上劳改农场的特殊性，人们的政治敏锐性和大社会不完全搭调。“文革”的“鸣镝”飞到农场时，就有点强弩之末的意思，又好像是发生大地震，震中在北京，农场顶多也就是个小小余震，加上小地方人见识少，见识少的人就比较温良、淳朴甚至迟钝。所以尽管有报纸和大喇叭紧锣密鼓宣传造势，农场的“文革”一开始还是不温不火的，我就觉得像小时候看犯人演戏，无足轻重。

某天，农场来了三个不速之客，说是北京“八一中学”的红卫兵，来当播种机宣传队，来撒播革命火种的。他们都戴着红袖标，上面印着潇洒的“红卫兵”三个金黄大字。红袖标就等于盖着大红印章的介绍信，没人怀疑他们的真实性。

核心人物姓周，张口闭口都是“我们是革命的小闯将”，于是我们称他“周闯将”。那几天他简直成了我们仰视的大明星。首都来的闯将嘛，觉悟高、见识广、有来头，说出话来不一般，信息量大，有内部秘闻。他讲话调门也高，字字句句高屋建瓴、铿锵有力，带有很强的感染力和指导性。

见识少的人往往喜欢搞崇拜，我们身处边疆农场，自然属于见识少的无能之辈，于是很崇拜周闯将，跟在他身后滴溜溜地转。

他指导我们："你们就是太温良恭俭让，对阶级敌人心慈手软，你们应该懂得，革命不是请客吃饭，不是做文章，不是绘画绣花，不能那样雅致，那样从容不迫，文质彬彬。革命是暴动，是一个阶级推翻一个阶级的暴烈行动。"

我原本很喜欢温良之人，我也渴望有人请客吃饭，我还承认自己的确缺少斗争性，缺少暴力思想，但一想到革命就是斗争身边的熟人，就有几分惶惑不安，又怎能不心慈手软呢。

周闯将为了启发我们的革命自觉性和坚定性，决定采取"曲线救国"的办法，把我们"拉出去"，不是枪毙，是引导。

周闯将一身锐气地问："你们附近有农村吗？"

我们蔫头耷脑地回答："有。"

周闯将问："什么村？"

我回答："毛家屯。"

毛家屯在我心里分量很重，那里曾经有过小琴。

周闯将大手一挥，充满豪气地大声说："就去毛家屯！"那架势，有点喝令三山五岳让道的意思。

我不知毛家屯和农场的"文革"有什么牵连，虽然心里直犯嘀咕，但我和几个同学还是领着周闯将们去了毛家屯。

在毛家屯没遇到小琴，也不知她们家还在不在，她可是日本人，我心里不免发毛，既想看到她又怕看到她。

让我更发毛的事很快就发生了。周闯将们不知施了什么法术，竟迅速揪出了一个"地主分子"。

周闯将问我们："这个地主不是熟人吧？"

我们茫然："不是。"

周闯将依然一副大义凛然的样子，问道："不是你们的三叔二大爷吧？"

我们更加丈二和尚："当然不是。"

周闯将又大手一挥，有几分斩钉截铁的样子，说："那就好，让你们见识见识，什么叫革命不是请客吃饭！"

周闯将说完，就转向弯着腰吓得浑身筛糠的"地主"大声喝道："老实交代，你为什么要复辟万恶的旧社会？"

"地主"懵懵懂懂地说："复辟旧社会？没有啊。"

周闯将厉声吼道："还敢狡辩！"

周闯将说着，突然从斜挎着的军绿色挎包里掏出一把铁钳子，一个箭步窜到"地主"身旁，猛地一下就掐住了"地主"的耳朵，鲜血立刻流出来，顺着耳朵滴落到地上，渗到土里。

周闯将又喝道："说啊！"

"地主"突然挺起腰，大声说："我不是地主！"

周闯将对身边的战友说："上皮带！"

……

周闯将是在给我们做示范，在传播"文化革命"的火种，可我总觉得，这样闹革命，和打架斗殴有什么区别呢？这也没点文化的样子啊！我对他的崇拜之情突然烟消云散，心里盼着他快点走，赶快去其他地方传播火种吧。

周闯将也没多停留，在农场待了两天就匆匆离去，临别时还叮嘱我："要是有机会去北京，到'八一中学'找我。"

我把周闯将去毛家屯斗"地主"的事告诉了父母，父亲愣愣地看了我一会儿，嘀咕了一句："毛家屯有地主吗？"

母亲却说了句俗语"城里的孩子乡下的狗"。然后她解释说，城里的孩子见的场面多，胆大、厉害；乡下的狗见的人少，看谁都是生人，就咬人。所以说，城里的孩子和乡下的狗都很厉害，以后别招惹城里的孩子。

我听懂了母亲的意思，是让我以后少和周闯将那些人来往。我也悟出，农场的学生不如北京的周闯将，就是见的世面太少啊，我们顶多也就是遇个黑熊挨个饿什么的，和在大城市里“人场”上混出来的人相比，那是巨大的城乡差别，要到共产主义社会才能追上。

后来才知道，“八一中学”大部分学生都是有背景的，都不是闹着玩的，但周闯将是不是“八一中学”的，就值得画个问号了，我猜想他是欺负我们没见过世面，在吹牛。

周闯将给我的最大帮助，是让我萌生个新的理想：争取到北京去看看。

“十六条”颁布时，农场成立了革委会。我们已经考完了初中的毕业试和高中的升学试，正等着发榜呢。读高中要去县城，我们和农场的老师们已经依依惜别过，老师也对我们谆谆教诲，为我们描绘着未来的前程。

突然之间，革委会让我们回校闹革命，让我们揭发老师的“封资修”教育罪行。这真是件难死人不偿命的事。但我们人小，心眼少，总归架不住忽悠，报纸广播的威力远远大于周闯将，几番报纸念下来，我们终于被全国轰轰烈烈的大好革命形势所感染，所鼓舞，所刺激，阶级斗争觉悟也终于有了提高。于是就搜肠刮肚地回想三年的学习生活，把老师们的言行翻出来，和报纸上批判的那些反革命分子进行对照，看看哪个老师讲的话有毒，哪个老师讲的课暗藏罪孽。

农场规模小，任何事件都几乎是全民参与，不久家长们也参与进来，干部们也参与进来，学校的“文革”一时间竟也如火如荼。冷峻的邓老师首当其冲成了被揪打的对象，他是“师道尊严”的典型，一顶帽子就能把学生吓个半死，不是“师道尊严”又是什么?

邓老师率先被戴高帽，大猫腰，绕场游行。

接着，教语文的刘老师——我们叫他刘语文，也难逃厄运。

刘语文和过度关心政治的邓老师截然不同，他才华横溢，却只教书，不想别的。他讲课有点磨叽，不如他的实际才华对我们影响更深。他的字写得非常棒。和二劳改的姜老师不同，姜老师是在黑板上练书法，刘语文却是在黑板上、在墙上、在板报上、在刻蜡纸的钢板上，在任何能写字的地方龙飞凤舞。他的字潇洒飘逸，既漂亮又实用；他可以使用不同的工具写出不同风格的字，同时他还会修理改造各种写字的工具，让工具为他的字服务。他也会在课余时间给同学修理改造钢笔，把写普通字的钢笔改造成写美术字的钢笔。

我们没人怕他，却很欣赏甚至崇拜他。最让我们崇拜的是，他能背诵很多唐诗宋词晋文章。一张嘴，就有名诗名句飞出。他常为我们背诵李商隐的“相见时难别亦难，东风无力百花残”，也会顺口而出柳永的“衣带渐宽终不悔，为伊消得人憔悴”。

这些诗句也成了我们吟咏的佳句，“文革”一来，却瞬间成了刘语文的魔咒。

在革委会的指导下，人们睁大眼睛开动脑筋，把刘语文分析得百口莫辩。什么“东风无力百花残”?伟大领袖明明说的是“东风压倒西风”嘛，他却丧心病狂地说“东风无力”；明明党的文艺方针是“百花齐放”嘛，他却心怀不轨地诅咒“百花残”。大家也明知那诗不是刘语文亲自创作，可你朗诵古人这几句诗是什么意思？就是借古讽今嘛！为什么不朗诵“金猴奋起千钧棒”呢？为什么不朗诵“为有牺牲多壮志，敢教日月换新天”呢？刘语文居然还大声朗诵什么“为伊消得人憔悴”，“伊”是指的谁？为什么会“憔悴”？明明就是怀念资产阶级，怀念旧社会，企图复辟资本主义嘛。

我也曾暗想，刘老师为什么要复辟资本主义呢？复辟了资本主义对他有什么好处呢？至于中国有没有资本主义可以复辟，我根本不懂，其实大家也都不懂。资本主义究竟是个啥玩意，我没见过，其实大家也都没见过，我相信，想复辟资本主义的刘语文也没见过。

后来我也曾想，当初学生们揭发老师的问题，哪里有什么阶级觉悟可言，哪里有什么阶级仇恨可言，倒有点像劳动课扛麻袋和刨大粪，大家都一齐掺和的事，骨子里就怕落后于别人，明明扛不动，刨不动，为了争先，也要强撑着“得瑟”几下，这或许就是人性中的一大缺陷，与生俱来的。

正因如此，我们批判老师时，虽然也“上纲上线”，但都是嘴上功夫。那些“横词”都是从报纸上抄来的，我们自己的语言还是“温良恭俭让”的，只蛮不讲理，却很少骂人。揪斗老师时，也只文斗，不武斗，不像革命策源地北京那样，动不动就“砸烂狗头”或“踢翻在地”，直至把老师打死或逼着老师跳河自尽。

很快，邓老师、刘语文都被关了“小号”。紧接着，侯校长也被关了起来，虽然没揭发出她的具体罪行，但她是学校“封资修”教育路线的责任者，平时又注意穿着打扮，保持气质，那些曾被我们膜拜的美的东西，一下子都贴上了资产阶级知识分子的标签，成了妄图复辟资本主义的铁证。

这些斗争，都是农场革委会指挥着搞的，革委会也是看着报纸照猫画虎跟着学的。一级一级学下来，到了农场，就有了时间上的错位，革命强度也打了不小的折扣。

有几天，我担任了看守侯校长的任务，我发现她漂亮的面容已变得憔悴不堪。那曾给过我温暖的笑脸如今却愁云密布，我心里老大不忍，思忖再三，还是学不来北京周闯将那革命的狠劲。那天，侯校长在“小号”里低头徘徊，我猜想她正在为如何认罪而措辞，有人给了我两个西红柿，我就偷偷塞给了侯校长，用眼神暗示她快点吃。她接过西红柿的瞬间，眼光突然亮了一下，但很快又黯淡下去，和她的委屈，和她内心的寒冷相比，两个西红柿的热度显然微不足道。

最倒霉的是邓老师，本来批判他的是“师道尊严”，但他不服，他的“政治理想”之火依然在心里散发着余热，结果三下两下，他由“师道尊严”升格为“反革命分子”。批斗时戴的高帽也长了一大截，大大超过五十年代演活报剧时给美国总统艾森豪威尔和肯尼迪戴的高帽。

这下邓老师蔫了，心灵很受伤，政治理想的气球被突然扎了一锥子，一下子瘪了下来。每次大猫腰，他都颤抖着，好像大夏天穿着背心突然掉进了冰窖，冷得周身打战。看着他的可怜样，我心里很复杂，想起他的数学课讲得那么好，对工作也曾那么负责，如今却成了罪人，我的心再次堕入五里雾中。

二十一

胡闹的“乐趣”

一切都乱了，已经闹不清农场谁在说了算，反正天天听广播，上头的精神虽然不断变化，但常变常新，阶段性的指令也很明确。

大人们开始选红卫兵了，人们早已经习惯了在“指标”下生存。当红卫兵还有指标。人们接连开了几天几夜的选举会，为了当红卫兵争论得面红耳赤。要想自己能当上，就得证明别人不够格，就必须说出别人不够格的理由，这理由可不是落选劳模那么简单，而是翻旧账揭老底。以前见面时嘻嘻哈哈的老熟人老同事老邻居老战友，突然之间就成了死对头，友谊的小船顶不住政治运动的狂风，说翻就翻了。

人家北京周闯将他们都是中学生当红卫兵，农场怎么大人当起了红卫兵呢？

父亲说是上面定的，上面是谁，也说不清，反正上面就是上面，农场太基层，所有的都是上面。

过了没多久，上面又说大人不能当红卫兵，结果我们中学生就稀里糊涂地都成了红卫兵。那鲜艳的红袖章一戴上右胳膊，还真挺神气。我不禁想起周闯将那个牛劲儿，心想：哼，我们也是红卫兵了，红袖章跟你的一模一样，你们北京不就比我们农场大点吗，你牛什么牛?

我们已经“停课闹革命”，不用上学了。传说中的读高中也真成了传说。我们戴上红袖章没几天，又开始觉得无聊，没事可干。但不久，我们就有事干了，而且是很有“乐趣”的几件事。

革命已经进行到“破四旧”阶段，报纸上说要破除千百年来遗留下来的旧思想、旧文化、旧风俗、旧习惯，这事也是从北京开始的，一切外来的和古代的文化都成为“四旧”，都是破的目标。据广播说，无数红卫兵杀向街头，把北京城内外砸了个遍，之后这把火就迅速烧遍全国，自然也烧到了农场。

旧思想、旧习惯不好判断，无形的东西也很难砸烂，有形的旧东西就容易砸，而且砸起来也似乎更能体现革命的坚定性和彻底性。

农场不像北京，人家是千年古都，好玩意多得很，农场却没历史，也穷得叮当响，既没有佛堂宗庙，也没有皇家建筑，没谁家里藏着文房四宝古玩字画，没谁有祖传的珠宝首饰金条玉器，甚至连个旗袍马褂什么的也翻不出来。

不知谁发现了线索，图书室里的书都是“文革”前买的，应该算是“四旧”吧。

算了，烧了它!

我酷爱课外书，却不知道农场竟然有这么多的藏书，看着熊熊烈焰中化为灰烬的书，心疼得不行，但我不敢说话，那书可是“四旧”中的旧文化。烧着烧着，发现烈焰中也有干部们以前学习的红旗杂志什么的。不管了，反正“文革”以前的，就是旧的；旧的，就是刘少奇的，就得烧。

烧完书还烧什么呢？总不能烧“文革”以前出生的人吧。

突然又有聪明人发现俱乐部的几扇窗子是设计成八角形的，蛮漂亮的。窗子本应该是长方形正方形的嘛，八角，多出来的四角，肯定是资产阶级的。既然是漂亮的，那就是资产阶级的，马上有人挥起铁锹榔头，把窗框砸了个稀巴烂，大家都忘记了刚念过的报纸，白纸黑字写着“革命圣地延安，那八角楼的灯光，彻夜通明”，那也是八角的呀。

玻璃上有花纹。花花世界，资产阶级的，砸了！

不砸不知道，一砸吓一跳，看来资产阶级还真是无孔不入，原来农场也不是世外桃源，也有资产阶级在兴风作浪。

大家都在打砸烧的兴头上，只要有人说出个要砸要烧的东西，就立刻砸了烧了，没人敢提出质疑，质疑了，就成了反对“文革”运动的阻力，没人愿当阻力，宁可错烧一千，也不错放一个。

砸来砸去的没什么可砸了，有人从俱乐部仓库里拽出两个大红灯笼。那是以前国庆元旦春节拿出来挂的。那灯笼也漂亮，资产阶级的，烧了！

砸完了也烧完了，大家都舒了一口气，觉得自己终于跟上了北京的步伐，终于对国家对农场对革命做出贡献了。

打砸烧，也算是一种类似体育的活动，大概也能分泌多巴胺之类的神奇物质，能造成暂时性的心理愉悦，不然怎么会有胡闹的乐趣呢。

忽然从某天开始，要向伟大领袖“献忠心”了。

那时有一幅伟大领袖的木刻肖像很火，是领袖的侧面像，戴着军帽，红领章红帽徽，黑红分明，造型简洁，线条感立体感都很强，很容易临摹。

记不清是哪个有绘画天赋的人，竟然以这幅肖像为基础，用五谷杂粮粘成了一个更有立体感的领袖像，挂在胸前去参加“献忠心”的仪式。

这人立刻成了被关注的焦点，众目睽睽之下，显得英威无比。当牛人，是人们骨子里的东西，但必须有机会才能展示自己的牛形象和牛基因，现在机会到了，在牛人的启发下，大家纷纷仿效，各施奇技。经过一番比学赶帮超，就把领袖像粘得百花齐放，争奇斗艳的。有的用碎玻璃片，有的用煤渣儿，有的用石头子儿，有的用黄豆粒，有的用红豆粒，反正什么不值钱就用什么。当然也有人很舍得，找不到碎玻璃片，就取下窗上一块玻璃砸碎，窗子再用纸糊上，或者把家里暖瓶摔了，取出瓶胆碎片，暂时不喝热水了。领袖像被粘得光闪闪亮晶晶，有的闪着金光，有的闪着银光，有的闪着红光。用了煤渣的，就黑又亮。

但不管闪什么光，前提是要把那幅木刻肖像临摹得很像才行，有的人虽有一颗红心却没有绘画雕塑基础，粘出来的领袖像就看不出来究竟是谁。

也有人搞出了“献红心”的行为艺术。用红纸剪出个大大的红心，作为领袖像的衬底，挂在胸前心脏部位，就像真把一颗红心掏出来赤裸裸地献给伟大领袖一样，照样是牛人，牛得让人哭笑不得。

每次集会，都相当于一场群众性文艺会演。大家熙熙攘攘，大部分人却是说些家长里短。

我当年在县城看小人书时，受摆书摊的魏老头影响，很喜欢画画，画的都是《三国》《水浒》里文臣武将的头像，在学生中属于有点绘画基础的，这点小手艺派上了用场，临摹起领袖的肖像上手很快，后来即使不临摹，也能直接画出来。

我曾帮过不少人，他们急于献忠心却不会画领袖像，就猴急猴急的，于是我就帮他们临摹肖像。他们自己去完成下一道工序，用碎玻璃或红豆粒或煤渣子，去粘他们自己闪着红光闪着银光或闪着黑光的领袖像，去献他们自己的忠心。

跳“忠字舞”和“献红心”一样高潮迭起，却比“献红心”具有更广泛的参与性，

东北的地方文艺就是大秧歌，很多人都会扭几下子，因此忠字舞有着深厚的群众基础。献忠心总需要点文化基础，还要有点物质消耗，忠字舞却不需要文化基础，不需要任何耗材，尽管有时候会用上一把纸扇子，或腰间系上红布条，但没有任何损耗，是可以反复使用的，所以忠字舞是绝对的低成本，高性价比，胳膊腿利索，有一颗红心就成，简直比如今大妈跳的广场舞还简单。

跳忠字舞的形式也是不断变化，不断推陈出新的。在广场跳，在舞台上跳，到县城参加会演比赛着跳，最后演化成带有情节边歌边舞地跳，千姿百态地跳。

最有趣的是，有一天大家到麦田里跳。

自从犯人撤走了，大家的劳动任务就繁重起来。割麦子的时候到了，那天，大家拿着镰刀来到麦田，照例要在地头跳一会儿忠字舞。好像跳了舞，才更懂得劳动的意义，才懂得不是为自己劳动，而是为国家劳动，为领袖劳动，跳了舞，干劲才会更足。

忽然乌云密布，一场大雨即将来临。

麦收时节最怕的是下雨，弄不好，成熟的麦子就会烂在地里长丹毒，吃了就会恶心呕吐。所以有时候就称麦收为“抢收”。不是电影里和日本鬼子抢粮食，而是和老天爷抢粮食。

忘记那时谁是领导了，只听管事的大喊："要下雨了，大家抓紧跳舞啊！"

参加劳动和参加演出全然不同，劳动的人高矮胖瘦不一，穿戴截然不同，有的穿着瘦裤子，有的穿着肥裤子，有的简直就是被讥笑的"大裤裆"。

平时人们就爱讥笑"大裤裆"，什么"大裤裆、甩袖汤"，什么"×××，大裤裆，二百鸡蛋不够装"之类的俏皮嗑很多。有个中年妇女那天穿着男人的肥裤子，成了十足的"大裤裆"。她还忘了拉上拉链，跳得又格外卖劲儿，大裤裆里的红裤衩若隐若现，那场面真是笑死人不偿命。

很快，大雨倾盆而下。幸好，忠字舞也跳完了一个段落，大家拿着镰刀一齐朝家里狂奔，回到场里又开始念报纸，学习"抓革命促生产"的伟大指示。

那次麦田跳舞后，我忽然感觉跳舞很无趣，也觉得农场越来越不可爱了，越来越陌生。

心里惦记的是去北京，又明知道去不成，户口管着呢！绝望的滋味弥漫全身。一绝望，人就会感到冷。那天跳完忠字舞，很多人累得汗流浃背，我却觉得冷，冷得有点刺骨。

后来我常常记起当初的胡闹场景，有时甚至怪怪地想，很多人在"文革"中闹得惊天动地，结果呢，有人被清算，有人变精英，我们在农场那点打砸烧算什么呢？顶多够上两个字：愚昧。

愚昧像癌细胞，潜伏着并不怎么可怕，一旦被利用，被激发起来，对国家对民族就是一场浩劫，一场灾难。

二十二

红　墙

从北京开始的“红色海洋”狂潮铺天盖地而来，发动者誓死要搞出个红彤彤的新世界。红帽徽、红领章、红袖标，一切的一切，红的才是革命的，甚至有的地方用红油漆把一面面墙、一根根柱子都涂成了红色。

于是，红布、红油漆就变得极其珍贵。农场没那么大的人力财力，红卫兵们也没见过大世面，自然就没那么大的魄力，农场的“红色海洋”运动显得有点落伍寒酸。

但农场人发挥了一贯的务实风格，有多大的劲就革多大的命吧！有人挖门子盗洞地搞来了几大桶红油漆，有人倡议把所有的墙用红油漆写上领袖的语录。这办法不错，省钱省红油漆也省人力，因为没几个人会用红油漆在墙上写美术字，毕竟不是胡乱涂鸦。结果，任务落实给了两个人，一个是“反革命分子”刘语文，一个是我。我喜欢画画写字，又是红卫兵，既写语录又可以顺便监督一下“反革命分子”。不会写红字的其他人就开发别的革命项目去了。

刘语文读大学二年级那年曾被选为飞行员，复检时却被一个老军医看出了眼睛的潜在问题，于是，开飞机上天的梦想落空。

大学毕业后，刘语文果然被老军医不幸言中，悻悻然戴上了近视眼镜，但身体其他部件依然是一流的，在农场也算得上标准的帅哥。结果蹲了几个月的“牛棚”，就得了风湿症，走路时歪扭着腰，一瘸一拐的。

我喜欢写美术字原本就是受刘语文的影响，现在既是他的助手，又成了监督他的人，这是多么尴尬的事情。

刘语文歪扭着腰，一瘸一拐地爬上梯子，一边写，一边指导着我。我则虚心学习，边写边练，上手很快。每当有人站在一边欣赏我们写字时，我的自豪感便油然而生。在东北，人们把某种外露的自豪感称为“得瑟”，我那时就有几分“得瑟”的味道。

可几天下来，就发现情况有点不妙。用红油漆写美术字，速度很慢，字与字，字与段，段与段之间的连贯性大受影响，很容易把字写错。领袖的箴言，写错就是政治问题，如果错在关键之处，就成了“反标”。“文革”开始不久，农场有个小学五年级的男同学在课桌上一不留神就写了个“反标”，不但被斗，还被关押了一阵子。

刘语文提出，我俩分别写不同的语录，写完，先自查，然后再互相检查，避免出现错字、漏字、多字、串行。他还郑重声明，如果他写的语录出现差错，那绝不是故意的，我则郑重承诺，万一他写错了，我俩共同负责，我绝不举报。

刘语文可是被文字狱弄怕了，可怕什么就来什么。

一天，我们写的领袖语录是“凡是敌人反对的，我们就要拥护，凡是敌人拥护的我们就要反对”。说实话，这段语录有点绕口令的感觉。站在简陋的木梯子上用红油漆写字，实在不轻松，写着写着就累得头昏眼花。这段语录写完，我反复看了几遍，越看越觉得蛮顺口的，结果一个路过看热闹的人发现，我们把结尾的“反对”写成了“拥护”。领袖语录就成了“凡是敌人拥护的，我们就要拥护”，这不是和伟大领袖公然唱反调吗？怎么看都是“反标”，怎么扣帽子都能严丝合缝。刘语文惊出一身冷汗，反复解释是看花眼了，幸亏那人只是个普通农工，既不是造反头目也不是积极分子，嘻哈一下就走了。我们费了牛劲，做贼似的用汽油把错字洗掉，才松了口气。

没想到几天后，又出个岔子。

那天写的是一段表忠心的群众语录，某负责人指定要写的，铅印的语录本上没有，是用钢笔写在纸上的，有点潦草：“生为毛主席而生，死为毛主席而死。毛主席支持的我坚决支持，毛主席反对的我坚决反对。”

刘语文反复念叨了好几遍，对我说：“写这段话千万当心，不是生就是死的，写错了可是杀头之罪。”

结果我和刘语文的警惕性都用在了生死两个字上，没想到又在结尾处出错，把“反对”错成了“拥护”，就成了“毛主席反对的我坚决拥护”。

幸好没人看见，我俩又像做贼似的洗墙，洗掉“拥护”，重新“反对”。完事后，刘语文说：“这活儿真不该我干，你错了没事，我可是戴罪之身。”

我虽非戴罪之身，可万一写出“反标”不就戴罪了吗？五年级小学生写了“反标”都变成“小反革命”挨批挨斗，何况我已是初中毕业生。再说，语录是用油漆写在墙上的，错成“反标”可是罪证确凿，必然被无产阶级的铁拳砸得粉身碎骨，永世不得超生。

后来，我发现个奇怪现象，凡是不小心写错字，往往都错在关键处。我和刘语文反复研究这是为什么，他得出结论，是自己思想改造不彻底，我却不以为然，我觉得自己没什么思想需要改造。

多年后，我才明白，也许这就是所谓的墨菲定律吧？如果有可能出错，就一定会出错。如果等车，你等的那趟车一定最晚到。结伴出游时，越不想被人看到，就一定会被人看到。你看电影觉得无趣出去买爆米花的时候，银幕上就一定会出现精彩镜头。说了半天，墨菲定律就是倒霉定律。可那时候别说不知道什么墨菲，就是知道也不能说，否则又多了条崇洋媚外的罪名，要倒霉，就是倒大霉。

记不清和刘语文一起写了多少天语录，写了多少面墙。每次写完收工，他确认这天没出错，没写出“反标”，才疲惫不堪地离去，我则跟在他后面，保持一段距离，一起回到关押他的小号。如今，我早已记不得那个小号究竟是哪座房子，他究竟被关在哪个房间，却清晰记得他提着红油漆，一瘸一拐走在前面的背影。那年他才二十五六岁，正当一个人意气风发的年华，却因为一个八竿子打不着的，李商隐的一句“东风无力百花残”变成了阶下囚。每天虔诚地写着领袖的语录，却被这场运动剥夺了青春年华。我跟在他身后，与其说是在监督他，不如说在为他难过、担忧。我无法给他任何安慰，任何一丝温暖，甚至不能传递一点我的心声。

一次，我看刘语文走路实在很艰难，就对他说：“油漆桶我来拿吧。”他却摇了摇头，坚决拒绝了。我心里明白，他指导我写字时，老师的角色无意间悄悄上身，写完字离开时，他就立马把自己转换成被监督的对象，再累，红油漆也该他来提着。被拒绝后，我心里凉凉的，因为我无法向他坦言自己的小心思。正因如此，我一直对他心存歉意，虽然他被批被斗与我毫无瓜葛。

若干年后，我从外地回农场探亲，经过一面偏僻处的老墙。茁壮的杂草恣意漫过墙面，风吹草动，居然露出斑驳的红色语录痕迹："我们都是来自五湖四海，为了一个共同的革命目标，走到一起来了……"

那是刘语文和我共同的痕迹，人虽远离，字痕还在，那痕迹，印证着一段荒唐岁月。虽然字迹已然模糊，我从字里行间仿佛还能看见刘语文的背影，一瘸一拐，步履蹒跚，渐行渐远。

已经走向五湖四海的我，看到自己当年留下的遗迹，突然又生出一种怪怪的感觉，不知是温暖还是寒冷。

转眼又是几年过去，我已在深圳工作，传闻刘语文在黑龙江五常县任教。恰好那年冬天我去五常看望妹妹，妹夫举行家宴，县里两个朋友在座。窗外大雪飘飘，室内温暖如夏，我突然想起刘语文，就和朋友提起旧事，想让朋友对他有点关照。或许因为是寒假期间，或许他根本就不在五常，几经周折还是没找到他，我深觉遗憾。其实，我并不知道他是否真的需要关照，但几杯酒下肚，我情不自禁，语无伦次地不断叮嘱朋友，一定要找到并关照一下刘语文。那个才华横溢却命运多舛的秀才，在我脑海留下的最后印记，始终是那个孤独的背影。

第二天我就离开了五常，妹妹一家也很快迁居深圳，后来的一切都不得而知。或许刘语文根本就不在五常，或许朋友就没把一个普通老师的事当回事，或许我的叮嘱分量还不够，总之，再无消息。

我那丝淡淡的歉意却依然真诚而绵长。

二十三

人狗之间

一九六七年，“文革”运动向纵深发展。农场领导全部被打倒，绝大部分进了“牛棚”。一把手鲍场长成了“苏修特务”，二把手冯副场长是“走资派”，罪证之一是用资产阶级思想美化农场环境。

三、四、五把手也是修正主义，“办场路线”的执行者，一律靠边站。

大人们都成了革命的群众组织战斗队的队员。观点一致的，凑在一起一商量，就诞生个合法组织，不用注册，不用执照，不用纳税；只管写大字报，揭发本战斗队心目中自认为是敌人的敌人；有的主攻一把手，有的瞄准二把手……

戴袖章的红卫兵似乎没那么吃香了。

我突然发现个“机遇”，成立个战斗队，就能分给一间独立的办公室。

于是找了长江、庆海两个伙伴做随从，也成立个战斗队，对外一宣布，立马分到了一间办公室，还配备一张瘸腿的办公桌和一把破椅子，那是我人生路上第一间独立的办公室。

有了办公室，总得开展点“业务”吧，但我不想去参与对书记场长的批判斗争。他们的“罪行”我一个小毛孩子也的确不知道，就是现编也编不圆。我也不想参与到大人们那些口水仗里去，你骂我，我骂你的有什么意思呢？再说，平时见面都是叔叔大爷地叫着，为模模糊糊的阶级斗争就和长辈们翻脸也不太好意思。大人们互相之间翻脸就比较容易，因为他们是平辈的，互相之间不用仰视。

一个叔叔来到我的办公室，让我帮他抄大字报，他正和另一个战斗队的叔叔在打笔仗，都骂对方是“保皇派”。

这活儿我愿意干，我的毛笔字经过写红油漆语录的锻炼，写得越来越好，写的速度也够快，符合“一万年太久，只争朝夕”的“文革”精神。

很快，这叔叔的大字报贴了出去，没想到竟产生了广告效应，另一派的叔叔也找上门来，我以为他来找我算账，要臭骂我一顿，没想到他也让我抄大字报。虽然他们之间是互揭老底，观点针锋相对，但这不关我事，我不但答应，而且抄得更快更好。

我们战斗队成了抄大字报的专业户。我的办公室里业务繁忙，几派群众组织的笔头战争都由我帮着装填弹药，不管他们打的是热火朝天还是心情沮丧，我这里的革命形势却是一片大好。可惜那时没经济头脑，要是每个字收费一分钱，我就是最早的“万元户”了。

有一天，一个叔叔拿来一份大字报手稿，又是和别的叔叔互掐，字里行间充满硝烟，还带点血腥味。抄着抄着，我突然觉得这事干得很无聊，就借口上厕所溜之大吉。

我算是有点明白了，农场人，性本温良，他们没什么雄心壮志和政治野心，也没那么高的阶级觉悟，他们一开始写大字报不过是表明一种对领袖的顺从，对运动的态度；后来逐渐开始表达一点对领导的不满；再后来，观点不一致了。不一致就坏了，就开始顶牛，顶牛了就置气，再有几个性格不太好的“事儿妈”一掺和，问题就大了起来，结果扯来扯去，特务也扯出来了，叛徒也扯出来了。

这运动，不但无聊，还让我渐生悲凉。在内斗中互相撕扯的，都是以前的好战友、好同事、好邻居，性本温良的人们居然这么容易翻脸，让我感到不解，不能不害怕这运动的威力。我暗下决心，以后还是少跟人来往为好。

不跟人来往，跟谁来往呢？于是，寂寞之中我养了条狗。

那时没有宠物狗一说，都是些当地的土狗。东北地区土狗繁衍出来的狗崽子，成长的走向很难预测，有的会很有出息，成长为一条硕大威猛的狗，放在家里能看门护院，领着走出去还能壮胆，让狗主人脸上有光，甚至人仗狗势硬气一下。有些狗却是光吃食不长膘，身材矮小，无精打采，眼无亮光，毛无光泽，喜欢蹲在灶坑边取暖，让狗主人留之无用，弃之不忍，于是就砸手里了。这样的狗被称为“地巴”。

我养的这条小狗，在婴儿期就很招人喜爱，一个月后就显示出“狼狗”的潜质。一身黄毛，黄得发亮，蹦蹦跳跳，动作极为敏捷，特别是一双大眼睛，又黑又亮，眼珠子滴溜转，似懂人语，无论如何也不是“狗眼看人低”的那种狗眼。于是，我给它起了个名字叫“慧眼儿”，我希望它有智慧，别像我似的傻帽一个，潜意识在狗身上也能发挥作用，人缺什么，就想用外力去补什么。

有了慧眼儿，我不再去抄大字报，让喜欢内斗的人自己去打鸡血内斗吧，我开始逗狗了。

这是我此生唯一的养狗经历，却注定了半途而废的命运。

母亲养了十几只鸡鸭和一头猪。鸡鸭是平时改善餐桌的唯一渠道，猪是预备过年吃的大餐。一头猪养大杀了，要“交公”一半，否则是不准养的。

那年，母亲已经在家属队参加劳动，还负了点小责任，收工回家，要忙着做饭还要喂鸡喂鸭，那是家里最有生活气氛也最忙乱的时光。

慧眼儿越来越顽皮，每当这时，它就会前来凑热闹，跟鸡鸭们抢食吃，还会追着鸡鸭们闹着玩，常常上演鸡飞狗跳的闹剧，弄得母亲一肚子意见。

一天，母亲收工时，大雨将至。母亲忙的节奏加快。父亲是“公而忘私”的典型，在外面为公家辛劳一天，回家后常常被母亲唠叨几句。那天也不知父亲遇到什么烦心事，回家时阴沉着脸，母亲一唠叨，等于火上浇油。偏偏这时，顽皮的慧眼儿不知深浅地搅和进来，它先是冲进鸡鸭群里抢食吃，居然把食盆子搞翻了，鸡鸭们乱了套，慧眼儿又追着那只老母鸡挑逗起来，老母鸡以为狗要伤害它的孩子们，便一改往日的温顺，与慧眼儿斗起法来。大概慧眼儿吃了点亏，竟放了狠招，转而去攻击十几只小鸡崽。这下是真的乱了套，不用说，准备吵架的父母都见机行事，把一腔火气通过慧眼儿迁怒给我。母亲下了最后通牒，要我马上解决慧眼儿的问题，要么送人，要么勒死炖肉吃。

看着辛劳愤怒又态度坚决的母亲，我屈服了，在母亲和狗之间，我只能选择母亲；在送人和炖肉二者之间，我只能选择送人。

我和母亲商量着为慧眼儿找个好的后爹后妈，给它一点最后的安慰，绝不能让它在新家受了委屈。

我只知道自己不懂狗语，却不知道慧眼儿能懂人语，它那么小，还是个狗童。我和母亲商量的话没有回避慧眼儿，但我发现后来的几天慧眼儿格外懂事，不再和鸡鸭厮混打闹，总是跟在我身后，时不时地睁着眼，定定地看着我，像有话要说，还总把身子靠在我腿上，用它发亮的黄缎子般的皮毛轻轻摩挲着我的裤管，伸出舌头一遍遍舔我的手。那舌头暖暖的，柔柔的。后来我才猜出，它这是在恳求我不要把它送走。当时我完全忽略了它与我的情感交流，把它的动作当成了平时一般化的亲近。

我找到个没养鸡鸭的人家，把慧眼儿送了出去。离别时，我才品尝了难舍难离的人狗情。慧眼儿被新主人抱在怀里，还挣扎着要跳下地来追赶我。我一边仓皇逃跑，一边在心里埋怨，我因看不惯大人们的内斗才养了慧眼儿，没想到它和家禽们也搞内斗，真是个不争气的家伙。

送走了慧眼儿，我越发觉得孤独，每晚睡觉前都要想一会慧眼儿，几次做梦都梦见和慧眼儿玩耍。如此劳神一个多月，我才渐渐忘记了慧眼儿。

半年后的一天，我正百无聊赖地闲逛在一条路上，忽然远处冲过来一条大黄狗，我想跑却不敢。我弯腰捡起一块砖头准备迎战。

很奇怪，一般情况下，狗若攻击人，是要先“汪汪”大叫一阵的，等于先来一番示威，下个战书，所谓“咬人的狗不叫唤”，那不过是个说法，事实并非一概如此。向我扑过来的大黄狗却一声不叫，摆明了是要不宣而战。我一阵紧张，还没甩出手里的砖头，大黄狗的前爪已经搭在我的胸前。意外的是，它没咬我，嘴里发出哼哼唧唧的声音，还伸出舌头在我脸上乱舔一气。

我猛醒，原来是慧眼儿，可一点也看不出它原来的模样，半年时光它就出息成一条猛犬。

我动情地抚摸着慧眼儿的头和后背上长长的黄毛，心里酸酸的、甜甜的、暖暖的。许多和慧眼儿之间的往事，电光石火般地闪现脑际，没想到慧眼儿少小离别，老大还依然相认，我真想冒父母之大不韪，把慧眼儿领回家。

突然，远处传来一个男人的呼唤："大黄！"

慧眼儿听见那男人的呼声，有几分不舍地放下搭在我胸脯的前爪，望了望那个端着狗食盆子的男人，又望了望发愣的我，犹豫片刻，就朝那男人飞跑过去。

我转身快步离去，不忍看见慧眼儿再扑到那男人怀里的亲密样子，我还是那个我，慧眼儿已经不是当初那条狗。

那晚，我写了此生第一个短篇小说《慧眼儿》。回首我和慧眼儿两个月的亲密接触，重点描写了半年之后这次相遇，写作的初衷似乎很明确，想从慧眼儿身上悟出点什么。时光荏苒，如今已不记得当初的"悟"是多么浅薄幼稚，即使现在，我也很难真正搞懂，人性和狗性有何异同，孰优孰劣，只不过是慧眼儿带给我的那份温暖似乎余温尚在。

那篇小说的结尾我依然记得大概：我的慧眼儿一溜烟地跑回新主人的身边，我知道，它现在已经不是慧眼儿，而是大黄了。是新主人在它危难之际收留了它，但它依然还能扑进我的怀抱，这也算狗比人强的证据。人太容易翻脸，狗却懂得念旧，狗能给人带来温暖，人却和人斗得你死我活。但愿人能像狗一样，就算有了新人，也能不忘旧人。人，能做到么？我不抱幻想。

后来城里养宠物狗成为一种风尚、一种时髦，我却了无兴趣了。人们养宠物狗，内心想法各异，有排遣孤独寂寞的，有炫富炫贵的，因此养的狗大小贵贱不等，我当初养狗的目的很初级、很简单，我是要对抗一下冷漠的现实生活。

“对现实不满”在那时属于重罪，一旦事发，是绝对要被收拾的。如果再有点前科，很可能就被打入十八层地狱，所以对现实失落不满的最简单办法就是逃避和放弃，去异类身上追寻别样的慰藉，也是对自己的一种救赎。

近年来，很多人热衷于潜水，世界顶级潜水胜地都留下了同胞们的身影。我的女儿女婿也爱上了潜水，潜迹遍布马来西亚、菲律宾、泰国、帕劳、马尔代夫直至南美洲的厄瓜多尔，几乎将她们创业的收益消耗殆尽，但她们依然乐此不疲，与昔日交往的人群反倒渐渐疏离。

说起潜水的乐趣，女儿说，在海底，你会看到美丽的珊瑚礁、成群结队的各种鱼类、漂亮的水下植物，以及五彩斑斓的海底风光。关键是，在海底，没有人与人之间的你争我夺、尔虞我诈、明枪暗箭；没有攀比，没有内斗，没有互害，与海底动物相处，比与人相处感到轻松许多，温暖许多。

这不就是我十几岁养狗时的心境吗？可惜，我那时一心逃避，却只有养狗一种选择。

二十四

暗藏特务

因慧眼儿离去而纠结的一段日子，蔡老师在我的生活中变得越来越重要。

蔡老师是个老大学生，在老师中，他的学历和工资都是最高的，课也讲得不错。他虽然侥幸躲过最初的关“牛棚”，却一直是运动的重点对象。因为他性格有些古怪：高工资的单身汉，却穿得像个乞丐似的邋遢，举止行为也很怪异，因此有人认为他可能是个“暗藏特务”。

那时，反特片是电影的一个热门。在反特片里，国民党特务都有点古怪，生活中往往有些与众不同之处，反特英雄们就是通过这些行为细节顺藤摸瓜才破案的。

很佩服那年月的电影，电影里的人物和故事是否来源于生活不知道，干预生活的力量却是巨大的。

把蔡老师和反特片里的特务形象一对照，还真挺像。

斗老师的阶段已经过去，现在的主攻方向是场领导。对蔡老师不能采取简单的揭发手段，我这个不愿再抄大字报，不热衷于掺和内斗的人，手里毕竟还有个小小的战斗队，于是被赋予一个特殊使命，暗中寻找蔡老师是特务的证据。

任务蛮艰巨的，我严守着秘密，内心却把这任务当成了儿戏。

经历几番折腾，我对什么“走资派”“特务”之类的事情没了兴趣，不是对“文革”有什么深刻认识，只是心情的一种莫名其妙的异动而已。

因为要观察蔡老师，我们和蔡老师之间反而形成了一种不伦不类的关系，既不拿他当老师，也不拿他当特务，却把他当成了取乐解闷儿的工具。在我对现实感到心灰意冷的时候，蔡老师反倒给我带来不少乐趣，弥补一些心灵的空缺。

首先，我们给蔡老师起了个既简单又朗朗上口的外号，叫“菜包子”。包子有点像他白净浑圆的脑袋，也有点像他的性格，外表软绵，包着什么馅儿却深藏不露，不咬一口就不得而知。

从此我们就经常咬上菜包子一口，然后就狂笑一气。菜包子自己也无可奈何地笑，越笑越有点像特务。我们不管这些，只是继续逗他，只要逗出新故事就四处传扬，供更多的人取乐。

菜包子说话的音调有点娘，内容却一点也不娘，句子简短，用词精准。他的胆很小，什么都怕，尤其是怕爆竹。他的胆小，我曾怀疑是伪装的，为了逗乐，我们专门针对菜包子搞来一堆“拉炮儿”。那是一种两头带线，一拉就响的爆竹。一次大家到县城集训，有些人被宣布“解放”，有些人被赋予新的罪名。我们和菜包子同炕而睡，他总是用警惕的眼睛盯着我们，好像不怕扣上什么新罪名，倒是怕我们用拉炮儿偷袭他。

有关负责人暗中问我：“发现老蔡有什么动向吗？”

“没发现”。

“要提高警惕。”

集训班结束，大家搬起行李准备上车返回农场。菜包子刚要搬行李，陡然发现行李和窗框之间有拉炮儿连着，他吓得面如土色，愣在那里不敢动弹，就像他的行李变成了战斗片里的炸药包。

我们拿出纸和笔，让菜包子写上“怕拉炮”三个字，还要签上姓名日期，他只好照做。他的纸条我们带在身上，时不时当着蔡老师的面拿出来念一遍，就像他欠了巨款被我们缴了房本似的。

一个月明星稀的晚上，我和福柱、长江带着小刀、拉炮儿，偷偷跑到菜包子宿舍的后窗，一边假装撬窗户，一边用他能听见的声音交谈：

“菜包子有钱啊。”

“对，他工资最高，今晚给他来个连锅端。”

“他要敢反抗，就把他捆起来，扔北山上去喂狼。”

屋里开始还有窸窸窣窣的声音，后来就死一样的安静。我们想象着菜包子被吓个半死的样子，实在憋不住笑。

笑声被菜包子听见了，他才明白是我们来寻开心，赶紧求饶：“别闹了。”

“再说一遍，怕拉炮儿不？”

“怕！”

“说认真点！”

“我——怕——拉——炮——儿！”

过了几天，我把吓唬菜包子的故事写成短篇小说，题目是《怕拉炮儿》，那是我的第二篇所谓小说，一直压在箱底，直到二十多年后，才连同其他没见过天日的“作品”一起扔进了垃圾堆。

菜包子经人介绍，终于有了个外地的女朋友，他和女友的交往要靠电报。农场有个邮电所，所里有个四十多岁的“孟邮电”，也是个极有趣的人。我们和孟邮电关系很好，菜包子跟女友之间的电报往来，孟邮电都会提前告诉我们。

一天，孟邮电找到我，神神秘秘地说："菜包子又要发电报了。"

我问："已经发了吗？"

孟邮电笑嘻嘻地说："还没呢。"

我知道会很好玩，就问："怎么写的？"

孟邮电已经忍不住笑："就五个字，'有房，带盆来'。"

真是奇葩到令人吐血，带什么不好，还用电报说个"带盆"！是饭盆还是尿盆也没说清，看这电文，还真像特务的接头暗号，难道他真是特务？如果是，他潜伏在这么个小地方有意思吗？真是搞不懂。

不过，对疑似特务的蔡老师，我真的没有敌对情绪，反倒真心喜欢。既然他笑点满地，我们也就调笑不止，在笑声里竟建立起一种特殊的友谊。

其实，蔡老师还是蛮幸运的，如果按当时流行做法，怀疑你是特务，你就是特务，先关起来斗一番再说，即使没落实证据，也弄你个七荤八素灰头土脸，或像刘语文那样，在小号里得上关节炎，走路一瘸一拐，你不但有苦说不出，不敢也不知道跟谁讨要个说法，万一从小号放出来，你还得感谢人家八辈祖宗。

每当想起蔡老师，我就连带着一起去想邓老师和刘语文。

邓老师是倒霉在他的政治情怀上，因为有情怀，就入世太深。不管你的情怀是什么，但你踏进了那个被整肃的大范围，混战之中，谁能自保？覆巢之下，安有完卵？

而刘语文，是倒霉在他的才华横溢上。最近央视有个很火的栏目叫《黄金一百秒》。节目开头有个很火的口号，叫"是金子，总会发光的”，我套用给运动中的刘语文，应该叫“有才华，总会倒霉的”，何况，他那才华并非什么哥德巴赫猜想之类的东西，而是什么“东风无力百花残”，是“为伊消得人憔悴”，是扎扎实实的舞文弄墨。他那个文墨放在大城市也许就算不上什么，可在小小农场就有了风头，成了出头的椽子，那是要先烂的。

蔡老师则不同，论政治情怀，他不如邓老师，论舞文弄墨的才华，他又逊刘语文一筹，加之他性格随和，没有邓老师的执拗倔强，没有刘语文的显山露水，他是甘当配角，甘居下游，甘被人欺，遭遇天大的难堪，他也是一副可怜相，也是一笑了之。据说他父亲在民国时期就做过校长，估计后来也被整肃过，他对蔡老师的教育一定是隐忍至上。

蔡老师得以安全还有个偶然的幸运，就是他遇上了我。假如担任暗中观察任务的不是我，而是个热衷政治，类似北京的周闯将，那他也难躲一劫。我已经对现实失望到去养狗解闷了，哪有心管谁是特务呢？假如我是个百般认真一丝不苟的人，既然不关心特务的事，就拒绝接受任务，那后果怎样也未可知。偏偏我接受了任务却不去尽责，不尽责还有一副尽责的样子，直到任务不了了之，我也没公开推脱，也没对外宣扬过此事，估计交代任务的人自己也忘在脑后了。所以直到现在，蔡老师也不知道他曾被怀疑，曾被我暗中观察。这事现在听起来自然是个毫不起眼的荒唐笑话，甚至世上都没人知道曾有此事存在过。想起这荒唐小事，我也暗中庆幸，如果我当初不是那么敷衍了事，导致蔡老师被整，我也就背上了感情债，被歉意折磨不休，尽管我那时只有十七岁。

我也曾想过，我们跟北京的红卫兵一比，的确是没有一点革命性，就是一群没出息的“凑热闹的”，是一帮干不了大事的“请客吃饭，绘画绣花”。这么高调一想，也就觉得蔡老师有点可疑，直到后来他丢了两根手指头，我才彻底弄明白了他，什么特务啊，他就是个性情古怪的书呆子。

那年冬天特别冷，蔡老师去打柴，把手冻僵了。稍有点生活经验的人都懂得，手冻僵了要用雪来搓，把手搓热搓红，自然就好了。蔡老师这呆子，竟然回家用热水泡手，结果呢，左手的小拇指和无名指变黑腐烂，只好去医院截了去。

总之，那两年，作为“菜包子”的蔡老师，成了我快乐的源泉，那快乐，是对未来充满失望的情绪下产生的一种怪异的快乐。

很难想象，把给了我一点温暖的慧眼儿送人之后，若没有蔡老师，我的精神会多么苦闷。

二十五

大家拿

学习背诵伟大领袖的“老三篇”是那个时期的必修课。“老三篇”里有篇《纪念白求恩》，领袖是这样说的：“白求恩是个加拿大人，不远万里来到中国，这是什么精神，这是国际主义精神，这是共产主义精神……”

我们被白求恩感动着，我也因为不知道加拿大究竟什么样而疑惑。我想，加拿大肯定比中国穷，人人吃不上饭，穿不上衣，就像美帝国主义和台湾一样，不然白求恩怎么会来中国呢。

我们虽然自认是世界上最幸福的人，但也缺东少西的。几年前学过的那篇《谁是最可爱的人》，是魏老先生一九五一年的作品，文章里有一段很有感染力的排比句子：“当你坐上早晨第一列电车驰向工厂的时候……当你……当你往孩子口里塞苹果的时候……朋友，你是否意识到你是在幸福之中呢？你也许很惊讶地说：这是很平常的呀！”

说起苹果，农场还真有一个不小的果园，栽着一大片沙果树。沙果比苹果小、酸、涩，熟透了倒也不错，那是我小时候唯一吃过的水果。

农场的果园是公家的，吃沙果也是要花钱买的。每个月买完粮食，工资基本就光光的了，那才是名副其实的“月光族”。吃沙果，用今天的话说，那也叫高消费，舍不得随便吃的。但是，“文革”给了我们勇气，公家的也应该是大家的嘛，大家的就应该人人有份，反正场长们都成了坏人被打倒了，反正谁是谁非也没个准儿，你今天是好人明天就可能是坏人，今天是坏人明天又成了好人，反正砸东西烧东西也是革命行动，偷个沙果又算什么呢？

唯一忌讳的是，果园的农业技师李叔，如今已经是权力机构“革委会”里分管“促生产”的头头，他曾视果园如生命，所以，不能公开去拿，必须没人看见时去偷偷地拿。

说起农业技师李叔，也是农场很有特色的人物。他和妻子尹姨珠联璧合比翼齐飞，经过多年努力，把农场一个小小的苗圃变成个大果园。那果园虽然不是他家的，却比自家的东西还珍贵。很多人也都为农场做出了贡献，但那些贡献往往留不下痕迹。春种秋收过后，庄稼变成粮食，粮食有的交了公，有的走上餐桌，然后变成肥料，重新回到地里，周而复始，没留下任何痕迹。

李叔尹姨的果园却不同，花开花落皆是趣。果摘了，树还在，明年又是好风景。吃馒头时，没人会提起粮食是谁种的，吃沙果时，都会念叨一句李叔尹姨的功劳。我们读书时，还请李叔给讲过果树栽培课。他温良的品性加上说话的超慢节奏，就像传说中古人在品茶吟诗，他和他的果园一样，令人难以忘怀。

“榜样的力量是无穷的。”记不清是谁带的头，到果园偷沙果就逐渐蔚然成风。大家都忙着革命，偷个沙果也不伤大雅，渐渐的偷沙果就合理化了，甚至半公开化了。李叔流下汗水的果园，也留下了我们乱糟糟偷沙果的足迹。

记得有个中秋节之夜，我和本战斗队的长江、庆海情绪都很好，决定去果园搞点沙果慰劳自己。明月高悬对偷沙果来说绝不是个好天气，可情绪正好，岂能因为月亮半途而废？

果园四周是有铁丝网的，有点像电影里碉堡四周的电网，不同的是没有电，没有探照灯，也没人把守。

我们拿着两根带叉的木棍，找了个荒草茂密的地方作为“突破口”。我用一根木棍的叉头撑起两根带刺的铁丝，灵巧的长江就钻进了果园，他在里面用木棍照此办理，我和庆海也钻了进去。我们找了一棵硕果累累的沙果树，正要下手，就听不远处传来动静，月光下，四个黑影正在另一棵树前忙活着。

另一伙窃贼也发现了我们，却并没有停下的意思，一个黑影还朝我们招了招手，那意思似乎是：“没关系，同路人。”

我们摘沙果时，也会想到李叔尹姨的辛劳，下手很轻，免得伤了果树枝条，影响了明年的收成。

我们三人把宽大的秋衣系在裤腰里，把一个个沙果从领口处塞进去。不一会儿，三个瘦瘦的人就变成了大肚子孕妇模样。

我突然住了手，因为眼前的情景让我想起学过的一篇小说，是鲁迅的《故乡》，有段美妙的描述我几乎能背下来：

“这时候，我的脑里忽然闪出一幅神异的图画来：深蓝的天空中挂着一轮金黄的圆月，下面是海边的沙地，都种着一望无际的碧绿的西瓜，其间有一个十一二岁的少年，项带银圈，手捏一柄钢叉，向一匹猹尽力地刺去，那猹却将身一扭，反从他的胯下逃走了。”

我觉得鲁迅写的就是今天，没错，天上一轮金黄的圆月，种着一片沙果树，其间有几个拿着带叉木棍的少年，可这帮少年不是戴银项圈的闰土，却是那个偷西瓜的“猹”。

那“猹”本是一种专偷西瓜的野生动物，此刻的猹却是我们。

返程时，长江庆海都很开心，长江问我为何若有所思闷闷不乐，我就说了鲁迅的《故乡》。

长江大笑说：“你要是读书读出病了，以后就别读了。”

我觉得长江的话也有道理，各种书讲的东西往往互相矛盾，报纸上也是前后矛盾，今天这么说，明天又那么说，翻来覆去的都说得义正词严，似乎无懈可击，我们却不知哪篇是对的，哪篇是错的，哎，社会真是太复杂了。

我索性不想了，把手从秋衣领口伸进去，掏出个大沙果，在袖口上胡乱擦了几下就塞进嘴里，酸甜酸甜的。忽然又想起魏老先生的文章，就用朗诵的腔调大声吼起来：“当你往嘴里塞着沙果的时候，你是否意识到你是在幸福之中呢？这是很平常的啊！”

公与私，渐渐合拢，加拿大渐渐演变成“大家拿”“拿大家”，二十世纪五十年代初期的纯真一点点被蚕食。

二十六

成败军代表

一九六七年，驻军又回到了农场。

这回的驻军，不是看守犯人的军人，不是我们一起玩耍的朋友，而是解放军的“军管”代表，人数不多，但权力很大。

“军管”二字不能深入解读，只能解释成农场“文革”的管理者。

军管代表官儿不大，一个张营长、一个邸连长、一个排级参谋姓于。营长，自然就是最高首长，负全责。

农场作为一个县团级单位，能有营长大驾光临，已属吃小灶了。

农场造反派的内斗本来就是打点口水仗，大字报仗，基本不武斗，也没流过血，一直不温不火，军管后就一切顺风顺水。很快，解放军就干脆利落地解放了几个被打倒的“老干部”，选择了各派都能接受的徐叔，扶上最高位，新的革委会就成立了，下设部门也很快建立健全，按照“抓革命促生产”的需求，主要成立两大部门，抓革命的和促生产的。不革命当然不行，不生产粮食，不吃饱肚子，也不行，饿着肚子闹革命的苦头前几年刚吃过，谁也不想再遭“二茬罪”，本来闹革命的最初承诺就是有饭吃有衣穿，打土豪分田地嘛。

革命部门一个重要机构是“清查办公室”，由张营长亲自担纲，邸连长主抓生产，于参谋则两边客串。

军管工作进行得很顺利，一顺利，人就容易和谐相处。

张营长是山东人，身材不高，浓眉大眼，一身英武之气，属于那个年代文艺作品里正面人物的标准形象。他每天都乐呵呵的，还能说会道，直言快语，且嗓音洪亮，字正腔圆。他对不同派别的战斗队都一视同仁，都赐予同样的笑容，都使用同一个语言系统的词汇，都一样的恩威并重。很快，各战斗队就基本消除了大的隔阂，剩下些小矛盾，用不着热热闹闹你死我活地掐口水架了，大家见面又开始像以前一样，笑一笑十年少了。本来就是街坊邻居、同事同僚的，本来就是“来自五湖四海，为了一个共同的革命目标，走到一起来了”，本来就没什么深仇大恨。

张营长对我们这帮少年革命者也是同样的态度，这让我们之间的关系也很融洽。青少年本来就喜欢军人，也曾树立过当兵的理想，过去和军人交朋友，最高级别的不过是个班长，现在能和营长面对面谈笑聊天吹吹牛，自然有种自我提升的成就感和人小志大般的快感。

邸连长身材也不高，却比张营长魁梧了一点点，长相很一般，扁平的脸上，没有浓眉也没有大眼，还是个不苟言笑的人，每当有了笑容，那笑虽无恶意，却让人有点不舒服，远没有张营长的笑容那么有感召力与亲和感，所以他和大家的关系就有点疏离。他分管“促生产”，只要有人干活，一切都不是问题，关不关系的问题也不太大。

但他还是因为“关系”问题出了点小岔头，是和我的一个女同学的关系问题，一不留神弄出个实物，有人证有物证的，当然这是一年以后的事，这事我也不想多说，本来就是一念之间的事，因为身份特殊，年代特殊，才变成了岔子。

于参谋是高个子，有几分魁梧，却多了点书卷气，少了点英武气，因为戴着副近视眼镜，就有几分知识分子的味道。他的笑容不少，只是没张营长笑得那么爽朗。说话不少，却没有张营长那么强的感染力，也没那么高屋建瓴。我们在一起相处，有时会开心说笑，也有时会互相赌气，所以他更像我们读书时那些军人朋友，不太像个军管大员。

记得有一次，于参谋组织我们几个学生开会，说是根据张营长的安排，要和我们约法几章，规范一下我们的行为，结果到了开会时间我们都没去。于参谋找到我，很有几分气急败坏的样子，大声说：“今天下午再开，两点钟，下午两点！”说着，他竖起两根指头，在我面前晃了晃，重申：“两点！两点！”

我笑着答应他，结果下午我们依然迟到了半个小时，气得他开会讲话也讲得语无伦次不得要领。散会后，他慢慢消了气，和我们聊起大天来，反而把开会的内容说清楚了，原来是让我们多读领袖著作，少掺和大人的事。

他的话正合我最初的想法，也就接受得很愉快。后来才知道，于参谋是在转达张营长的一片好心。

对张营长，我们绝对不敢造次，倒不仅仅因为他官比于参谋大，而是因为张营长有一种“不怒而威”的震慑力。多年以后我还想过这事，他的震慑力是哪来的呢？

不过，张营长的震慑力很快就遇到了挑战，那是一年以后，他突然变得沉默寡言，笑容也没了，英武之气锐减。有次农场搞什么“挖河大会战”，张营长亲自参加，他表情沉重，和谁也不说话，只是默默地挑着装满泥土的担子，一担一担地挑个不停。劳动间歇时，他也不休息，一个人继续挑着担子，那扁担压在他的肩上，几乎弯得要断了，他雪白的打着补丁的军衬衣早被汗水打湿，厚实的背部肌肉随着沉重的脚步一颤一颤的。

他这是怎么了?

有个消息灵通人士小声说：“听说张营长犯错误了，要回部队接受处理。”

“他能犯什么错误呢？”我想，张营长和大家处得鱼水情深的，农场的秩序也基本是井然有序的，打倒一堆领导，那也是上边让干的，又不是他的事，按当时的流行说法，那应该叫“革命形势一片大好，不是小好”。

“谁知道呢，反正不是左了，就是右了，犯了大方向错误。”消息灵通人士也说不清，其实谁也说不清，我相信张营长自己也说不清，他究竟犯了左的还是右的错误。问题是，一个小小农场，在全国地图上拿着放大镜都找不到的地方，每天发生的都是些鸡毛蒜皮的小事，能有什么大方向的错误，大方向是一个营长能左右的吗?

农场又要召开大会了，召开得很隆重，所有人必须到场，主要演讲者是个师政委，是张营长的上司的上司。他喜欢洋洋万言地说着官样的废话。说实话，这个军人给我的印象不怎么样，说话带着官气，走路带着官样，没和他有过具体交往，只是有一次他到清查办公室和大家“聊天”，算是“下点毛毛雨”，那时流行这一套，要干点大事之前，先吹吹风，给人们一点心理准备，叫做“下毛毛雨”，我听不惯他那种事后诸葛亮腔调，就去了厕所，借着尿道溜了。

他面对着全场的干部职工，面对着被打倒又解放了的，被打倒还没解放的，不知哪天又会被打倒的干部们，面对着既关心国家大事又觉得与己无关的职工们，也面对着狗屁不懂的孩子们，讲了一大通政治的、哲学的、斗争的、和解的各种互相矛盾的道理。什么“一个人犯错误，既有他的主观原因，也有他的客观因素，一个人不怕犯错误，怕的是不改正错误，农场的‘文化革命’形势主流是好的，干部的大多数也是好的，运动基本是健康发展的，但是……”

“但是”俩字在特殊的环境里有着特殊的作用。

他的话给我的总体感觉就是，大家都在犯错误，都不能不犯错误，都得轮流犯错误，又都犯得有原因有道理，犯了，被批判了，就老实了，然后等着继续犯错误。

很快，张营长走了。在“文化革命”形势是好的情况下，让“运动健康发展”的张营长走得没人欢送，没人告别的，我猜想，他一定是流着眼泪走的，因为他像个重感情的人。

很快，出了“关系”岔子的邸连长也走了，据说被开除了军籍。一年以后我在边境黑河一个长途汽车站遇到了他，他没看见我，我也就没主动打招呼。本来在军管时就基本没和他说过话。他没穿军装，神情落寞、形单影只，在排队买票的队伍里瑟缩着。

我想，他要不来农场，在部队老老实实当他的连长，岂不是没机会出什么“关系”岔子？

于参谋也走了。他和我们有着近乎平等的友谊，按理说，我们应该对他道一声“珍重”的，可他是悄无声息走的。

与军代表相关联的是革委会徐主任。“文革”初期被打倒，后来获得解放进了革委会，现在又随着张营长的撤离再次被打倒。他糊里糊涂被打倒，糊里糊涂被解放，糊里糊涂又被打倒，几番折腾下来就得了癌症，竟然又神奇地带病当了一段“焦裕禄式的好干部”。终于，他的命被折腾去了另一个世界，这自然是后话。

二十七

知青三部曲

一九六八年秋，盼望已久的高中终于开学了，后来把这短暂的复课说成了资产阶级路线的回潮。

我背上行李到县城读了高中，同去的还有长江和秀泉。

没想到一开学就被冷水灌顶，三天后，心里就冷得像冻了冰似的无法忍耐。班主任竟然是个军代表，却没半点军人风采，倒像个“事儿妈”似的，说起话来腻腻歪歪，居然还糙了吧唧的。我们上课就是三件事：背语录、白干活、挨“事儿妈”训斥。

有一次，他训斥我和长江：“你们的脸比城墙还厚。”我和长江都是爱面子的人，脸怎么就比城墙厚了？我心里暗骂：“你家的墙就是马粪纸砌的。”

这高中，是没法读了。一个月黑风高的夜晚，我和长江背上行李，像做贼一样溜出了校门，然后撒开欢儿就跑，一路逃回了农场。

两个月的高中生活就这样结束了。

我俩也劝秀泉一起逃跑，秀泉犹豫再三，拒绝了。他性格平和，很能忍，对读高中的前景还寄托着希望，为了那个渺茫的希望，宁肯白干活，宁肯被事儿妈军代表训斥。

我心里很苦，正当求知欲旺盛的时候，我们却无书可读，连个业余自学的门都关得紧紧的，因为你无书可买，这对整天在田里劳作，根本不想读书的人来说，似乎也没什么，可我不行，我可是读小学前就被母亲搞过家教，寄托了改变命运重任的人。从县高中逃跑回家的一段时间，我羞于出门见人，我也解释不清，为什么要逃跑，为什么就不能白干活，为什么就不能被事儿妈军代表训斥。所以，我只能在家里猫着，任凭父亲对我的逃跑行为长吁短叹。

真是人算不如天算啊，仅仅过了一个月，事情就诡异地拐了个一百八十度的大弯。

一个晚上，人们得到通知，收听重要广播。八点钟，广播公布了一个爆炸性的消息，伟大领袖发出伟大号召："知识青年到农村去，接受贫下中农的再教育，很有必要。"

刚开始，我还不知道这重要指示和我有什么关系。

很快就有了关系，从县城传来消息，说县高中解散了，所有学生都各回各家了。

这个乐啊，我在县城的逃跑变成了超前落实伟大领袖最高指示的行为，县城中学还颁发了"高中毕业证"，混了两个月的逃跑分子，居然混了个高中文凭。

我和长江没忘记去找秀泉，对他不肯提前逃跑的行为嬉笑一番。

永壮已经离开了农场，我和长江、秀泉就是最好的朋友，互相之间能随意耻笑、讥讽，话说得越狠越开心，字里行间藏着不分彼此的友情。

怀揣高中文凭，加上喜欢舞文弄墨，我被分配到农场清查办公室工作，就是搞外调、整材料，顺带着公费旅游。

很快，一批批斗志昂扬的城市知青，为了落实伟大领袖的伟大号召，登上深绿色的火车，奔赴农村，奔赴边疆。他们个个摩拳擦掌，准备“滚一身泥巴，磨一手老茧”，和贫下中农相结合，为祖国建设奉献他们火热的青春。

很快，知青中涌现出一批打头阵当标杆的英雄人物。张勇、金训华的故事在黑龙江的黑土地上传颂，通过报纸广播进入了全国的千家万户。

我们农场来的知青是上海和哈尔滨的，他们在军代表和革委会领导下，成立了独立管理的“知青连队”，一二百个热血青年和农场结下了不解之缘，也让农场的生活涌起了新的波澜。

农场毕竟是个小地方，水土一般化，没出过什么金训华、张勇，我也只能说点小事情。

农场的小姑娘小男孩如今也长到了如花似玉、钟情怀春的年纪，暖哥哥甜妹妹的也不少。但知青们来自大城市，尤其上海知青，比农场本地的哥哥妹妹就“洋气”了很多，一时间成了农场一道靓丽风景。

城市知青的到来，让我们的身份变得很尴尬。农场本来就是个城不城、乡不乡的地方，吃着国家供应粮，领着国家工资却要种地。我们在农场长大的中学生算什么呢？这事纠结了好几年，最后由上面定调，我们就成了“按下乡知识青年待遇的回乡知识青年”，尽管也没什么知识，总算是混了个知识青年的待遇。

尽管如此，我们也自知，跟上海知青没法相比。

首先，上海知青的穿戴风格就够我们羡慕的。男青年一律的瘦裤腿，女青年不但露胳膊露腿，还横看成岭侧成峰的。他们集中住在新建好的简易宿舍里，男男女女厮混在一起，有说有笑，打打闹闹，没有家长在身边盯着，农场的所有人都不是他们的街坊，他们可以旁若无人、肆无忌惮地在一起疯疯癫癫，甚至花前月下拉个手、拥个抱、亲个嘴什么的都不在话下。

上海知青给农场带来一股清新的空气，要说他们是来接受“再教育”的，不如说他们是来展示大上海的潮人风格和做派的。

本地帅哥靓女的家长们，对上海知青，那可是撇嘴斜眼嚼舌根子的看不惯，认为他们那是绝对的“资产阶级生活方式”。虽然资产阶级究竟是个什么鬼，自己也从来没见过。可时间一长，他们也就见怪不怪了。慢慢地，就觉得那种资产阶级生活方式其实也不错，而自己这无产阶级生活方式简直是土得掉渣。

这应该是知青在农场的第一部曲，弹奏得意气勃发、高天薄云。

很快，上海知青就“资产阶级”不起来了。不是被农工们给再教育了，而是农业劳动把他们累得没心思资产阶级了。又过一段时间，很多知青就开始厌倦农场，厌倦日复一日毫无新意的农活儿，也见识了所谓的“贫下中农”的阶级觉悟。农工们正盛行着“大家拿”主义，于是知青们对下乡运动的伟大意义就心生疑惑了，加上思念家乡不得归，想念爹娘没法见，很快就把自己调成了心灰意冷模式。他们感到前途渺茫，甚至对人生绝望，有时男男女女的凑在一起，不再是单纯的拉手亲嘴，而是相拥而泣。

这时，他们开始了下乡的第二部曲，弹奏得伤心又悲壮。

有个很有名的知青故事开始在黑龙江流传，因为是私下偷偷流传，就流传出多种多样的版本。

我听到的那个版本是这样的：有对儿南京知青恋人，下乡时被分在了不同的地方，男知青因极度思念家乡，夜半写了首诗寄给了女友。

蓝蓝的天上，
白云在飞翔，
美丽的扬子江畔，
是我可爱的南京古城，
我的家乡。
……
告别了妈妈，
再见了家乡，
金色的学生时代，
已伴入了青春史册，
一去不复返。
啊，未来的道路多么艰难，
多么漫长。
生活的脚步，
深陷在偏僻的异乡。
……
啊，南京，
我可爱的故乡。
啊，南京，
何时才能回到你的身旁，

你的身旁。

……

据说女友也是才华横溢，就把这首诗谱了曲，后来就演变成了《南京知青之歌》，迅速流传开来。知青们在火车上唱，在轮船上唱，在田间地头唱，在被窝里唱。曾有个知青非常多的农场，在一个月明星稀充满诗意的夜里，上千人相拥着唱，唱完就群体性抱头痛哭，哭得震天撼地，吓得月亮也躲进了云层里。

《南京知青之歌》对知青的悲观消极情绪起了推波助澜的作用，给下乡运动蒙上了一层重重的阴影。

后来，亡我之心不死的苏修社会帝国主义的喉舌莫斯科广播电台也跟着起哄，不但大唱，还把歌名改成了“《中国知识青年之歌》”，采用男声小合唱，配以乐队伴奏，效果搞得更加悲悲切切，简直伤人肺腑。

这下祸惹大了，写诗的知青被捕，冠之以“破坏伟大领袖的战略部署，破坏知识青年上山下乡运动”的罪名判了刑，有的说判了七年，也有的说判了九年，还有的说判了十年。据说有点牵连的另一个青年连病带吓，很快就去了另一个世界。

《南京知青之歌》直接流传到我耳朵时，已是一九六九年深秋的一天。那时我已经在清查办公室工作了一年，虽然能公费旅游，可见的世面多了，心情却变坏了。

那天，我乘坐松花江上的客轮返回农场，船开到中途就抛锚不走了。据说供煤系统和轮船系统是两派，两派为了一个共同的革命目标，正在进行车轮大战，因此供煤系统捣乱，拖延着不给轮船系统加煤。没了燃料的轮船系统只好歇菜，停靠在一处荒凉的江湾。轮船上流传着各种“小道消息”，什么时候能加煤开船，却没有任何“大道消息”。

那是松花江上最后一班客轮，冬天即将来临，已经到了“封江”时节。

松花江上的客轮只有四等舱五等舱两个规格。五等舱就是大通铺，四等舱则是一排小房间。我坐的是四等仓，居然碰上个单间。我心情不佳，喝了几口闷酒，仰卧在船舱里，能看见窗外飘着稀稀落落的雪花，也能看见岸边的芦苇在萧瑟的秋风里摇曳不定。江涛拍打着船底，和秋风扫过船窗的声音混在一起，像是深秋里大自然发出的呜咽，搅得人心神不宁、情绪压抑。突然，隔壁房间响起了一阵如泣如诉的歌声，由低到高，竟然盖过了风声涛声：

蓝蓝的天上，
白云在飞翔，
美丽的扬子江畔，
是我可爱的南京古城，
我的家乡……

平时能听到的歌都是《东方红》《国际歌》，旋律高亢、嘹亮、激越，如今这么忧伤低沉的歌真是人间哪得几回闻啊。我被歌声撩拨，爬起来走到隔壁门外，向里面张望，发现是三个男青年在唱歌。一看穿戴就知道是上海知青，有个人弹着吉他，还有个人手里拿着个啤酒瓶，边喝边唱。看着看着，就觉得有个人脸熟，于是我就推门走了进去。

三个人愣了一下，脸熟的那个果然是上海知青刘欣然。他一脸灰色地邀请我坐下，说："我们在唱反动歌曲呢，让你这搞清查的听见了，不过也没球事，反正我们早就破罐子破摔了，还能咋地？"上海知青已经学会了一口东北话。

我索性坐在他身旁，说："你说什么呢？什么反动歌曲？我没听懂，再说，我现在也不想当什么好罐子。"

刘欣然说："我们唱的是《南京知青之歌》，知青都在偷着唱呢。"

我说："挺好听的，符合我现在的心情。"

刘欣然突然有几分欣然："嘿，还遇到个知音，那就再整一遍！"

他们整的有几分疯狂，唱完，三人居然一齐大笑起来，笑得很有几分恐怖。

刘欣然把这"反动歌曲"的传说给我讲了一遍。然后说："我们都是落后分子，人家思想改造搞得好的，当了模范的，就不像我们这样消极，他们的前途那是一片大好。我们呢，我们是落后的大多数，我们啥时候能回上海啊，那里有我们的爹娘……"还没说完，他咣当一声躺在木板床上，闭上眼睛，不知是真睡了，还是不想说话了。

随着知青运动的戏剧性变化，农场知青的另一种流行病开始蔓延，那就是打群架，这是他们第二部曲的一个组成部分。

作为以打架著称的东北人，哈尔滨知青在知青大战中显得势单力薄，似乎只有个孙大胆还算可圈可点。

上海知青则不同，他们英勇善战，豪强辈出，但他们没有地域歧视，基本是上海知青打上海知青。也不知道他们为什么打架，也不知道男知青打架有没有女知青掺和，只知道他们不断打架，架越打越凶，越打越吓人。有段时间，女人们吓唬小孩的口头语不再是什么“大灰狼来了”，“黑熊来了”，而是“别哭，上海知青来了”。

我知道知青们心里苦，对返回家乡和亲人团聚感到彻底绝望。情绪积攒多了就要发泄，绝望了就会不顾一切，最简单直接的方式就是打架，所以我对知青中那些好战分子没有一点鄙视，并不认为他们是什么“流氓”，而是充满了一个旁观者能有的最高也是最纯洁的情怀，那就是廉价的同情。

最厉害的一个打架能手叫沈力，身材魁梧自不必说，有人说他打起架来的勇猛像《三国》里的张飞。我曾和他喝过一次酒，沈力是主角，几个小弟兄围着他，我得以近距离观察他，发现他还真不像张飞。他是个白净面皮，眼睛也比张飞的小了很多，更没有张飞的大胡子，如果一定说他像《三国》里的谁，或许是像赵子龙吧。

这“赵子龙”喝酒如同喝温水，嘴一张，一杯烈酒不沾牙不碰腮，直接就穿过了嗓子眼儿。

还有个金强，外号“小辫子”，比沈力个头高，体型像个肌肉男，平时见人挺爱笑的，笑得还有几分憨厚，一笑，左腮上的一撮毛就会一撅一撅的，他就是因为这撮毛被授予了“小辫子”的称号。这“小辫子”似乎并不参加任何打架团伙，他是靠着单兵作战的能力，总是立于不败之地。每次作战，他往往都师出有名，很有点行侠仗义、“替天行道”的味道。

还有蒋平、陈大龙，胆量和功夫都各有千秋。

最著名的一场战斗是有个外号叫“黑龙”的，率领着另外四个打手大战沈力。战斗因何而起不知道，据说五个人是决意要彻底废了沈力的性命，都带着切肉的砍刀，去偷袭沈力。正巧沈力在午睡，一刀下去惊醒了他，在狭窄的房间里本不利于突围，沈力居然力战群雄，虽身中几刀，血染衣衫，竟然冲出门外逃脱了。

于是沈力更是威名大振。

下乡知青是独立管理的，和本地人来往并不密切，因此也很少发生冲突，不过有个上海知青张明，不知因何招惹了本地中年职工高玉，二人的战斗一时间成为农场的奇闻，因为这俩人都不是一般人。

据说张明自幼修炼得道，会得一身武功，几个人围住他都无法近身，不过很少听说他参与打架，倒是经常在操场表演，一套拳下来，就会引起围观者的大声喝彩，也有人愿意拜他为师，他却不愿收徒。人们都说，他是因为武功太高才不打架的，怕伤人太狠，或者是他师傅当年曾约法三章，他要是真打起架来，农场无人能敌。

本地中年职工高玉是个拖拉机手，人不但瘦小，也很老实本分，可那几天他不知中了什么邪，居然得了精神病，一个人在屋里呼天抢地说个没完。

张明和高玉本无任何联系，不知因何发生冲突，得了精神病的高玉，挥舞着大“钐刀”，追得武功高手四处逃窜，瞬间就打破了张明不可战胜的神话。

从此，高玉也声名大振，无人敢惹。

后来人们总结，不管什么武功，都抵挡不住精神病。

知青由被本地人佩服，发展到被本地人害怕，但很快就开始了第三部曲，弹奏得日渐哀伤。

有了经历，人就变得现实。知青经历了热血壮志阶段，经历了心灰意冷打群架阶段，终于变得现实起来。打架能手们逐渐偃旗息鼓，原来表现不错的正在变得更好，于是，有的知青当了老师，得了份不干农活的职业；有的知青被提拔当了队长指导员，能和军代表及本地干部们平起平坐了。还有个知青借走了我的《辞海》，发誓要写书，决心扬名天下。

有件事，说起来真是耐人寻味。

一个上海男知青爱上了同是上海人的女知青，没想到一不留神爱大了人家的肚子，这个曾经很能打架的知青竟吓得魂飞魄散，为了减轻“罪责”，就努力工作争取立功。他向领导递交“悔过书”时，恰好我在场，看他那种战战兢兢低眉顺眼的样子，和当初打架时的勇武形象真有天壤之别。后来他到采石场劳动，每天都很勤奋，一次工地仓库失火，里面有采石的炸药，随时可能爆炸，他竟冒着生命危险，一次次冲进仓库，抢救出一些和生命相比简直无足轻重的“国家财产”，终于，他将功赎罪，处分被取消了。

权力在不经意间就变得强大无比，哪怕是临时的权力机构，相较之下，个人再强大，也会逐渐变得渺小下去。

后来，到了“知青返城”阶段，故事就更多了。而且偏重于权力的腐败，腐败得五花八门、口口传扬，让人啼笑皆非也伤心伤肺。

最知名的故事是一个团级军代表，竟奸污了数十名急于返城的女知青，影响之大之坏可谓登峰造极。此案震动中央，据说是中央亲自派人到黑龙江逮捕了色魔军代表，以收杀一儆百之效。

知青运动过去几十年了，当初下乡的娃娃们如今高度分化，掌大权者有之，社会精英者有之，绝大部分经历了返城、就业、下岗失业、艰难“创业”、回家抱孙子几个过程，正满头白发地走在人生最后一段旅途上。

个人结局的不同，对下乡运动的功过是非自然就认知不同，这也算是国人判断是非曲直的固有思路。因此，对知青运动真心赞颂者有之，假意赞颂者有之，痛心疾首贬损者有之，不知该颂还是该贬者亦有之。

作为与下乡青年同龄却是半个旁观者的我，只能叙述点所见所闻的小事，更高层面的，自有高人去说，或者从此列为禁题不再去说。

二十八

明星“炼狱”

那个时代的闭关锁国，农场人更是身处国内的一个偏僻小角落里，孤陋寡闻自不必说，没见过体育明星，没参加过全国性体育比赛，更没听说过什么奥运会世界杯。每天靠广播体操与体育接触，每年靠“六一”举办的运动会展示自己的身体技能，却也体育得其乐融融。

然而，突然间，全黑龙江省的体育明星和运动健儿，黑压压、呼啦啦，一齐杀向了农场。他们不是来开运动会的，却巧妙地把“运动会”三个字分解开来，变成了“运动”和“开会”。运动自然是“文化革命”运动，开会自然就是各种批判会。一千五百名国家级、省级体育明星和运动健儿把农场变成了新的战场。

原来，一九六八年，黑龙江省“军管会”突然决定，体育系统落实伟大领袖的“五七指示”，一股脑地搬到岔林河农场办“五七战校”。战校不是“干校”，战校，战斗的大学校，把体育系统办成领袖光辉思想的大学校，让运动员们一边进行劳动改造，一边深入开展运动，向资产阶级修正主义体育路线及其在体育界的代理人开战。其实，“战校”乃是干校在当地群众中的别称。

省体委有五七干校总部。

省体委的“走资派”战战兢兢地来了，中国第一位世界速滑冠军罗致焕来了，众多的省级篮球明星、排球明星、乒乓球明星、摩托车赛手，一股脑都来了。

他们初来乍到，对农场颇有点新鲜感。在省里闭门搞运动，搞得昏天黑地的，个人擅长的项目都手生了，于是利用农场简陋得不能再简陋的体育设施大展一下身手，小试一下锋芒，结果明星一出手，就知有没有，让农场的体育迷们大开眼界，真是不比不知道，一比吓一跳，原来人外有人，天外有天，星外有星，人家省级运动员搞的体育那才叫体育，自己过去搞的体育不过就是个玩游戏。

农场迅速掀起一股体育热。晚饭后，孩子们、青年们都急急忙忙赶到大操场去观摩明星们的各种把式。大操场原来是驻军操练的地方，他们在这里练刺杀，练打靶，把个操场弄得热火朝天。如今，明星们在这里打篮球、打排球、踢足球，操场依然热火朝天。这可比知青打架有趣多了。体育明星们真给农场带来了活力。那一阵子，家家茶余饭后都谈体育，说明星。姑娘们怀春的方向也发生了变化，过去是钟情军人，现在体育明星更有吸引力，他们没有军人那些纪律约束，来往起来方便多了。但不利因素也有，且是无法医治的硬伤。体育明星们大都是人高马大的巨人，和农场的人们一比，简直是两个星球的生物，而人家男明星身旁还有女明星呢，谈情说爱，不但近水楼台，还珠联璧合。农场本地怀春的人们只好望星长叹，好在也有低矮身材的运动项目，也有身材适中的运动员，所以也有独具慧眼的农场姑娘与体育明星喜结连理的，这是后话。

没想到，形势很快急转直下，明显动向是大操场没了明星的身影。

省体委五七干校在农场是独立运作的，被称为“南院里”的地方有他们独立的生活区，都是新盖的简易房。

他们的运动向纵深发展了。从批判体育界的黑帮头目、资产阶级代理人，深化到内斗阶段，体育明星自己成了运动对象。

清查办有两个篮球健将，是军管会派到农场来“掺沙子”的。一男一女，人都不错。大家处得不错，有时几乎无话不谈。记得一天，那个女篮健将看我情绪不好，就邀请我去操场比试篮球，希望尽一个大姐姐的帮助之责。结果半个小时下来，我竟没摸到篮球，于是就有点小心眼儿，怀疑她来比试的初心，就是进一步打击我的情绪。

我很不开心，女健将简直就是个球霸。

没想到球霸也不开心，收场时，她用一只女性的巨手把篮球捏着，突然摔在地上，那篮球气得一蹦老高，蹦了几下就滚到一边去了。女球霸也不去捡球，却望着远处，叹了一口气。我以为她有重要的话要说，就讨好地去捡球，没想到她突然说：“别捡，不要了！”

我莫名其妙，问：“挺好的球，不要多可惜啊？送给我玩也行啊。”

“惹祸的东西，要它干什么？”说罢，她竟扬长而去。

我突然明白了，是运动的事，难道要伤了她？

我追上去，突然叫了声：“大姐。”我平时从来不这么叫人的。

我问：“你出事了？”

她好像受了感动，摩挲一下我的头，我能感到她的大手柔软又温暖。她说："不是我，是别人。"顿了一下，她又说："以后别问我运动的事，也别问其他人。"

过了几天，听说"南院里"有人自杀了，是个运动健将。

不知道是不是女球霸摔篮球时说的那个"别人"。我观察着清查办的两个篮球健将，想从他们脸上找到点什么，但什么也找不到。我遵照女球霸的指令，绝不问他们运动的事。以后冷静一想，也确实和我无关。死人的事是经常发生的，只不过是有的重于泰山，有的轻于鸿毛，这是"文革"死人时惯用的语言。自杀，就是自绝于人民，肯定是轻于鸿毛了。

但我还是有点心情沉重，体育明星毕竟也是我们仰慕的人。

后来，又听说"南院里"有人自杀。我们仍然从两个篮球健将脸上没读出任何信息，也读不出他们的立场和态度，从军代表越来越严肃的脸上，也读不出任何有价值的东西。

虽然批判老师时我也喊过"拿起笔做刀枪"，斗争"走资派"时也呼喊过"敌人不投降就叫他灭亡"，但一个在农场长大的懵懂少年，加上性格原因，我基本是个置身事外的人，旁观大人们闹革命，探听一点体育明星们的运动消息，表面平静，心里却翻江倒海。

我曾参加过一次串联，走过哈尔滨，到过北京，亲眼看见过那铺天盖地的大字报。我很惊讶，国家居然有这么多的纸张笔墨，简直就是取之不尽用之不竭啊！于是想起当年在二分场，我买个一毛钱的作业本都很难。自卑感山呼海啸般袭来，让我备感自己的渺小，渺小得像一只苍蝇，一只蚂蚁。

继而我就被大字报的内容震撼。原来我生活的国家坏人这么多，那些课本上、广播报纸上灌输给我的东西，一步一步引导我去相信的某些事件，崇拜的某些大人物，原来都是假的错的坏的。被欺骗的感觉凝聚成一股寒流，渐渐驱散了我心中所有的热情、温暖和信任。

大城市的运动如火如荼，满耳是某某人的罪行罄竹难书，某某人的狼子野心昭然若揭，满眼是大字报上人脑袋被画上的血红叉叉，甚至把某人油炸、炮轰、砸烂狗头、打翻在地再踏上千万只脚，让他永世不得翻身，直到把一切牛鬼蛇神赶尽杀绝。听听看看，这得有多大的仇恨啊？这需要多么歹毒的心肠啊？

真不懂老祖宗是在什么情况下，发明了那么多让人周身寒冷、胆战心惊，甚至毛骨悚然的成语和词汇，不管有文化的没文化的，不管是语文老师教的还是体育老师教的人，都可以顺手拈来，把一连串恐怖暴戾的语汇用得精准纯熟、得心应手。

幸亏，这最无耻、最血腥的事没在农场那些本是同事、战友、近邻的人们身上发生。但体育明星们就很不妙，他们毕竟来自大城市，也见过大世面，还是有着竞争比拼天赋的人，难怪不断传来有人自杀的消息。

虽然我是个旁观者，但我恰好活在一个思考人生的年龄段，遇到这么难以思考的人生，常常心乱如麻。那晚，我写下几行字，是一首颇为幼稚的《或许》：

或许你们真的热血沸腾，
或许你们早已心如寒冰，
或许我正在辜负自己，
远离了梦中美好的人生。

后来，形势又变了，就是军代表撤了，体育明星也撤了，一千五百人，呼啦啦来了，静悄悄撤了，来有影，去无踪，不知搞什么把戏。

我发现了个有趣的现象，农场不断有各路人马杀来，来的时候，都来得轰轰烈烈，来得旌旗招展，来得明目张胆，但很快又走了，却都走得悄无声息，走得莫名其妙，走得灰头土脸。

我们农场的水土就这么不养人吗？就这么不吉利吗？

体育明星的“炼狱”生活结束了，结束在一九六九年秋季。农场再次在萧瑟的秋风里恢复宁静。

至今，也不知道那几个自杀的运动健将是谁，他们的遗骨是跟着一起撤走了，还是留在了农场的某个地方，随着一段历史的结束而尘归尘、土归土了呢。

二十九

苏修特务（1）

一九六八年秋冬时节。

我刚进清查办公室工作，就进了“专案组”，任务是调查“苏修特务”。负责人甩给我厚厚的一个卷宗，让我尽快熟悉案情，然后去黑河“外调”。

“文革”开始不久，农场就诞生了个有名的“苏修特务”，这特务不是别人，竟是农场的一把手，场长鲍广德。

人们在银幕上看见过不少特务，对“特务”一词极为敏感和好奇。电影里那些特务，基本上是从香港越境，经深圳潜入广州的台湾特务，都与反攻大陆、阴谋破坏、在节日期间制造大爆炸等一系列敏感词语关联着。如今场长是“苏修特务”，是隐藏在人们身边的特务，是与苏修社会帝国主义密切关联的特务，这案子就不但充满悬念，也非同小可。

鲍广德是从黑河公安局调来的处级干部，黑河是中苏边境黑龙江畔一座漂亮的城市。人们没去过黑河，却能感受到黑河的神秘，它与苏联的阿穆尔州首府布拉戈维申斯克隔江相望，因此人们对鲍场长也是充满神秘感。他刚来农场时不到四十岁，是个年轻的老革命，土改时就从事公安工作。高高的个头，笔挺的身板，能歌善舞，打篮球、打乒乓球也都是把好手，还能言善辩，有着一副磁性的男中音，是个典型的帅哥场长。

我第一次遇到他是在小商店里。我去打酱油，鲍场长去打酒，他身披一件旧公安大衣，英气逼人。我还是个初中生，对他侧目仰视，充满敬畏。他离开商店时朝我笑了笑，我习惯性地叫了一声鲍叔。

如今，帅哥领导被打倒，鲍叔成了特务，就更有了故事性。调查特务，也富有挑战性。

原来，土改时期，鲍场长在黑河公安处。那时还是个普通一兵，曾受上级指派，两次越过冰封的黑龙江，给苏联方面秘密送信，信用胶封着，内容无法知道。

那时中苏友好，人家是亲密的老大哥，上级让送信，自然也是个光荣任务。没想到，到了二十世纪六十年代，中苏友谊之船翻沉，苏联从老大哥被降格为修正主义集团。鲍场长此时已经是个处级干部，政治觉悟已今非昔比，想起当年送信的事，就主动给公安部领导写信，叙述了两次送信的详细经过，按后来的习惯用语，那应该叫作“揭发”。

公安部领导怎么想的，事情的真实内幕如何，谁也不知道，只是涉事的人都被调离了“反修前线”黑河的公安部门。鲍叔似乎得到了表扬和肯定，但也被调离，鲍处长就成了鲍场长，这就是上级组织的结论。

鲍场长被揪斗、关押。很快，几番戴高帽、大猫腰之后，他的腰板就没那么直了，英气也逐渐消退。每次被揪斗，都嗫嚅着重复那半句话："我有罪……"交代的事件也翻来覆去就那么点事，罪在哪里，一直无法说清楚。

有件与特务相关的怪事却突然出现在农场，那就是"信号弹事件"。因为不断有人看见各种信号弹在农场的不同地方腾空而起，清查办成了当时的侦察所，经常接到报案。报案者说得有鼻子有眼，革委会组织力量采取"蹲坑"等各种手段竟毫无斩获，对几个怀疑对象也拿不出任何证据。"苏修特务"鲍场长一直被关押着，也没机会出去放信号弹，幸亏那时人们没看过抗日神剧和各种武侠片，否则鲍场长就惨了。人们完全可以怀疑他从牢房里使用了分身术，然后飞檐走壁上树上房地去打信号弹。

渐渐的，人们开始思索起来，毕竟人们愚昧的同时还天性温良，没那么快变坏。鲍广德究竟是不是苏修特务，走出去进行调查取证就摆上革委会、军代表的日程。

接到外调任务，我既暗中发笑，也很开心，自认是"狗屁不懂"之辈，居然搞起了专案。

出发前，事情突然有个小变化，体委五七战校一男一女两个篮球健将"掺沙子"进了清查办，他们是按照上级军管会的部署，进驻到农场有关机构的。农场的人是老相识，还拐着弯的沾亲带故，温良有余，革命性不足，运动的火药味就不够浓。省里的运动员们就不一样了，见过大世面，经历过大场面，且身材魁梧，膀大腰圆，竞技场上英勇善战，革命热情也像打了鸡血一样高涨。

不过，分到清查办的两个篮球运动员却温良敦厚，性格开朗。男的姓郑，我叫他"郑篮球"，女的就是前面说过的那位大姐。

熟悉了两个月的"苏修特务"卷宗，我基本就明白了，所谓的特务鲍场长，就算用极端的阶级斗争观念来评说，也应该是个立功之人，怎么就突然变成特务了呢？上级组织早有结论，档案里写得清清楚楚。

“文革”嘛，旧的问题算数，旧的结论却不算，上级组织也垮了，一切必须重新搞清楚才行。

出发前，时任革委会主任的徐叔给我们开会，给了八个字的指导性意见，要求我们“认真负责，实事求是”。

“实事求是”四个字很久没听人说了，给人定罪都是按照大字报上说的最邪乎的名词来算，就高不就低，谁说得邪乎，谁就最革命，徐主任却说出了这么难得的四个字，很不容易。

去黑河，我和郑篮球结伴，他自然是负责人，我成了跟班随从。但他不熟悉“鲍特务”的卷宗，写字作文各科成绩也基本都是体育老师教的，外调做个笔录什么的，回来写个工作汇报什么的，还是要仰仗我才行，因此他对我也很友善。

据说这郑篮球当年曾是黑龙江篮球赛场上有名的“钩子手”。身高将近两米，篮下功夫十分了得，“文革”开始后，运动从篮球场转移到大批判会场，他身体的肌肉比重下降，脂肪比重上升，就更显得体态庞大，我因遗传和关键时刻挨饿等诸多原因，一直干瘪瘦小，那时身高还不到一米七，站在郑篮球身边，我就跟当年的犯人田羊倌差不多，简直可以忽略不计，这让我顿生几分自卑。

已是隆冬时节，我和郑篮球登上绿皮火车。

一路上都是白茫茫一片，到了黑河才知道，黑河的冰天雪地那才叫冰天雪地，早就听说黑河的冬天十分寒冷，但我还是严重地低估了这里的寒冷。

我和郑篮球走在一起，一高一矮，像一大一小两只黑熊。我穿着此生最厚的棉大衣，那棉大衣的重量似乎超过了我的体重，风吹着棉大衣，棉大衣裹着我，我简直无法按照自己的愿望走路，不过是随着风不由自主地在雪地上滚。郑篮球则不同，他穿得越厚就越显得庞大威猛，这让他说话的分量也逐渐地威猛起来，我只有听喝的份儿。

我们凭着军管会的介绍信，几经周折，在黑河的一所监狱，“提审”了当年鲍场长的同僚，后来的黑河地委监委书记，如今的阶下囚杜殿武。

杜殿武身材微胖，一脸的官相，皮肤白净，双眼有神，只是走路已经有点蹒跚，还用两只手提着棉裤腰——为避免自杀，他们的裤带都被没收了。

杜殿武面无表情地站在我们面前接受“审问”。那一刹那，我真的有点难为情，一个刚出茅庐的傻小子，本来就不太相信“苏修特务”一说，面对一个久经风雨的老革命长辈，却是在这样的尴尬场面开始对话。

郑篮球开始问话，他不熟悉卷宗，问的自然就不够专业也缺少逻辑性。杜殿武是个老公安，对办案子的套路那是再熟悉不过，对我们就有点嗤之以鼻，爱理不理的。后来干脆就梗着脖子说：“这案子早有结论，没什么好说的。”

监狱看守见此情形，就建议我们结束提审。经过千里迢迢的跋涉，外调工作就这么草草结束了，杜殿武的所谓证词，什么也证明不了。

回到宾馆，郑篮球和我都有几分沮丧。我猜想，他是想坐实“苏修特务”的，他和鲍场长既无友谊，也无仇怨，坐实了“苏修特务”，却能有点成就感。而我的心情不同，天生的不愿与人为敌，何况鲍场长是我敬慕的帅哥领导，私下里碰到，不会称他场长，是要喊他鲍叔的，自然希望找到他不是特务的证据。

其实我俩都够天真，那年月，上哪去求证你“是”或“不是”呢？搞外调，只不过是按照运动大趋势，走到了那一步而已。

我自幼就有个毛病，说不清是优点还是缺点，遇事遇人总爱往好处想。待我参加工作多年以后，母亲才语重心长指出这点，但为时已晚。一九九四年我辞职下海经商，这毛病开始发挥负面作用，让我吃了不少亏。但我天性固执，属于对缺点死不悔改那种，至今依然觉得上一辈农场人，绝大多数人是善良正直，甚至有几分愚钝的，这个不变的认识，左右着我对“苏修特务”调查的全过程。

我们在宾馆遇到几位“战友”，都是来黑河搞外调的，有个性格活跃，总爱出馊主意的矮个子中年人很仰慕郑篮球，就劝说我们留在黑河，大家一起过春节。我老大的不愿意，郑篮球却欣然同意，他一脸诚挚地对我说：“一回去就得参加运动，在宾馆待着多好啊，不用花自己的钱，还有出差补助。”

我突然觉得这郑篮球是个不错的人，虽有斗争性，可挺现实，还能实话实说，等于不拿我当外人，就同意留在黑河过大年。

郑篮球嘱咐我：“回去后就说春节前没见到人。”

我说：“提审笔录里有日期记载。”

他笑了：“你字写得好，改一下不就行了？”改就改吧，这和写字的好坏有什么关系呢，我心里暗笑。

黑河宾馆原来曾是黑河地委招待所，是黑河最高档的宾馆，不是办政务的人是没资格住进来的。要过年了，住客很少，基本都是搞外调的同行，宾馆对我们还挺亲的，负责人也仰慕体育明星，主动提出给我俩换成每人一个单间，也不加房费，他们给郑篮球一个朝南的房间，我的房间则是朝北的，稍稍有点冷，心里有点不爽，也不好表露，我能住单间，已经是沾了明星的光了。

那天吃过晚饭，郑篮球被仰慕他的中年男子邀请去聊天，我正好图个清静，可以没有干扰地写日记。

午夜时分，我无意间拉开窗帘，眼前景象令我大吃一惊。宾馆在黑龙江南岸，距江边很近，朝北的房间正对着黑龙江，黑龙江对岸就是苏联的布拉戈维申斯克，没想到的是，江边中方一侧黑乎乎的，什么也看不见，江对岸的苏联却灯火通明。突然，一颗信号弹腾空而起，在闪烁的灯火中也显得十分耀眼。这是我在电影里见过的那种信号弹，一眨眼，又是两颗，一红一蓝，像彩色流星划过夜空。

我立刻想起农场的“信号弹事件”，那不过是瞎胡闹，眼前的信号弹才是真的信号弹，可惜我不能近前去看。

一夜没睡，看了一夜信号弹，我真弄不懂，他们整夜的打信号弹是要干什么，是训练？也犯不着这么熬夜练啊；有军事行动？也听不见有什么动静啊，看来是苏联军人吃饱了闲得慌，打着玩的。

自从和苏联“老大哥”翻脸之后，有关他们的传闻就越来越多。传说之一就是他们在帮忙解放东北时，干了不少强奸妇女的事，比日本鬼子还坏。传说之二就是他们的武器如何如何厉害。如今我看黑河一侧黑乎乎悄无声息的，江对面却如此热闹，心里很不是滋味。

第二天，我把信号弹的事跟郑篮球说了，他也很感兴趣，要求宾馆把他也换到朝北的房间。宾馆负责人不解，郑篮球就说想晚上看信号弹。那负责人呵呵大笑，说了句："那有什么稀奇的。"说罢就给他调换了房间。

黑龙江对岸的风景，黑河人看得多了，对打个破信号弹什么的毫不稀奇。那负责人说："冰天雪地的没啥意思，你们夏天再来，那时候江对岸才好玩。"

那个春节过得很开心，宾馆加菜不加钱，住客们自编自演了文艺节目，和宾馆服务员们搞了一场联欢。那时全国都大唱语录歌，大唱样板戏，有时候不唱还不行，所以搞个联欢什么的，小菜一碟。宾馆的小丫头们都很崇拜高大威猛的郑篮球，这让他很出风头，他却不会唱歌，只好用沙哑的嗓子朗诵领袖的诗词。

有郑篮球撑着场面，没哪个小丫头会关注到我，也没谁逼着我表演节目，他们都是演员，我成了孤零零的观众。

春节过后，我们又逗留了一段时间，三月一号才踏上回程的路。我一路上想着黑河宾馆那负责人的话，盼望夏天或秋天再度去黑河，看看黑龙江对岸究竟能有什么热闹。

三月三号，我和郑篮球到了哈尔滨。忽然就听到广播新闻：三月二号爆发了"珍宝岛事件"，中苏边防军发生了武装冲突。得不到更详细的消息，只听广播说珍宝岛位于乌苏里江主航道中心线中国一侧，历来是中国领土，当地居民祖祖辈辈在这里从事生产活动，中国边防军也一直在这一地区执行巡逻任务。但从一九六七年到一九六九年初，双方巡逻队在边界上不断发生冲突。一九六九年三月二日，苏联边防军向在中国珍宝岛、吴八老岛上的中国巡逻战士开枪，进行武装挑衅，英勇的中国人民解放军进行自卫反击，取得了决定性胜利。

怀着忐忑不安的心情回到农场，发现没谁再关心"苏修特务"

的事，大家都被“珍宝岛事件”搞得很紧张。身处黑龙江，万一爆发大战，自己就在前线，命运如何，吉凶难料啊。

“苏修特务”外调没有结果，革委会和军代表们也明白，暂时不可能查出什么结果，于是案件就“挂起来”了。“挂起来”，当时的含义就是对搞不明白的事情“暂时搁置”，黑不提白不提了，等以后有机会再说。

鲍场长和案件一起，被“挂”了起来。

三十

大叛徒

一九六九年春，春寒料峭。

“苏修特务”被挂起来了，阶级斗争还得继续。负责人把“大叛徒”的案子交给了我们，还是先甩给我一个卷宗，熟悉材料，准备外调。

我有点犯难，因为这“大叛徒”是我很熟悉的陈荣，我是口口声声叫他陈叔的。如果外调的结果证实他真的和“大叛徒”沾边，让他从此不见天日，以后该如何面对他的家人？

郑篮球却很高兴，既可以游山玩水，更可以躲一躲体委战校内部如火如荼的运动。他还说很愿意和我“搭伙”。我心里明白，我还是比较听话的，会做记录，也能写外调总结，这些都不是他的强项，再说，万一我俩有了冲突，我也绝对打不过他。

陈叔在二分场就和我父亲关系密切。陈叔第一次到我家串门，还发生个小误会。那时我们还是一屋四户的温暖大家庭，大家互相串门吹牛时都不敲门，推门就进，自从王管教撞上郑政工两口子亲嘴后，他到我们家串门偶尔会敲一敲门。父亲喜欢和王管教开玩笑，一有敲门声，父亲就大声说：“狗。”王管教就会应声而进，大家就哈哈大笑一阵。

一天中午，父母出门办事，我一人在家，忽然响起轻轻的敲门声，我就大喊了一声：“狗。”没人进来，却再次响起敲门声，于是我更大声喊“狗”，没想到，推门进来的却是陈叔。我那时还不认识他，只见他满脸通红，笑得挺勉强，不说话，很有几分尴尬的样子。后来陈叔对别人说：“都说老谭家的孩子懂礼貌，第一次去他家串门，他就骂我是狗。”父亲得知，就回家总结教训，承认是他的错，带了不好的头，记得这是父亲第一次当面跟孩子认错。

后来到了场部，和陈叔住在一栋房，变成了邻居，陈叔偶尔会来串门。每次见陈叔，我都觉得有点不好意思。“文革”开始后，有人揭发陈叔是“大叛徒”，陈叔到我家和父亲商量如何应付。我鼓了鼓勇气，当面向陈叔解释，小时候骂他是狗绝对是个误会，他却叹了口气，说：“你骂得没错，我现在就是个丧家犬。”

陈叔矮墩墩的个头，胖乎乎的身子，走路会走得很有质感。如果走过刚被春风吹干的地皮，那地皮都能被他走得发颤，那时他的身体就会有点摇摆，却摇摆得蛮优雅的。性格嘛，倔强、认死理、爱争论、不服输，还是个大嗓门，和谁辩论起来，眼珠子就瞪得像牛眼一样的溜圆，脸也变成一块红布，所以有什么争论，往往是别人自动退却，他赢的时候居多。

“文革”开始，不知是有人揭发了他，还是他自己说漏了嘴，就整出点不妙的动静。两派内讧时，扯来扯去，他就被扯成了“大叛徒”。这下他输了，别人也不自动退却了，他被关进了特设的“监狱”，被一遍遍地批斗。但他扔不服，每次挨斗，他的脸都憋得像块红布，牛眼珠子依然滴溜圆，一副“你有千条妙计，我有一定之规”的架势。

陈叔的证人在吉林省柳河县三源浦乡所属的一个村，那是他的老家，实在记不起那是什么村，那时应该称作某某大队，我姑且叫它A村吧。

去A村，跨省了，要用黑龙江粮票换全国粮票，还要在哈尔滨换“出省”的介绍信，否则就寸步难行。

经过一番折腾，我们到了吉林省会长春市，我是第一次跨省，心里有种莫名的期盼，希望它是座留下美好印象的城市，因为人都有种心理，远处的东西总比身边的好。

我和郑篮球在火车站举目四望，车站的景象尽收眼底，和哈尔滨车站不相上下，似乎还略差一点。我俩都饿得很，在附近找了一家“人民饭馆”，排队买了两个素菜（不是不想吃肉，是没有）。郑篮球胃口大，加上太饿，要的饭菜多了点，菜刚端上来，就呼啦啦冲过来几个讨饭的，以迅雷不及掩耳之势把我们的桌子包围得密不透风。我着实吓得不轻，以为他们要动武抢劫。我看了看郑篮球，他也是一脸的怒容，我暗自庆幸，有这么个黑铁塔在旁边，放心多了。其实是我们多虑了，人家是讨饭，不是抢劫。讨饭也是讲规矩的，之所以呼啦啦围了过来，只不过是为了抢占有利地形，看我们买的饭菜多，寄希望于有点残羹剩饭。

被人近距离包围着吃饭，这场面我没经历过，再看看这几个讨饭的，穿戴那叫一个邋遢、脏，一股股难闻的臭气扑鼻而来，看架势，这是一伙以讨饭为生的人。

看着这些职业讨家，我既厌恶又同情，两种情绪交替上升。郑篮球捏着鼻子皱着眉头吃了几口，就撂了筷子，但他很快又把筷子拿了起来，小声对我说："不能撂筷子，一撂筷子，他们以为吃完了，就立刻把饭菜抢光了，你赶紧吃，完了咱俩再一起撂筷子。"

我佩服郑篮球混社会的老练，不知他这经验是哪来的。我端起饭碗，就想起几年前挨饿的情景，那滋味立刻弥漫全身。郑篮球又低声说："我看这些人不像专门讨饭的，动作不够标准，互相之间也不认识，也不像是本市的，估计那两个干净点的人是遇到什么麻烦了。"

我和郑篮球去黑河外调时，对他没太多琢磨，此刻突然觉得这人不简单，有社会经验，有敏锐的观察力，也有同情心。

我放慢了吃饭的速度，偷偷观察这几个讨饭的。郑篮球又低声说："保管好你的粮票和钱，要是掉了，让人偷了，咱俩就抓瞎了，说不定就跟他们混到一块儿讨饭了。你还好，站在那儿也不太显眼，我这么大个子，往桌边上一杵，像根电线杆子似的，脸都没地方藏。"

我佩服他这时还能开玩笑，下意识地摸了摸藏钱的地方，意识到他说的并不纯是笑话。粮票和钱票，丢一票都完了。

这顿饭，我俩谁都没吃饱，回到旅社，猛喝了几缸子水。

喝饱了，郑篮球说再熟悉熟悉"大叛徒"的材料。他是接受了在黑河"提审"杜某人的教训，但这"大叛徒"陈叔的卷宗和鲍场长的却不一样。人家"苏修特务"工作履历很丰富，"罪行"也较为具体，而"大叛徒"的卷宗不过是摘抄了一些大字报的内容，基本都是批判用语和毫无逻辑的分析，没什么参考价值，也看不出任何"叛变"的线索，这让郑篮球有几分失望。

傍晚时分，终于找到了 A 村，革委会办公室设在一间差不多要垮塌的土房里。革委会主任是个精瘦豪爽的人，看不出他的实际年龄，你说他七十岁也像，说他四十岁也行。记不得他姓什么叫什么了，索性称他 C 主任吧。

C 主任验过介绍信，就领我们去吃“派饭”，我们实在是饿了。

那时在农村流行吃“派饭”。上级来检查工作，或来了因公办事的外地人，革委会就会指派某家农户备饭。吃派饭的每人每顿交五毛钱，四两粮票。农民们一年到头也见不着钱爷爷的影子，一般都“欢迎来吃”。

我俩随着 C 主任到了吃饭这户农民家，还没进门，就听见屋里一个女孩的号哭声。进门一看，一铺小土炕的角落瑟缩着一个七八岁模样的小丫头。一男一女两个大人正在进行“联合双打”，男的手里握着个“笤帚疙瘩”，这是农村打孩子的惯用武器，就在我们双脚踏进门槛的那一瞬，看见那女的又疯了般爬上土炕，向缩在炕角的女孩扑过去。

直到 C 主任大喝了一声：“别打了，客人来了！”那女人才停止进攻，下了土炕，有点不好意思地对 C 主任说：“没听见你们进来。”

C 主任瞥了一眼那女人：“把孩子整得狼哇的[1]，当然听不见了。”

那小女孩儿还在抽泣。我搞不懂，这么瘦弱的一个小丫头，能犯什么滔天大罪，值得父母这么歇斯底里地暴打。

女人对 C 主任说：“饭做好了，你也一起吃吧。”

C 主任谢绝了，临离开，叮嘱我们吃完饭到办公室去找他，还警告我们别到处乱走，有狼。

---

① 像狼嚎一样。

郑篮球问那男人："孩子犯什么王法了，你俩这么下死手？"

那男人放下手里的武器，气哼哼地说："气死了，中午给了她两毛钱买作业本，下午她就毛愣三光地给丢了，你说这学还上不上了？"

丢了两毛钱，就像丢了他家祖传十八代的宝贝似的。我心里很气，就问那女的："她不是你亲生的？是路边儿捡来的？"

那女人露出一分憨笑："咋不是亲生的呢，我家就这么一个闺女。"

还是个独生女，他们居然往死里打，为了区区的两毛钱，两毛钱就这么要紧？

我和郑篮球没用商量，每人掏了五毛钱，递给小女孩。小丫头也没客气，接过钱，竟破涕为笑。

匆匆吃完饭，吃得很不是滋味，甚至记不得吃了什么。临出门，按吃"派饭"的规定标准给了他们一块钱，八两全国粮票。

女人接过粮票，却不肯收下一块钱，她说："你们刚才已经给孩子一块钱了，饭钱不能再收了。"

郑篮球索性把一块钱甩到了土炕上，说："那一块钱是给孩子买作业本的，这一块是吃饭的钱，不给钱我俩就犯错误了。"

一听犯错误仨字，两个农民不再推辞了，那女人却要跪下，我和郑篮球逃也似的离开了他家，郑篮球还喊了一声："以后不许打孩子了！"

身后传来那男人憨憨的回应："不打了，不打了，再也不打了。"

到了C主任的办公室，我们向他说起那家打孩子的原委，我问："两毛钱在这儿就那么要紧吗？"

C主任看了看我，低沉地说："的确很要紧哪！"

我和郑篮球就不再说话了。C主任也转移了话题，恢复了他大咧咧的豪爽风格，说："今晚你俩就去我家住，老伴儿死了，我鳏寡孤独一个人，方便。我那儿有酒，愿意的话，就整两口。"

晚饭时我们随C主任去他家。从办公室到他家，中间要经过一片空地，初春的地上还有残雪，脚踩在雪上发出的"嚓嚓"声，在死一般的宁静里，更增加了A村的荒凉感。

那天的月亮很圆，我突然感到这里有几分诗意，脚步就慢了下来。C主任提醒我："快走，别掉队，一个人走路很危险的。"

我觉得好笑，C主任说："前几天，我差点喂了狼。那天我心里烦，喝了几口酒，半夜了还一个人在这溜达，突然有人在身后拍了拍我肩膀，刚要回头，我脑子一激灵，谁会在这大半夜跟我开玩笑呢，肯定是狼。这么一想，一股狼骚味就钻进了鼻子，我运足了劲儿，猛回头掐住了狼脖子，拼命喊'救命啊，狼来了'。我和狼滚在了一起，那家伙力气很大，幸亏被我死死掐住喉咙，不然我早就完蛋了。"

"后来呢？"我头发都竖了起来。

"后来，几个老乡听见了，就跑出来救我，用斧子把狼给砍死了。"

C主任的家到了。屋里简陋得不能再简陋，却很干净整洁，墙上挂着一张狼皮，还有几张宣传画。

郑篮球笑着问："你把狼皮挂屋里，睡觉不害怕？"

C主任说："活狼都没吃了我，狼皮怕它干啥。这狼皮能提醒我，做人别当狼。我当个破主任，要是不知道自己几斤几两，像狼一样对别人，那天晚上就没人来救我了，我肯定就喂狼了。"

我发现这C主任蛮有头脑的，不像个山村里的农民。一连串画面瞬间在脑际闪现。十几年前我也遇到过的狼，批评我们温良恭俭让的周闯将，批判会上大猫腰的老师、场长、陈叔，火车站的乞丐，丢了钱被暴打的小丫头……

我说不清贫穷和狼的关系，却觉得有联系。

郑篮球看了看我，说："这老哥说得很在理啊。"我点头，对郑篮球的好感又增加了几分。

郑篮球提出明早就想见见证人，C 主任呵呵笑了，说："你们介绍信上写的那个人，就是我，有什么话，别等明天，你现在就问。"说着，他掀开碗架子的布帘，拿出一碟咸菜，一瓶土烧酒，三个带着豁牙的瓷酒杯，一一倒上烧酒，大咧咧地说：

"咱农村人，没别的乐子，就喜欢整几口尿水子，干活累了，喝几口就解乏；心里闷了，喝几口就能消气，比吃药好使。我这家什都干净，别嫌埋汰。"说着，他先端起酒杯，抿了一小口，吃了口咸菜，说："我是大队里的老人儿，原来当支部书记，现在改名了，叫革委会主任，不管叫什么，就是个农民，领着大家干活儿混饭活命。"

郑篮球也顺从地端起酒杯抿了一口，我猜想他是想制造点谈话的气氛，于是我也喝了一口酒，吃了口咸菜，是辣白菜，朝鲜族的味道，我在毛家屯小桩家吃过一次。

郑篮球问："这么说，主任认识陈荣？"

C 主任："那咋不认识呢，他是我们大队里土生土长的。"

郑篮球："他是怎么去参加革命的？"

"参加革命？"C 主任愣了一下，很快恍然大悟似的："你说他出去当兵啊，应该是一九四六年吧，解放军部队路过我们这儿，说去当兵就有馒头吃，几个半大孩子就跟着部队走了。那时候当兵容易，部队缺人手，不像现在，当个兵还挑来选去的，有时还得走后门。”

C 主任一杯酒下肚，脸上就变得红扑扑的，说起话来嗓门很大，嘻嘻哈哈的。

郑篮球一本正经地说："我们来主要是了解他当叛徒的事。”

C 主任一脸迷惑地问："叛徒？他叛谁了？”

我忙着记录，郑篮球说："有人揭发他从解放军部队逃跑，投奔国民党了……”

话音没落,C 主任就抢着说："这才是瞎鸡巴白话呢，谁说的呀，谁有我知道底细啊？”

我赶忙说："那你说，究竟是怎么回事？”

C 主任也不再嘻嘻哈哈，表情严肃地说起来："那两年，咱这儿打仗打得邪乎着呢，国民党军队和解放军打‘拉锯战’，像拉大锯似的，今天国民党军队来了，把这儿占了；明天解放军来了，把这儿占了；后天，国民党军队又拉锯拉回来了。陈小子，就是你们说的陈荣，让国民党军队给俘虏了，还没和解放军开战呢，他又跑了。我们这儿好几个去当兵的都是这样，不管国民党兵还是解放军，反正在前线打仗的都是农村的穷老百姓。不管跟着谁，都有馒头吃，两毛钱要紧，白面馒头更要紧。这么一拉锯，有几个小子就拉死了。陈小子命大，怎么，这浑小子后来叛变了？去台湾了？”

郑篮球赶忙插话："没去台湾，在黑龙江我们农场呢。”

C 主任："就是嘛，去台湾干啥呀，跟着解放军多好啊，有馒头吃，当官的也不欺负当兵的，最后还打赢了不是。”

C 主任总也忘不了吃馒头的事。

我问："陈荣他们家也是穷人吗？"

C主任又喝了一口，慢慢放下杯，苦笑着说："这嗑唠的，你看我们这旮旯儿，荒山野岭的，狼都敢进村吃活人，能有富人吗？"

郑篮球问："陈荣让国民党抓去又逃跑的事，有直接证人吗？"

C主任："咋没有呢，我们村有个小子也让国民党军队给抓去了，后来就跑回来了，不干了，说那仗打得太吓人了，血流成河啊，吃那馒头干啥呀。他劝陈小子也回村里，陈小子不同意，说弄不好又给抓走了，还不如跟着一头跟到底呢，他就逃跑回了解放军。"

郑篮球"就那么容易跑来跑去的？"

C主任："那咋不容易呢，兵荒马乱的，都是中国人，也分不清谁是谁，谁胆大，敢跑，换身衣服就行。"

我问："这么说，你觉得陈荣不是叛徒？"

C主任："叛啥徒啊，你们说的叛徒，就是电影里'蒲志高'那种人吧？那是电影，再说，那是搞地下工作的，在地面上打仗，真刀真枪的，能活着，有馒头吃，当叛徒干啥呀！就算被敌人抓去了，也是让你去打仗，没人拿个烧红的烙铁，逼着你出卖组织，你说你能叛啥？就那陈小子，一个小兵崽子，能知道啥秘密？还说是大叛徒，能大到哪儿去？顶多也就是脑袋比别人大点。"

他这么一说，我就想起，陈叔脑袋的确不小，同时也暗想，按照年龄推算，陈叔当兵跑来跑去的时候，也就十六七岁，还没我大呢，我都傻啦吧唧的，他一个没文化的农村苦孩子，能懂个啥？为了吃馒头，决定跟着一头，最后选择跟着解放军，已经算又勇敢又智慧又走运了。

郑篮球很认真，又问："你说的那个跑回村的人，还在吗？"

C 主任："没了，前几年连病带饿，死了。"

我和郑篮球都相信 C 主任的话，对这个朴实豪爽的农民也充满好感。

拍拍记录本，外调结束了，我干了一杯，吃了口辣白菜，暗自为陈叔庆幸，他可以解放了，不用再说自己是"丧家犬"了，我也不用担忧怎么面对他了，说不定他还会感谢我呢。

回到农场，呈上外调记录本，把情况做了详细汇报，照例，要再"提审"一次，核对一下外调材料，没想到，情况却发生个小小意外。

陈叔来到清查办，自觉地低下头，弯下腰，两腿在微微颤抖，声音低沉而浑浊地说："我有罪，我该死，我是大叛徒……"

负责人："你不是一直不承认是叛徒吗？"

陈叔："我是叛徒，我真是叛徒。"

负责人："那你以前为什么不承认？"

陈叔抬了抬头，很诚恳地说："那是我阶级觉悟不高，现在我明白了。"

"你明白什么了？"郑篮球很生气，他也希望快点解放被冤枉的"大叛徒"。

陈叔有几分沉痛地说："我被国民党军队抓去，就该和他们拼命、绝食，结果我吃了他们的馒头，吃了馒头，就等于是投降，就是叛徒。"

我心里急得不行，不知陈叔是讽刺挖苦，还是得了什么病。看样子，他是得病了，我就说："我们刚外调回来，你不是从国民党军队逃跑了吗？"

陈叔两眼无光地看了看我，神情有几分恍惚，竟问了句：“我逃跑了吗？我不是叛徒吗？”

陈叔离开清查办时，他的背影格外孤单，和那个胖乎乎很敦实的陈叔，走起路来很有质感的陈叔，简直判若两人。我不知他的心里有多冷，我内心都有种不知名的寒冷，屋子里可是烧着火炉的。

后来才知道，“文革”中有不少这样的人，对“罪行”交代的次数多了，自己就糊涂了，真的认为自己犯了罪。假话重复千遍变成真，这现象不知道用心理学来解释，究竟算是什么病症。

经过这一番周折，陈叔终于被释放了。

后来提起陈叔当“叛徒”的往事，特别是他开始死扛，后来却自动认罪的“笑话”，他总是红着脸，笑而不语。但自此以后，他走路仿佛再也没了以前的力度，就算是走在刚刚被春风吹干的地皮上，也没以前摇摆得那么优雅了。

三十一

离别的车站

火车站，是国家的宣传片，是城市的名片，也是时空博物馆。

火车站，是感情的爆发地，是故事的表演场，也是时代情怀的长卷。

火车站，是让人心花怒放的地方，也是催人泪下的地方；是让久别重逢的亲人喜泪飞流紧紧相拥的地方，也是让被迫分离的亲友洒泪而别肝肠寸断的地方。

尤其在那个航空事业极不发达的年代，火车站承载的东西太多太多。即使航空业大发展的现代，飞机场比起火车站也还是相差甚远，无论你怎么投资建设，它的文化附加值也比不上火车站，除非是你去了美利坚加拿大欧罗巴。

《情深深雨濛濛》里那首《离别的车站》唱得令人涕泗横流：

……

当你走上离别的车站，
我终于不停地呼唤呼唤。
眼看你的车子愈走愈远，

我的心一片零乱零乱。

千言万语还来不及说，
我的泪早已泛滥泛滥。
从此我迷上了那个车站，
多少次在那儿痴痴地看。
……

我这辈子和火车站，和火车都结了不浅的缘分。

传说中的火车，是没见过火车的母亲讲给我的，就像没见过妖怪的车老师给我们讲的九妖十八洞。母亲说火车快得像天上的流星，火车一开，“嗖”的一下就没了影儿。还说，火车迎面相遇时无法躲开，只能互相撞，看谁厉害，厉害的一辆车就继续飞奔，不厉害的那辆就车翻人亡。

梦中的火车，是从电影上看来的。一声汽笛长鸣后，火车就真的像流星，能证明火车速度的是两旁的电线杆子，一排排往后倒下一样。我也曾梦见自己像《铁道游击队》里的刘队长，腾云驾雾般地爬上了流星一样飞快的列车。

以前坐过黑龙江的小火车，第一次爬上大火车是一九六六年。哈尔滨车站拥挤不堪，火车行进中也几次被红卫兵拦截，找不到电影里那种“电线杆子向后倒去”的快感，但还是被那充满激情的歌声感染着，找到了另一种梦幻般的感觉。

手拉手儿，迎着朝阳，

登上深绿色的车厢，

列车飞驰在北方的原野上。

一排排葱绿色的树林，

一片片金红色的高粱，

一座座城镇和村庄，

飞过了，飞过了，

飞过了我们身旁。

车厢在轻轻地摇晃，

……

我们在拥挤得无立足之地的车厢里也在轻轻摇晃，心中放飞着最美好的理想。

第一次到火车站送人，是一九六八年秋。

哈尔滨车站，站台上正举行下乡知青欢送仪式。巨大的红色标语写着伟大领袖的语录，也写着知青们热血滚烫、万丈豪情的誓词。有大人物到场，被簇拥着，向即将登上专列的孩子们发表热情洋溢、鼓舞人心的讲话。各种小人物们慷慨激昂地表着决心，声震云天地呼喊着口号。前来送行的家长们，或与孩子依依惜别，或对孩子热情鼓励，即使有暗中垂泪的，那垂的也是带着希望有着幸福感的喜泪。

下乡，寄托着青春的美梦，火车站，成了理想中大鹏展翅的地方。

汽笛一声长鸣，专列缓缓启动，渐行渐远，还能听见车厢里飘过来的语录歌声。在汽笛声的伴奏下，激扬铿锵："知识青年到农村去，接受贫下中农的再教育，很有必要……”

我被这气氛鼓舞着，很是羡慕那些同龄的少男少女们，恨不能成为他们中的一员。

第二次坐火车，是和郑篮球去搞外调，在没什么梦想氛围的哈尔滨火车站，登上去嫩江县的列车。车里根本没有空位。郑篮球身体庞大，在拥挤的车里很浪费有限的空间。周围的人就对他有点冷眼相对，但没人敢招惹他，一是怕惹急了打不过，二是人家身材高大占空间也无明显过错，那是爹妈给的。另外，那时人们也还是老实厚道的，在个人生活领域也是蛮讲理的，前提是别沾上运动，要是处在大批判战场，那就可以不讲理，也没理可讲了。

但郑篮球自己却招惹了自己，他实在是挤得难受，就做出了一个错误决定，于是我们在一个小站提前下了车，准备换乘半夜到达的另一列火车。

熬到半夜，车站广播说要晚点两个小时。候车室里竟没有一张椅子或板凳，人们都横七竖八地躺在地下，那场面，跟放飞任何梦想都毫不搭界。年轻人觉多，不睡难受，我只好挤了个空儿躺下，眯了一觉。正做着上车睡觉的美梦，被郑篮球摇醒，火车来了，人们呼啦一下拥出候车室。没想到火车竟不开门，站台上戴着红袖标的工作人员喊话：“车上已经满员了，等下一列再上！”

不听邪的人开始从车窗往里爬，戴红袖标的也不管，郑篮球稍一观察就果断决定：“咱也爬。”

但他情急之下又做出个错误决定，他让我先上，他身高力大，用力把我往车窗里推，我身材瘦小，很容易就钻进了车窗，接着问题来了，郑篮球上车时，外面没人推他，里面的我拽不动他，列车已经有了开动的迹象，我不禁惊慌失措，脑海里一下闪出那句批判会上反复使用的话：“螳臂当车，必将被历史的车轮碾得粉碎”。我感觉郑篮球就像个螳臂当车的人，就要被碾得粉碎了。慌乱之中，就向身边的人求救：“帮帮忙，救命啊……”可能是这一喊救命，起了作用，几个好心人就一起帮我往上拽郑篮球。郑篮球穿着棉大衣，想把他拽进车窗还真不容易，有个瘦小的男子一边拽一边发牢骚：“这人也是，长这么高大干啥，又费粮票又费布票。”

谢天谢地，郑篮球终于爬上车了。虽然寒风凛冽，他却出了一身汗。

车上当然没有座位，有的人索性钻到座位底下去睡，有的人爬上了行李架。郑篮球让我也钻到座位底下去，他看看自己，既钻不进座位下面，也爬不到行李架上，估计这是他人生第一次懂得了人高马大也有坏处。我读过《骆驼和山羊的故事》，这时就开始庆幸自己的瘦小，躺在座位底下，心里暗笑，郑篮球应该改称“郑骆驼”了。

接连坐了几次短途火车，每个车站都很破烂，每列火车的车厢里混乱依然。我爬过好几回车窗，钻过好几回座位底下，也爬过一次行李架，爬车的经验越来越丰富。高大的郑篮球依然高大，在车厢里的弱势也是依然不变，但他却在另一个环节上发挥了无与伦比的优势。

那时候，旅店是不能随便住的，因为每个人都有阶级敌人的嫌疑。每个火车站都有一个“接待处”，住店的人一下火车就得撒欢儿往接待处跑，排队等候接待处给你安排某个旅店。跑得慢了，就得住澡堂子，也有蹲马路的可能。每次下车，那阵势都像在搞一场“住宿马拉松”大赛。很快，接待处窗口前就会排起长队，一眼望不到尾。这时，郑篮球就发挥了绝佳的优势，他虽然已开始变得臃肿，但篮球明星的底子太好，不但跑得快，还能把并肩跑的人挤到一边去。被挤走的人也不敢把他怎么样，每次“住宿马拉松”比赛，郑篮球几乎都能横冲直撞当冠军。有几次，等我呼哧带喘跑到接待处时，已经看见接待处的小窗口伸出一只手，正把介绍信还给鹤立鸡群的郑篮球。拿过来一看，介绍信背面盖着一个方章，模模糊糊印着旅社的名字和所处位置。旅店大同小异，差不多都是什么“太阳升国营旅社”“红卫旅社”“人民旅店”之类的。

难忘的是那次在沈阳火车站所见所闻，给我终生留下挥之不去的阴影。

一九六九年的初秋，一个阴雨天。秋风料峭，一片肃杀。我们巧遇了又一场欢送知青的宏大场面。

像一年前在哈尔滨车站遇到的一样，彩旗依然迎风招展，标语口号依然热血滚烫，似乎依然有什么大人物致辞，小人物表决心呼喊口号，但似乎已经物是人非。真是一年一个光景，转瞬一个春秋，人心在变，家长和孩子们不再是热情洋溢中的依依惜别，简直就像生离死别一样，家长们不再有热情的鼓励，也没人暗中垂泪，而是放声大哭。

火车徐徐开动，车里的孩子们把脑袋伸出窗外，寻找呼喊着的爹娘。站台上的家长们有中年父母，也有老年的爷爷奶奶，撕心裂肺地叫唤着自己孩子的名字。列车渐行渐远，随风飘过来的不再是激扬的歌声，而是混在汽笛声、风声里的一种说不清的声音。

那场面看得真切，让我吃惊，这是怎么了，刚刚一年的光景，人们就来了个一百八十度的转弯，说好了的理想呢？

后来听一个亲戚说起过，他家的三个孩子要下乡，都不愿意去。街道干部到家里做工作，讲解下乡的伟大意义。家长们都理解，伟大的是下乡运动本身，不舍的是自己的孩子。孩子们正当吃饭长身体、求学读书的妙龄，到遥远陌生的荒僻之地，滚了一身泥巴以后，还能回来吗？就算回来，还能生活吗？

后来动员下乡的工作力度大升级，不下乡，家长参加学习班，孩子停止供应口粮。这可是一招撒手锏，断了口粮，岂不是要一家人饿死。据说我那亲戚难为得坐在床上号啕大哭，他可是个从不流泪的大老爷们儿。

这事放到现在，似乎很简单。离开，就那么难吗？地球都快成一个村儿了，孩子们巴不得离父母远一点呢，懂事的父母也知趣地与孩子们保持一定的距离。

那时候不同，书信的交往既无声音又无画面，信件跑得比蜗牛还慢，一分别，几乎等同于天各一方，甚至音信全无，死活不知。

沈阳火车站的一幕，让我思索良久，对心中的梦想是一次重挫。严格说，已经不知道自己还有没有所谓的梦想了。

紧接着，在沈阳火车站又遇到一个小小的打击。

走出车站来到广场，立刻见到一座高耸的雕塑，那是个巨大的纪念碑，碑上面顶着一辆巨型坦克。那坦克跟电影里看到的一模一样，应该是战场上退役的真家伙。纪念碑上一定是刻着碑文的，我们来不及细看，但也知道这雕塑的伟大意义，是纪念解放战争中东北战场的辉煌胜利。如此重要的雕塑矗立在火车站广场，足见火车站对一个城市举足轻重的分量。

这座雕塑给我的印象最深，他不但高大雄伟，饱含的纪念意义也一目了然，不像有的城市雕塑抽象费解。看着这座雕塑，我在车站站台上受到的刺激暂时缓解了不少，某种能量又渐渐漫过全身，于是建议郑篮球："咱们去吃熏肉大饼吧。"

估计还在仰望雕塑的郑篮球和我心情差不多，爽快答应了。熏肉大饼也是出发前他跟我吹嘘的，说这熏肉大饼在清朝就有，是一个叫李连贵的人在吉林省做起来的，后来就搬到了沈阳，他在篮球队打球时吃过。他跟我说起那大饼是如何如何的好吃，听得我都淌了口水，觉得不痛痛快快吃一次熏肉大饼，简直都白来世上走一遭。

我们在车站广场周围找了一家最热闹的饭店，找个空位坐了下来。郑篮球眯起眼睛朝周围扫了一圈，悄悄对我说："估计够呛，你在哈尔滨饭馆里能吃到肉吗？这沈阳也够悬的，估计没戏。"

他这么一说，我觉得有理，听说哈尔滨人给省革委会主任起了个外号叫"× 四两"，意思是每个月每家只有四两肉供应。在长春吃过饭，也是没肉，难道沈阳能有肉？没肉熏什么呀？这么一想，心里就空落落的，可还是不甘心。

郑篮球聪明，就说："你去问问，要是没有，你个小，不扎眼，我往那一站，怪难为情的。"

我一边排队，一边观察前面的人，真没见谁端着像熏肉大饼的东西。轮到我，我有几分胆怯地问："师傅，有熏肉大饼吗？"

虽然我的声音低低的，还是让柜台里面好几个男男女女的师傅惊讶得齐刷刷地朝我看，排在我身后的人还笑出了声。终于，一个师傅笑了笑对我说："一看你就不是本地人，还熏肉大饼呢，我都忘了大饼长啥模样了？”

另一个师傅说：“我说小伙子，你是哪儿来的？看样你们那儿旮哒有肉，要不我去你们那儿，也享享福。”

我胡乱要了两份饭菜，像做贼似的溜了回来。坐下后我就埋怨郑篮球：“吹熏肉大饼的是你，到跟前了你让我去丢脸。”

郑篮球笑着安慰我：“丢啥脸啊，大家都没肉吃，谁也没长脸，再说了，没肉吃也不能怪你呀。”

刚被广场那气势雄伟意义非凡的雕塑激励起的精神头儿，立刻被熏肉大饼给泄了气。

离开沈阳时，在火车站广场，我再次仰望那高大的雕塑，心里有点乱。火车缓缓驶出沈阳站，离别的车站渐渐远去。沈阳，一座名城渐渐远去，心里却想着，什么时候能吃上“熏肉大饼”。

三十二

苏修特务（2）

一九六九年的秋天，小小农场又发生了诸多变数。

军代表犯错了，撤退了。

革委会主任犯错了，批判了，大猫腰了，蹲小号了。

省体委五七干校撤销了，体育明星们少数人自杀了。大多数人结束了“炼狱”的日子，总之，呼啦啦地都走了，郑篮球也走了。

农场一时清静下来，唯一能给生活添彩的就是知青，偶尔打个架斗个殴，不过大家早已习惯，见怪不怪了，再拿上海知青吓唬婴儿，婴儿都不怕了。

但阶级斗争不能结束，清查办负责人犯了错，也大猫腰了，换了新负责人。工作人员有的走了，有的来了，但清查办职责未变，要继续调查未结的“案件”。

新负责人再次丢给我鲍场长的卷宗，说珍宝岛有点消停了，“苏修特务”的事不能消停，还得去外调，目标是黑河以及“北五县”，瑷珲、呼玛、嘉荫、逊克、孙吴，那里都有鲍场长当年的同事，也就是证人。

经过一年多的工作，十九岁的我成了清查办的“老人儿”，也是对“苏修特务”一案和鲍场长卷宗最熟悉的人。

新负责人对我说：“你对鲍广德的材料最熟悉，这次有个‘老公安’和你搭伴儿，他的经验加上你的熟悉，一定能搞到有价值的东西。”

所谓“有价值的东西”，当然就是当特务的证据。

经过一年多的外调，我亲眼看见了不少，经历了不少，深藏在内心深处的变化也不少，对运动、对案件，都有了自己的独立看法，对搞到什么有价值的东西完全没了兴趣，却记着黑河宾馆负责人的话：“夏天、秋天，黑龙江对岸会更热闹。”看热闹的不怕事大，那才是有价值的。

让我感到热闹的第一件事是那位“老公安”，一见他的面，我竟有点不知所措，他居然是赵叔。

在二分场，他曾是最高领导赵支书。我六岁那年，他在舞台上做报告，我大摇大摆走上舞台去喝了他的水，被父母狠狠教训了一顿。“文革”一开始，赵叔就被打倒靠边站，现在刚被解放，降格使用，竟然成了我的搭档。

我心里有点乱，既有点成就感，也有几分对赵叔的怜悯，弄不懂是我长大了，还是赵叔衰败了，也不知道一路上该怎么和他相处。

见到我，赵叔先是一愣，马上就露出一副“长辈笑”，调侃起我来：“行啊，小坛子，你长能耐了，和我平起平坐了。”

我马上送上“晚辈笑”：“你永远是我赵叔，我一切都听你的！”

“这还像句人话。”赵叔说着又笑，笑得很温暖。

负责人并不知道我和赵叔的渊源，可能有让我俩“优势互补”的意思，并没确定此行谁说了算。

我敬重赵叔，加上也没有认真工作的打算，就一切都听赵叔的。赵叔经历了系列运动的波折，内心的想法更复杂一些，用那时整人的惯用语，叫作“革命意志衰退”。能不衰退吗？挨了一顿整，年纪也大了，内分泌都变了，所以赵叔凡事都让我说了算，结果我们一老一少谁都说了算，谁都说了不算，在外调路上偶有争执，却玩得十分惬意。

黑龙江北五县在大小兴安岭地区，据说，那里山脉纵横，河流密布，地广人稀。初秋时节，山山水水都五彩缤纷，最是美丽，是一年四季中最舒适，最养眼的季节。那时候，汉语词典里根本没有“旅游”一词儿，我能借机四处游山逛景，觉得非常走运。

还是登上绿皮火车，车内照样是破旧不堪，但夏秋之际，人们的穿戴利索了不少，车厢内就没冬天那么脏乱。

上次去黑河是从哈尔滨到嫩江，再转乘长途汽车，这次走的是新路线，在北安换乘汽车。路线是新的，却依然是破旧的车，破旧的路。车窗外的风景却是不一样的美。越接近黑河，越美。破汽车忽而钻进高山密林，忽而越过大片平原草地，忽而又沿江而行。高山密林里，一片片白桦林，一片片青松，在蓝天白云映衬下，像一幅幅最美的油画（其实那时我也没见过什么知名油画）。草原上，绿草中撒满了红黄蓝色的不知名花朵，像晴朗的夜空中闪亮的繁星那样让人动情，催人遐想，天空还时不时飞过受惊的鸟儿，有成群结队的，也有耍单儿的。

不知赵叔是见得多了，还是年纪大了，对窗外的美景就没那么激动在意，却对邻座的一个中年男人有点反感，时不时斜眼看一下那人。我开始也不喜欢那个戴眼镜的男人，觉得他太饶舌，大家都能看见的美景，他却不断絮絮叨叨：“这片松树叫樟子松，属于常绿乔木，也叫黑河赤松，冬天也是绿的，你们想想看，树枝上落满了雪，白雪绿树，那是什么感觉，美不美？”

眼镜男像是说给自己听，又像是说给全车的人听。渐渐的，我对他有了好感。他虽然话唠，可话里有知识、有听头。他也感觉到我对他的兴趣，就干脆转过身，面朝着我，专门说给我听。

汽车颠簸着拐过一个弯，眼前又是一番景象，眼镜男赶忙说：“这是白桦树，成片的白桦树最美。白桦树是落叶乔木，喜欢阳光，生命力极强，如果大火烧了森林，首先生长出来的就是白桦，很快就形成一片一片的白桦林。”

那年头，眼镜是学问的象征，我好奇地问：“你是专门研究树的？”

眼镜男竟面露羞涩：“什么都研究点，都懂点，也就是闲吹吹牛，屁用没有。”

汽车又开始沿江而行，在阳光下，江水泛着橙色的光。随着汽车的颠簸，弯弯的流水也晃动着，变得五颜六色般耀眼夺目。

眼镜男看我对河水很专注，就说：“这是一条无名小河，是黑龙江的支流的支流。黑龙江那才叫大河呢，全长四千三百七十公里，世界第十，中国第三，流域面积有一百八十四万多平方公里，有不少在苏联和蒙古境内，流域面积全球第一。黑龙江的支流很多，像什么呼玛河啊，泽雅河啊，还有松花江、乌苏里江，差不多有上百条。”

眼镜男一边说着，一边把手指弯下直起，直起又弯下地比画着，像说他家有多少孩子，其中几个是闺女，几个是儿子似的。

他说的数字有整有零的一串儿，我相信，他绝不是瞎说的。

他停了一下，又说：“黑龙江原来是中国的内河，现在成了中苏两国的界河了，一大半都归了老毛子，唉，败家子儿啊。”

我不知道他说的败家子儿指的是谁，也来不及想那么多。汽车突然停下了。司机大声喊着：“歇一会儿哈，大家伙儿下车撒撒尿，抽抽烟，撒尿的话，男的在车左边，女的在车右边，别搞错，谁也别偷看谁啊。”

人们涌出汽车，有些人已经被尿憋得不行了，虽说是男女分在汽车两边，还是互相看得见。男人倒无所谓，几个女人犹豫了一下，还是蹲在路边尿了起来。

我突然发现了奇景。男人撒尿这边，有一大片矮矮的树丛和一片绿草混在一起，矮树上好像结着野果，一串串的，黑嘟嘟的，被草丛里五颜六色的花儿烘托着，煞是好看。我等眼镜男撒完尿，就凑过去，问他：“那边好像有野果，是什么啊？”

眼镜男看了一眼，大声说：“都柿啊！快走，去摘，好吃着呢。”

我俩跑过去，我摘了一个，试着放进嘴里，一缕香甜立刻在嘴里荡漾四散，有果浆流出了嘴角，用手抹了抹，红艳艳的。

眼镜男转眼间就摘了一大把，使劲向嘴里塞着，一边大嚼，一边说：“快摘啊，吃啊，扭捏啥呀？药不死你！”

我也赶紧摘了一大把，塞满了一嘴巴。

远处传来司机的吼叫：“上车啦！上车啦！麻溜的，落下谁喂了狼我可不管，晚上我还得搂老婆睡觉呢！”

我竟没看看那野果长在什么树上，枝子什么样，叶子什么样，只记得果子一串串的，用双手捧住果子，一撸，就是一大把。

眼镜男吃完了，抹干净嘴巴，一边拽着我往回走，一边说：“这果子叫都柿，国外也有，美帝国主义、澳大利亚、小日本、苏修老毛子，都有，他们那儿叫蓝莓，不光好吃，营养价值也高得很，中国主要产在大小兴安岭、长白山一带，也就是黑龙江、内蒙古、吉林。其实这玩意要是加工一下，能值钱，不过这小事儿现在没人管，阶级斗争才是大事儿呢。”

回到车上，我把手里几颗都柿递给赵叔，他说刚吐过，不敢吃东西了。原来赵叔一路上不怎么说话，是晕车。

汽车又开始在盘山路上盘桓着，偶有鸟儿飞过，眼镜男可能说累了，微微闭上眼睛，也就那么几分钟，又睁开眼说：“都柿可以酿酒的，说明它有劲儿，我觉得有点醉了。”

我也有点醉，是陶醉。

突然汽车猛地一刹，就见一只像鹿一样的动物横穿过马路，很快窜进密林中。

眼镜男又来劲了：“大兴安岭野生动物很多，马鹿、梅花鹿、熊、紫貂、狍子、野猪，应有尽有，刚才窜过去那个就是狍子。还有各种鸟，野鸡就不用说了，什么天鹅啊、飞龙啊、棒鸡呀，嗨，太多了，有些叫什么我也不知道，说多了你也记不住。”

终于，黑河车站到了，眼镜男下了车，有几分不舍地朝我挥了挥手，说了声“再见吧”，转身走了，我这才发现他有点跛脚。

那年月，再见，就是再也见不着了，一挥手就成永别，我也觉得有几分难舍。

看着他渐渐远去的背影，我忽然猜想，他可能是省城森林研究所一类单位的，说不定被打成了什么右派啊反革命什么的，被遣送回老家了，平时不敢说话，今天可算过嘴瘾了。

二百多公里的路程，八九个小时的短暂相处，一瞬间的友谊，他竟给了我很多，有温暖、有回忆、有猜想，甚至有牵挂。

赵叔又呕吐了两次，我有点心疼地说：“这么遭罪，下次你就别来了。”

赵叔竟说：“再遭罪，也比在家好。”我懂他的意思，突然感觉和他的心贴近了不少。

虽说是最好的季节，街上的气氛却有几分肃杀。江边有点“坚壁清野”的味道，不让人去江边。

又住进了黑河宾馆，这里的气氛也远不如上次热闹。宾馆里的人很少，依然都是出来搞外调的。吃饭时，大家就凑在一起，说出不少故事。珍宝岛的事没人再提了，说的都是最近发生在黑龙江里客船遇险的事，说得煞有介事的。

中苏两国的分界线是黑龙江的主航道，这里说道不少。两国当哥们儿兄弟时，一切都好说，如今翻脸了，很多事就说不清了。有时苏联方面就借故把中国船里的乘客抓走，搜身、拷打、折磨一顿再放回来。这事越传越神，要是在别的地方传，完全可以当故事听，在黑河传的，那就可信，也挺可怕，因为在传言里，我们这方可是弱者。

我们的房间朝北，晚上依然能看见对岸，那个布拉戈维申斯克灯火通明。信号弹还有，时不时地腾空而起，再划个弧线缓缓落下、消失，漂亮而恐怖。

赵叔却说：“信号弹没什么，在部队时经常打信号弹进行联络，问题是，咱们这边咋没动静呢？”

是啊，谁知道呢？

夜深人静，看着对岸的信号弹，我想起苏维埃、苏联修正主义、苏修社会帝国主义一连串变幻的词语，终于忍不住，问赵叔：“你觉得鲍场长真的是苏修特务吗？”

赵叔：“你觉得呢？”

我看着赵叔的眼睛，看不懂他的意思，就说："你先说，你是长辈，你说了算。"

赵叔笑了笑说："还是你先说，你年轻，怎么说都没事儿。"

我想了想就说："咱俩要单双吧，谁输了谁先说。"

于是赵叔像个大孩子似的，说："单！"

我说："双！"

赵叔伸出一个指头，我伸出两个，我输了，于是我说："我看他不是特务。"

赵叔问："什么理由？"

我说："现在也找不到他是特务的证据啊。"

赵叔沉思了片刻，说："也找不到他不是特务的证据啊。"

我不服地说："找不到'是'的证据，那就应该不是。先说人家是特务，再去找'不是'的证据，上哪去找，这么搞，全国谁都能是特务，比如我现在说赵叔你也是特务，你给我找出你'不是'的证据看看。"

赵叔沉默了一会儿，说："你小子脑袋不糠啊，有想法。其实我也觉得他不是，现在是搞运动，这话不能在外头说，说了就是包庇敌人，咱吃不了还得兜着走，还是勤快点去找证据吧。"

我说："你看现在形势这么紧张，上哪儿找证据？"

赵叔笑了，笑得很平静："按计划找到那几个证人，回去就好交代了，你不是爱玩吗，你就一边玩一边找呗。"

在黑河，我们没见到有价值的证人，人家都忙着备战呢，"特务嫌疑"们不是被转移了，就是被挂起来了。

我们一边玩，一边找。

按计划，该去呼玛了。黑河到呼玛二百多公里山路，坐长途汽车要走八至十个小时，我就跟赵叔说："咱们坐船去吧，坐船好玩。"

赵叔想都没想就一口拒绝："你不想活了？让老毛子抓去就麻烦了。"赵叔也称苏联人是老毛子。

我有点不服："那都是大家瞎传的，现在不是没停航吗？没停航就说明没什么危险。"

赵叔的脸色严肃起来："那也不行，广播上也说过，双方有很多摩擦，咱们和别人不一样，咱是调查苏修特务的，那不是伸长了脖子等着挨刀？"

我依然不服："他们怎么知道咱是干啥的？"

赵叔说："你包里的档案材料就是证据。"

我梗着脖子说："要是有事，把材料往江里一扔不就完了？"

赵叔语速开始变快，说："那你就真玩完了，回农场怎么交代，让老毛子抓去，就成了俘虏，打一顿放回来，材料也没了，等于军人被缴了枪，人家还怀疑你被老毛子收买了，是放回来当奸细的。老鲍的特务没整清，咱俩一老一少倒成叛徒特务奸细了。"

有那么严重吗？我还是不服，觉得赵叔是被运动给吓破胆了。可从我外调过的案子来看，赵叔说得也有道理，我就拿赵叔晕车遭罪来说事儿，赵叔斩钉截铁地说："再晕车也不能坐船。"

这是第一次和赵叔争执，看来，牵涉到原则问题，赵叔就不让步了。生死攸关的事自然是原则问题，赵叔不能由着我任性。争来争去的，还是我投降了，他是赵叔嘛。

当长途汽车走过呼玛河，我是真的开心极了。前几天那个眼镜男说过几句呼玛河，我也没记清，只记得呼玛河是黑龙江的支流，清朝的时候叫“呼玛尔河”，是蒙古语或是鄂伦春语，盛产冷水鱼，比如什么大马哈鱼、细鳞鱼，还有一种“哲罗鱼”，被日本人称赞为“梦幻中的神鱼”。

呼玛河在阳光下，真的如梦如幻。我记得当晚写过一篇日记，详细记述了对呼玛河的感受。后来日记本都扔掉了，现在搜肠刮肚也写不出呼玛河那种梦幻的美了。

遭罪的是赵叔，他一路呕吐，却依然坚持坐车比坐船正确。渐渐的，我也觉得坐车正确了，坐船只能看见对岸的老毛子，却看不见梦幻的呼玛河。

几经周折，得知呼玛县那个证人早就去了一个农场的分场，那分场却在很远的大山里，不通汽车。记不清是哪路神仙指的路，我们在县城外坐上了去往那分场的拖拉机——东方红牌的链轨式拖拉机，后面牵引着一个巨大的“爬犁”。“爬犁”上装着一堆麻袋，我和赵叔坐在麻袋上。拖拉机很快驶入一片原始森林，弯弯曲曲的路很泥泞，越泥泞就越适合“爬犁”行走。赵叔心情大好，也不呕吐了，我忽然想起五岁时坐牛车去毛家屯的情景，但这里路两边都是参天大树，感觉的是壮观的美，并不是去毛家屯那种苍凉的美。

天突然下起了小雨，温度骤然下降，我和赵叔身上脂肪都不多，穿的衣服也不厚，冷得上牙磕下牙浑身筛糠。

终于到了分场，也找到了那个证人。分场只是森林中的几撮木头房子，我不知道它为什么能称得上是个分场，也不知道它有什么存在的价值。

证人是分场的负责人，标准的东北汉子，四十多岁的样子，黑黑的脸膛上胡子拉碴的，走起路来虎虎生风，只是稍有点驼背，说话很爽朗，一笑起来能震得小木屋打晃儿。

他把我们让进他的办公室兼招待所。屋子不大，南北两铺炕，放着招待客人的被褥。两铺炕中间靠墙有张破旧的办公桌，地中央放着一个用煤油桶改造的大铁炉子。他往炉子里添上几根松木柈子，里面立刻就蹿起红红的火，呼呼响着，我们坐在炉子旁边，很快衣服就干了，浑身暖洋洋的，我对这证人颇有好感。

实在记不起那证人姓什么，他脸黑，就称他为“黑子”吧。

黑子听说我们是调查鲍场长“苏修特务”案的，就哈哈大笑起来，说：“你说他是特务，他就是；说他不是，他就不是，我是拿不出他是特务的证据。你们说他给苏联送信，那时候苏联是老大哥啊，送个信怎么了？你知道信上说的什么？要是说‘祝你新年快乐！’呢？”说着，他又大笑起来。

赵叔说：“有人说，信上写的是黑河土改的事。”

黑子：“证据呢？再说了，那时候双方好得穿一条裤子还嫌肥，啥事不说啊？不能一闹矛盾就翻箱倒柜地算旧账，对吧？当然，这不是你俩的事，我估计你们也不希望老鲍是特务，对不？说实话，老鲍这人思想进步，干工作认真负责，有干劲有魄力，心灵手巧的，干啥像啥，还听领导的话……缺点嘛，这老鲍就是吃饱了撑的，没事找事，送信的事你不说谁知道？说它干啥？能说的那些话，你说一大车都没事，不能说的，你叨叨半句就惹祸，你看我多好，搂不住自己的嘴，咱可以躲远点啊，在这深山密林里，啥屁事儿也没有，照样过好日子。”

他快人快语了一番，然后说：“明天我要回县城办点事，你们在这玩两天。”

赵叔有点困惑地问：“这深山老林有什么好玩的？”

黑子说："看样子今晚的雨停不住，明天早晨你看吧，满树都是黑木耳，又大又肥又嫩，还有猴头呢。"

他拿出一瓶黑河本地产的白酒，弄了两碟山野菜，请我们喝酒。其实基本是他一个人在喝，边喝边给我们讲起如何采木耳，如何把木耳加工成"压缩木耳"，如何采猴头，等等。我越听越兴奋，一一记下。

第二天早上，我们按照黑子说的，到林子里一看，立马惊呆了。周围一大片林子，所有的树干，一夜之间竟被木耳包裹住了，都变成了黑色的。我们找来十多个篮子，选了两棵木耳最大最肥的树，我和赵叔一人一棵树，围着树根摆上五六个篮子，然后——关键是这然后，先后退几步，再跑到树前往上一蹦，用两只胳膊搂住树干，往下一滑，木耳就纷纷落进了土篮子里。整个动作最多三四秒钟，五六个篮子里，木耳都是满满的，神奇啊。

我在黑龙江生活了十几年，也没听说过这么摘木耳的，更没见识过这么多的黑木耳，难怪那个眼镜男说这一带是"北大荒中的北大荒"呢。

赵叔没我跳得高，双臂也没我搂树搂得紧，战果略逊一筹，我帮他又重复了一次，结果他篮子里的木耳比我的还多。

我俩把木耳弄回屋里，就开始做压缩木耳了，这可是个技术活。

第一步：把木耳放到大铁炉上烤干，炉子的火不能太旺，如果晴天在太阳下晒干那是最好，我们遇上了连雨天，不烤干，木耳会烂掉的。

第二步：把烤干的木耳喷上点水，让干木耳稍稍发潮，在炉子上很难掌握得恰到好处，容易烤得太干。

第三步：有点麻烦。找来两个空酒瓶子，洗干净。这很简单，分场的人都跟黑子一样，酷爱喝酒，满地的空酒瓶子。再找来两根细麻绳，这费了好大劲儿。把细麻绳在酒瓶子上缠绕几圈，不能太松也不能太紧。把麻绳的一端固定在墙上的某处，或窗框上，或门把手上，然后双手拉动酒瓶子，让缠绕的麻绳和酒瓶子产生摩擦，就像古代钻木取火一样，直到累得筋疲力尽，酒瓶子也被摩擦得差不多到了火候，这时就把酒瓶放入提前备好的冷水里，“啪”的一声，在麻绳缠绕处，酒瓶子断裂了，裂口齐齐的，蛮光滑的。费了半天劲，其实就是把酒瓶子的嘴儿截掉，获得一个空心圆柱体。

第四步：找来一个不粗不细，恰好可以塞进酒瓶的圆柱体木头，这太简单了。

第五步：把微微发潮的木耳一层一层放进酒瓶，每放一层，就把圆木头塞进酒瓶，把酒瓶立在炕上，人就坐在圆木上面往下压。这一步进行得很慢，急不得的，它关系到压缩木耳的质量。

但这一步很有趣，我和赵叔一老一少，屁股底下都坐着个酒瓶子，面对面谈天说地，说说黑河，说说信号弹，也说说鲍场长的委屈，还说起了我六岁那年喝赵叔一杯水的事。

聊着聊着，忽然很想念父母，和他们朝夕相处这么多年，却从来没这么无拘无束地聊天，更没机会在这么闲适的地方，做这么有趣的事。和父母在一起，就是帮着他们扛起这个家，就是为了一点点微小的进步，不停地干活。

一边想、一边聊，屁股底下还要一边使劲儿。用了大半天的工夫，压缩木耳大功告成，但把压得很坚硬的木耳从瓶子里取出来，也费了不少周折。这一步，黑子也忘了教我们，赵叔倒是有办法，用那个圆木头轻轻地敲打酒瓶子，力度太大不行，太小没用，试探着来，摸着瓶子慢慢敲。终于，瓶子被敲碎，碎得恰到好处，没有玻璃碴子钻进木耳。一个圆柱体的压缩木耳，捧在手里，沉甸甸的，那是五六篮子鲜木耳浓缩的结晶。

据黑子说，想吃的时候，只要掰下杏核大小一块儿压缩木耳，放在温水里泡一个小时，木耳能变成一大碗。我和赵叔像装金条一样，小心翼翼地把木耳装进旅行袋里，心里美滋滋的，那时看赵叔，红光满面的，好像年轻了十几岁。

搞好了压缩木耳，就冒着小雨出去找猴头。猴头其实是一种蘑菇，状如猴子脑袋而得名。黑子说，所谓山珍海味，“山珍”，指的就是猴头。

我和赵叔都没吃过山珍海味，更没看见过原始状态的猴头。

小雨还淅淅沥沥下着，我俩各挎一个土篮子，钻进了森林，但我们不敢走远，怕迷路，要是迷了路，我的小命和赵叔的老命就没了。

忽然赵叔大叫了一声：“猴头！”我顺着他手指的方向，看见一棵大树的杈上，有个白色的状如猴脑袋的东西，不用说，肯定是猴头，可我们够不着。

赵叔想了个办法，搭人梯，一个人蹲下，另一个人踩着肩膀，可谁踩谁呢？我蹲下，赵叔踩我，他怕摔下来；他蹲下，我怕踩坏他的老身子骨。

后来还是我踩着赵叔的肩膀，把那个猴头采了下来，那猴头拿在手里软绵绵、滑溜溜、湿漉漉的，闻一下，香喷喷的，有点蘑菇的味道。

黑子说猴头是有公有母的，发现一个猴头，它“脸”对着的方向一定还有另一个，但怎么区别公和母，哪个是公哪个是母，黑子没说。我们把猴头捧在手里翻来覆去观察，也找不出公和母的区别。

篮子都快满了，刚准备返回，赵叔突然发现了一个巨大的猴头，而且长得位置也不高，居然够得着。他小心翼翼采下这个猴王，我辨别了一下猴脸的方向，想找到另一个猴王，结果毫无踪影，原来这个猴王竟是个单身汉。赵叔说，估计这猴王年纪太大，老伴儿肯定是死了。

赵叔得到了猴王，对那些小猴子就不在意了。为了安慰我，就说："我有这一个就够了，太多了也拿不动，小猴子都给你吧。"

我采得也够多的了，赵叔只好把那些搭人梯才弄到的小猴头忍痛扔掉了。

回到屋里，我把猴头撕碎，放到大铁炉子上烤干，收藏起来，为呼玛的"外调工作"画上了句号。

赵叔的猴王让分场的工作人员也吃惊不小，说他们也很少看见这么大的。用大秤称了一下，居然七斤重，相当于刚生下来的大胖孩子。众人都啧啧称赞。这下赵叔为难了，他想保留猴王的原貌，舍不得把猴王撕碎烤干，可不烤干，又怕发霉烂掉，犹豫再三，赵叔走了风险路线，带着鲜猴王上路了。

最可惜的是，赵叔的七斤大猴王，抵不过阴雨天的折磨，很快烂掉了，赵叔心疼不已。无奈，我把已经看不出猴头形状的"猴头干儿"分一半给了赵叔。从这件事，我也看出赵叔骨子里的情怀，他不看重猴头吃的功能，倒是很在乎猴头的审美功能，结果，情怀还是打了败仗，相比之下，我倒是满现实的，不在乎审美，只在乎吃。

若干年后，无论去哪里旅游，再也找不到在呼玛大森林里的感觉。那原始自然的味道，那种在大自然中自由自在的融入感，那发自内心的与世事、金钱无关的愉悦，尤其是在阶级斗争高压下的“偷着乐”，那种快乐带来的幸福感，真是终身难忘。

离开呼玛，接连在孙吴、逊克、嘉荫追踪鲍场长证人的线索，见了几位，说法和黑子差不多：老鲍人不错，工作积极，不可能是特务，但谁也拿不出他“不是”的证据。

没想到，在孙吴县招待所，又和赵叔争执了一次，是从闲聊天开始的。聊着聊着，我说：“苏联要是和东欧那些国家合并了，可就麻烦了。”

赵叔说：“合并？那怎么可能。”

我说：“他们都是一个主义，一个阵营，为什么不能合并呢？”

赵叔有点不像赵叔，而像赵支书了，说：“国家又不是单位，合并了，谁说了算啊？”我猜想，赵叔工作中肯定遇到过合并的事，一合并，有些原来说了算的就废了。

我不服地说：“不管谁说了算，不合并就说明不是一个主义。”

赵叔收敛了笑容：“从你喝我那杯水开始，我就发现你爱胡思乱想，你操那份闲心干啥？”

我懂了，事关外国合并的事，也是原则问题，赵叔不允许我任性胡来。我再次投降，他是赵叔嘛，再说我也的确是管不着人家合并的事。

至于赵叔谈到的“谁说了算”，后来也渐渐明白了，还是赵叔说的符合国情民情，谁说了算，简单几个字，却是千百年历史大戏的幕后总导演。

这次外调，留在记忆中的，绝大部分都与“苏修特务”案件无关。返回的路上，想起临行前负责人交代“一定要拿回有价值的东西”的话，我看着自制的压缩木耳和烤干的猴头，觉得负责人有点像算命先生，他说的话真的应验了，这些东西和背后的经历，都蛮有价值的，只是摆不上台面而已。同时也替赵叔惋惜，他那七斤大猴王如果不烂，应该是最有价值的。

此行还有一个价值，我把一些人对鲍场长的好评，特别是那个黑子说的话，整理成一份简要的材料上报负责人，也许这并不能替鲍场长解决问题，我却觉得做了件该做的事，心里踏实了不少。

怕给赵叔带来麻烦，这事没敢先告诉他。

很快有了传言，革命又发展到新阶段，清查办要撤销了。所以没谁再把案件挂在心头，而是琢磨自己下一步要去哪里谋生活。

负责人看了我写的材料也没任何表示，只是笑着说了句："你们真行，逛了两个月，带回来一篇表扬稿。"

过了一段，没有证据的特务鲍场长终于也获得解放，却是降格使用，到二分场做了负责人。据说干得不错，还无怨无悔的，那个年代的人，真是好得没法形容。

三十三

命值几何

一九七六年，我已经在北京生活了两年。春节前夕，我正筹备年货，准备返回农场探亲，突然收到一封电报，电文是按字数算钱的，所以写得很简练，内容却有几分搞笑："买活王八两只速归"，落款是"徐叔"。

比我早些看到电报的人不知底细，竟把电文当笑话传播，我却心里一紧。家乡把甲鱼叫作王八，千里买活王八，我猜想，徐叔肯定麻烦了。

从北京到农场，路途遥远，安全地把两只活王八带回冰天雪地的农场，难度系数极高。我费尽心思，终于想出一个万全之策，还要祈求老天爷的照顾才行，然而我竟忽略了一个根本问题，上哪里去买活王八呢？那时的北京，普通百姓起大早排长队，能买到几斤冻得像冰坨子似的带鱼，就要谢天谢地了。我跑了东单西单崇文门几个大菜市场找活王八，从众人的眼神里看，基本都把我当成了神经病。

无奈，我只能回到农场。我去探望徐叔，他老伴儿告诉我，有人说把活王八放在身上，可以杀死癌细胞。徐叔明知这是无稽之谈，但亲人们都想死马当作活马医，所以就给我发了电报，把最后一线希望寄托给了活王八。

看到徐叔时，尽管我早有精神准备，还是被眼前的情景震撼。我是第一次看到被阎王爷打了勾的癌症患者，况且，徐叔曾经是那么健壮，那么坚强，那么生龙活虎，那么激情似火，如今奄奄一息地瑟缩在一条旧棉被里，好像冷得发抖，脸上蜡黄蜡黄的，真的就像一根即将熄灭的蜡烛，火苗已燃尽，只剩下一堆蜡油，没形没状地瘫在那里。

我伸手到褥子底下摸了摸，土炕热得很，不明白徐叔为什么那么冷。

徐叔努力睁开眼，用浑浊的眼神示意我坐下。我向他解释如何费力也买不到活王八，徐叔艰难地挤出一丝笑容，好像在自责误听人言给自己丢了脸面。

他眼里忽然有几滴泪水涌出，断断续续地对我说："看来你离开农场……是对的，你以后……幸福了，我，啥也……不说了。"他闭上眼睛，也闭上嘴，他已经无力再说话，或自知说什么都是多余的。我明白，他对人生有许多后悔之处，却无法说出口，也不知该跟谁说，说了，听的人也未必能理解。

告别世界之前却有话不能说、无处说，其痛苦，其心灵深处的寒冷，真不是谁都能体会的。

看着可怜的徐叔，我心里说，徐叔曾三起两落，现在这是最后一落了，而且是永久的落幕，他终于为自己画上了句号，这个句号却是不圆的，甚至是模模糊糊带着血痕的。

徐叔曾是农场的中层领导，在三分场当过场长。"文革"初期，中层以上干部都成了"走资派"，大部分被打倒，少数人"靠边站”，也是一颗红心两种准备，时刻等待着被打倒。徐叔是先挨了斗，然后就靠边站。军代表进驻后，为了稳定大好革命形势，有些领导干部被解放，他们正值壮年，按照上面的说法，却被称为“老干部”。徐叔属于那种各战斗队都能接受的老干部，就率先被解放，然后扶上马，进了新生的权力机构，当了革委会主任，成了农场的一把手。

像变魔法一样，从被打倒到突然升官，徐叔毫无精神准备就脱鞋下水。可能突然有了种使命感，徐叔工作得干劲十足。他努力维持着农场的正常生产和生活秩序，也努力与各派群众组织周旋，但他工作得很艰难。他要听军代表的指令，也要听文件报纸上各种互相矛盾的指令，要推动“文革”向纵深发展，要继续斗倒斗臭走资派，可他又不愿伤害太多人。以徐叔的政治经验和性格，他是无法在这互相矛盾的工作和斗争中巧妙周旋的，但他始终在努力。有段时间，工作成绩和个人权威似乎也在与日俱增。

但是，革命形势却是没规律可循的，朝朝暮暮，瞬息万变，只要你脱鞋下了水，就立刻处在旋涡之中，无论你做什么，怎么做，其实结局只有一个，那就是犯错误。

很快，搞军管的营连排长们都默默地走了，徐叔却是轰轰烈烈地下了台，他第二次被打倒。

以徐叔那尚未开化的政治头脑和万事认真又倔强的性格，他是无法接受这个现实的。痛苦缠绕着他，吞噬着他的理想和尊严。曾经的战友被迫撇清关系，甚至反戈一击，他经受着政治、人情的双重打击。眼前是一片迷雾，他看不清前面的道路是什么，甚至看不清周围的人脸哪个是红脸，哪个是黑脸。在政治雾霾中走路，比在污染的空气中呼吸更艰难更危险。

他被斗，低着头、弯着腰，听着人们的批判，却搞不懂究竟该怎么认罪、怎么检讨、怎么自责。

政治的天空上云遮雾障，农场虽然只不过是浩瀚天空的一片碎云，却也随着天空的阴晴不定而变幻莫测。能风里来雨里去而不湿身的，绝非等闲之辈，徐叔显然不是道上人。

徐叔的精神撑不住了，病魔上身似乎是最好的解脱。

他病了，病得像当年的模范人物焦裕禄似的，肝区疼痛难忍，他自认为是得了那种“幸福的病”——肝炎，尽量让家人给弄点白糖吃，依然撑着，继续认错。

随着全国斗争形势“越来越好”，犯错的徐叔忽然又莫名其妙地被谅解。他被解除了关押，获得了自由，很快又被重新任用，但降格使用，到二分场当了负责人。

过了一段时间，据说徐叔思想突然豁然开朗，不但认清了自己的错误，还在新的岗位上做出了成绩。因为带病工作，被称为焦裕禄式的好干部，农场要大张旗鼓进行表彰，决定成立个写作班子，写一篇报道，歌颂徐叔的模范事迹。

徐叔开始第“三起”了。

写作班子由两个人组成，一个是侯校长，还有一个是我。

我刚上初中时，想看一眼漂亮又见过大世面的女校长都不易，后来就可以时不时去她家里聊天，现在居然又变成了合作关系。

“侯校长，怎么开展工作，一切听你的。”我虔诚地对侯校长说。

她却说：“我也是犯过错误挨过斗的，你年轻，还是你发挥主导作用！”

我却开了个不像玩笑的玩笑：“我也就仗着年轻，还是个小孩儿，不然早就犯错误了。”

侯校长爽朗大笑，说：“那就谁也不用听谁的，商量着一起写，万一有什么责任一起来负。”

我理解侯校长隐隐的担忧，我们写的不是已经死了的焦裕禄，而是活着的起落不定的徐叔，谁知他“三起”之后会不会又“三落”呢？

我说：“我年轻，错了也不能把我怎么样，有事算我的。”

我和侯校长一起到了二分场，开始了我人生的第一次“采访”工作，侯校长当然比我经验多，我还是自动自觉地听她的。

我们找到徐叔的同事，找到一些革命群众，他们众口一词，都为徐叔竖起大拇指，说了他很多感人的事迹，最主要的，还是他如何忍着疾病的折磨，和干部职工们一起“抓革命、促生产”。那段时间，“抓革命”比较消停，主要是“促生产”。

我们用报纸上报道英雄人物的模式来采访，提问题，后来就渐渐明白了，徐叔带病坚持工作的一些做法，也是照搬报纸上那些英雄人物的模式来做的。

有段时间，徐叔病得严重，身体很虚弱，他累得站不起来，就躺在田间地头指挥生产。

徐叔的坚强性格让我佩服得五体投地，但他的具体做法我却心存异议。劳动，对干部职工来说，其实是件很简单的事，需要领导躺在地头去指挥吗？领导的生命难道不重要吗？养好了病再来指挥战天斗地不是更好吗？

我把心中的疑问说给侯校长，她说：“你年轻，可以这么想，但不能这么写。”

我点头称是，说：“是不能这么写，我以后也尽量不这么想。”

听了我的话，侯校长突然就笑了，她那种笑，让我很感动。

那时有个全国闻名的先进人物，叫杨水才，被称为农村基层党员干部的优秀代表。他为改变家乡贫穷落后的面貌，忍着病痛，带领群众兴修水利、植树造林，直至牺牲在工作岗位上。

一九六九年《人民日报》发表了长篇报道《一不怕苦、二不怕死的共产主义战士——记共产党员杨水才同志的光辉事迹》，还以《为人民鞠躬尽瘁》为题发表了评论员文章，评价杨水才是“一切共产党员，一切革命干部，一切无产阶级革命战士的光辉榜样”。

杨水才有句著名的口号，叫作“小车不倒只管推，只要还有一口气，就要干革命！”

我们面对面访问徐叔，他首先就提到了杨水才，说他就是在杨水才精神鼓舞下坚持工作的，也要做到“小车不倒只管推”。

我对杨水才自然是不能有异议的，甚至跟侯校长也不能说，怕给她带来精神压力。我内心深处却不明白，如果还有一口气，为什么不好好休息，好好治病？因此我对徐叔不能完全理解，但我毕竟肩负着宣传模范人物的重任，不能不正儿八经地采访。

我问徐叔：“我记得您第二次被打倒后，还是挺痛苦的，是什么原因让您重新振作起来的呢？”

徐叔突然有点沉默，我知道他的肝又开始疼起来了，估计他的心也有点疼。

停了一会儿，他抬起头，真诚地说：“你这个问题问得好啊！我开始的确是想不通，我真心实意为农场工作，为什么总是犯错，总是被打倒呢？我不知道怎么做才能不被打倒。后来参加了一次县党代会，思想上就豁然开朗了，明白了自己为什么总是犯错误，归根结底还是我阶级觉悟不高，没有站在全局的高度认识自己的问题，也没有把自己的工作和中国革命、世界革命联系在一起，缺少了宽广的革命胸怀，而是斤斤计较个人得失……”

我忙着记录，一边记，心里一边想，一次会议竟让徐叔如此快速提高觉悟，并押上性命来走完自己生命的旅程，确实让人震动。

我看了侯校长一眼，她也在认真记录，并没有和我用眼神交流一下的打算。

徐叔还说，他的精神力量更是来自英雄杨水才，报纸上的文章他读了很多遍，每读一遍都会有新的体会。

徐叔这话我信，他不是说假话的人，再说报纸的魔力也的确不容小觑，要不然我们写徐叔的文章干吗？不就是为了鼓舞更多的人一不怕苦、二不怕死，小车不倒只管推嘛。

我突然有点匪夷所思了，我们写徐叔的文章万一上了《人民日报》，会怎么样呢？不但徐叔能在全国成为典型人物，说不定我也能去北京工作，继续写文章呢。

一九六六年，那个不知真假的“八一中学”周闯将，虽然不让我欣赏，却促使我改变了梦想，总想去北京混一混“人场”。年轻嘛，有些想法就是杂乱无章，不着边际。

我们写徐叔的文章，没能上《人民日报》，只被刻在蜡纸上，变成油印小报在农场各下属单位传阅、学习。

我要去北京的设想却一步步实现，为此也惹出一连串的麻烦和争议。徐叔对我要离开农场的一些做法是持异议的，他曾半批评半劝慰地对我说：“要以大局为重啊！在哪里不能干革命呢？”

我却喜欢在夜晚翘首星空，想象着外面的世界，我知道那世界很大，也应该很精彩。是啊，既然在哪里都一样，选择去更广阔的天地有什么错呢？那个局不是更大吗？

这话我不能和徐叔说，更不想和他争辩，他是我尊重的长辈，是我亲自写过长篇文章夸赞过的模范，他不管怎么想，都有他的道理。

直到和徐叔最后一次见面，他艰难地说出那句“看来你离开农场是对的”，我和徐叔的想法才暂时统一了。可他内心逻辑的那点变化，代价也太大了点。

每当想起徐叔，我的心情都极为复杂。我始终认为徐叔是农场的第一悲剧人物，既让我佩服，更让我同情。徐叔过于追求完美，他总想当个好人，当个好男人，当个好干部，当个好革委会主任，当个活跃在人们口碑中的好人，但是，他内心所追求的好，和社会的好，运动的好却是严重错位的，一个性本温良又有几分愚钝固执的基层干部，凭借着一腔热血和激情，投身到很多大智大勇者都很难全身而退的政治运动中去，怎么可能不错位呢？假如他分一部分激情出来，变成睿智和豁达，甚至变成消极的超脱，他的结局就会大大的不同，然而，世上有“假如”二字，却无“假如”的机会，宿命既定，假如奈何？

徐叔是在一个特殊年代离开人世的。他本是个热情似火的汉子，但他的心灵之火已经无可奈何地熄灭了，成了典型的政治运动的牺牲品，不断折腾的牺牲品，在这种折腾的大环境下，人心的温暖除了慢慢消融殆尽，还能有什么结局呢？

徐叔的名字叫徐凤山，这个名字永远刻在我的记忆最深处，促我深思，让我警醒。

三十四

书之暖

回首往事，我深感自己还是幸运的。遭遇过寒冷，也感受过许多温暖，比上一辈人晚生了二三十年，没遭遇过外敌入侵，没经历过战争，没在政治运动中蒙难，等我长大成人，遇到那些不称为运动实则也是运动的运动，可喜的是我似乎已“看破红尘”，远离是非。

说得自私一点，最让我个人缺少温暖的是，在我最需要学习的时候，却失学了。没有学上，没有书读，各种喉舌传递的知识与信息有多少是真的，多少是假的，如今大多数人都已清楚。

但与同一个环境下生存的同龄人相比，不幸中的万幸，是我做了一件说不清是好事还是坏事的事，让我竟然接触了被“文革”禁止的一批读物，这批读物对我一生都起了潜移默化的作用，姑且不说这些作用是大是小，是好是坏，起码它给我带来了若干年的温暖，那是失学情况下的书的温暖。

在清查办公室，每人有个装资料的柜子，我发现有个上下两层的柜子从没人动过，不但铁锁把门，还贴着封条，看不清封柜的日子，也没盖公章，弄不清是哪个阶段哪个权力机构干的，里面有什么东西也没人知道。

冬天某日，我要抓紧时间看资料，破天荒地加了个夜班。夜深人静又独处一室的时候，人最容易胡思乱想，我就想到了那个柜子，一看到那封条，就没了看资料的心思，鬼使神差地走过去，轻轻拉了拉那柜门，没想到，虽然上着锁贴着封条，那柜门居然很松，状如虚掩，只是挂满了蜘蛛网，还有个活物，一个小蜘蛛慌忙逃窜。我用棉袄袖子把蜘蛛网拨了拨，再用点力一拉柜门，柜门和上面的门框就出现了一个不小的夹角，向柜子里面望了望，什么也看不见，又没有手电筒，只好大着胆子把小臂伸了进去。幸亏那时候没看过各种狗血影视剧，否则是绝不敢把手伸进去的，狗血剧情里，那种挂着蜘蛛网尘封已久的柜子里，不是暗藏着毒蛇蜈蚣，就是有个暗道机关。

我用手在里面摸索了一下，这一摸，我惊呆了，竟然是许多书，摸着那书的厚度，都是大部头，不是开会学习的小册子。

我脑海里飞快闪过二分场驻军崔老师说的《三国》原著，也闪过楚哥送我的《封神演义》，瞬间也明白了，这些书一定是破“四旧”烧书时的漏网之鱼，硕果仅存，必是宝贝。

稍一犹豫，就果断拽出一本，一看，竟是《鲁迅文集》的上集。

无论如何不能放回去，我用各种冠冕堂皇的理由说服着自己，还是有点做贼心虚的感觉。做了个深呼吸，然后轻轻把柜门推回去，生怕碰坏了那宝贵的封条，让柜门恢复原形，一切像什么都没发生过一样，只是那蜘蛛网我无法恢复，小蜘蛛也请不回来了。

我把书藏在棉大衣里，一溜烟跑回了家，晚上躲在被窝里，就着枯黄的灯光看了起来。

大饥荒那挨饿的滋味已经淡去，但精神饥荒的滋味却越来越浓，胃里有食儿了，脑子却急需填充物。

我一口气读到第三十七页，不禁乐了，那里写着鲁迅的名言，在我的脑海里，是鲁迅的第一名言：“窃书不算偷！”虽然那话是通过孔乙己的嘴说出来的，应该就是鲁迅的心里话。那会儿，我就是朝着有利于自己的方向如此理解的。

鲁迅这样写道：

> 孔乙己几天不来，大家就议论纷纷。当来时，老板说他偷了别人的书。孔乙己反驳道：“窃书不算偷！”过了几天，孔乙己因窃书让人家打断了腿，只来过酒店一次就再也没来过。据说他是在十五那天死的，死前还说：“窃书不算偷！”

我想，我毕竟和孔乙己不一样吧，他的书是在人家书店里偷的，我是在尘封的柜子里拯救出来的，如果不拯救出来，说不定哪天被发现，就会当作旧文化一把火烧掉，索性，我就当个护书天使吧。又一次给自己找到充足理由，就把本打算还回去的书藏了下来。

后面的事不用细写了，反正我一次次故伎重演，隔几天拿回家一两本，然后就通宵达旦地苦读。如饥似渴的滋味尝过了，现在开始品尝如饮甘露的滋味。半年之内，我把那柜子里的书全部拿回家“保护”起来，也全部读完了。

想想看，那些书除了《鲁迅全集》，还有《沫若文集》《唐诗三百首》《辞海》《康熙大词典》《四角号码大词典》以及裴多菲、雪莱、海涅等人诗集，也有什么拜伦的《唐璜》、赫胥黎的《天演论》、康德的哲学、艾思奇的哲学、北京大学语法修辞教程等。

那些日子每天吃完饭就死读书，也不知为什么要读，读了有什么用；也忘了梦想，忘了方向，反正就是看书。有些书根本看不懂，看不懂也看，瞎看。实在看不懂就翻《辞海》，查《四角号码大词典》。什么叫如饥似渴？就是半夜断了电还会点上油灯，看什么赫胥黎，朗诵什么裴多菲、海涅，那就叫如饥似渴。

那时所有书店都被几本书垄断了，只有那几本书是精神食粮，其他一切都是封资修糟粕，我自己挖门子盗洞弄来的“糟粕”，读了也不能说，那是严重违规的，说出去，罪过绝对超过偷鸡摸狗。

一九七〇年，运动再次跃入新阶段，清查办吹灯拔蜡，撤销了。

我被分配到学校当老师，想想几年前老师被批斗的情景，对当老师不觉望而生畏，再想想自己那点学识，也生怕误人子弟。

去请教一个尊重的长辈，他说了五个字：“教学相长嘛。”这让我开了点脑洞，知道当老师对自己的成长也有好处，但我终究还是缺了点自信。

一天晚上，不知为什么，我竟给好友长江朗诵了一首裴多菲的诗，那时的革命诗人裴多菲，正绑定着反革命的“裴多菲俱乐部”，况且还是爱情诗，我只能偷偷地给他朗诵：

我愿是一条激流，
是山间的小河，
穿过崎岖的道路，
从山岩中间流过。
只要我的爱人，

是一条小鱼，

在我的浪花里，

愉快地游来游去……

没想到，长江竟被感动得想哭，还竖起大拇指，追问我诗歌是哪里来的，从此他也喜欢上了诗。

原来我成了有文化的人了，信心大增，于是我报名去学校当了老师。我和长江的友谊，也从简单的生活互助，进入了文字交流阶段，每次交流，都能感受到心灵深处的温暖，我知道，那温暖，是我“窃书不算偷”换来的。

我一开始教小学二年级，大概是在一次批孔会上，我在发言里抖落出点文化知识。我那点知识当然是“窃”来的，别人都没看过，在当时的封闭环境下，某一本书，某些知识，竟然具有一种“唯一性”。现在想起来，那次批判会发言有那么一点作伪的味道，没想到却被学校领导误以为有文化，于是我从当小学二年级老师被直接提拔当了初中老师，又一路升到高中老师，这恐怕是我“窃书”的一大收获。

古人凿壁偷光成为一段佳话，我“窃书”则是见不得光的事，内心时而自得，时而有愧。为了不误人子弟，我违背了中学课本上规定的套路，努力把北大的语法修辞搬到我能掌控的课堂上，想把偷来的知识尽早贩卖出去，可惜，我的那些书里，没有什么“教育心理学”之类的，我也缺少教学方法，效果也就不明显。再说，我和学生也都不太明白，学了这玩意有什么用呢？就用来写大批判稿吗？或者预备着若干年以后写悔过书吗？或写什么外调特务的总结吗？

但，毕竟我努力了，正因为这点努力，我和不少学生也建立了另一种沟通的渠道。

我真正喜欢的东西，是不能给学生讲的，我要是在课堂上公然朗诵什么裴多菲或唐璜，我的下场就是第二个刘语文，罪过或许会超越他的“东风无力百花残”和“为伊消得人憔悴”。

当时已经有了《第二次握手》一书地下传抄的传闻，虽然没读过那个手抄本，却模糊知道“第二次握手事件”，深知因书获罪的可怕。

四年教书生涯，虽然对学生没什么明显益处，我自己却受益匪浅。四年的生活是按部就班的，平淡的，没有波澜，没有悬念，没有好玩的故事，许多教学生活的细节，只能意会，很难言传，但我在学生中，感受到许多温暖，这种温暖，并不滚烫，也不可歌可泣，却值得深深留恋。

三十五

长者之暖

农场的长辈，很多人值得我记忆，值得我思念，值得我书写，但由于年龄的差异，很多长辈我只能仰望，只能旁观，却没机会走进他们的内心，窥见他们的心灵。

有三个长者却是个例外，他们给了我完全不同感受角度。

一个是徐叔，这徐叔不是前面说的三起三落的徐叔，是两起两落的“摘帽右派”徐叔。

先从一件小事说起。

一年冬季，县城百货公司衣帽柜台前，一个中年男子谦恭和蔼地对女售货员说：“麻烦你，请把那条围巾拿给我看看。”

女售货员打量了一下中年男子，看他穿着一身旧棉衣，戴着副近视镜，扣着一顶旧棉帽，就露出一副不屑的神情，爱理不理地说：“十七块一条呢。”说着，她并没有拿围巾的意思，却乜斜一眼中年男子，揶揄地说：“怎么的，还看吗？”

中年男子被售货员的无理讥讽刺痛了，脸也涨红了，张了张嘴却没吐出一个字，习惯性地用右手食指向上推了推眼镜，然后双臂向上提了提有点下坠的棉裤，一转身，拂袖而去。

这个中年男子就是徐叔，农场机关的后勤管理员。人们习惯称他为“徐管理员”，虽然职务普普通通，他却是农场我最敬重的长辈。

徐叔回到农场家里时，我正在他家和他的爱人——我曾经的侯校长在聊天。看徐叔气色有点不对，一问，才知道他在县城买围巾被怠慢了。

到了“文革”时代，国营商店的售货员是个很吃香的职业，需要有点背景和关系，才能捞到这个站柜台的位置。所以，售货员怠慢顾客是件稀松平常的事，尤其在县城的百货公司卖“高档商品”的售货员，不是你要看哪件东西她就让你看的。当时说的是“无产阶级文化大革命”，他们对无产阶级却是不屑一顾的。东西都摆在柜台里面的货架上，售货员站在柜台内侧，往那一杵，大有“一妇当关，万夫莫开”的架势。每有顾客来到柜前，她要习惯性地先审视一下你的经济实力，“衣帽取人”是最便捷的办法。审视完了，她才决定是搭理你还是不搭理你。以徐叔的审美能力，他看上的围巾一定不俗，但他自己的穿戴却过于寒酸，难怪售货员要看人下菜碟。

这事对别人也许无所谓，对徐叔，那等于公开打脸。

就我对徐叔的了解，他一定是自尊心受了严重伤害，随之而来的就是思前想后，就是心里发冷，否则他是不会那么生气的，因为他是个极有修养的人，情绪发泄的力度总是低人一筹，别人会暴跳如雷的事，他顶多也就生个闷气；别人能生闷气的事，他必定是一笑了之。

看看徐叔的履历，就知道他的自尊心是容易受到伤害的。他十九岁就参加革命，是搞学运的地下党，二十三岁就在省公安厅当了处长，二十六岁却不幸被打成了“右派分子”，“摘帽”后下放基层到了农场，徐处长就成了“徐管理员”。

那年月，人一沾上“分子”二字，就发生了质的变化。什么反党分子、极右分子、反革命分子、地富反坏分子、盗窃分子、贪污分子、叛变分子……无穷无尽，花样百出，似乎只有一个“积极分子”是个好分子，其他都是坏分子。“分子”成了给人定性的不良后缀。

徐叔是“摘帽右派分子”，虽然挂着个“分子”，农场的人却很尊重他，政治运动给了他寒冷，他却给了很多人温暖。

徐叔为人谦恭、低调，言语随和，表情憨中带诚，这可能是他与生俱来的性格，也可能是反右斗争给了他刺激。

当“右派”后，徐叔改了名字。原来的名字，是含义极具政治能量的“承志”，改后的名字，是“懂得了是非”的“晓非”，含义偏向消沉。因故改名，在名字里表述自己命运的变迁和价值观的转变，也只有知识分子中那些老实本分的人才会如此。

我喜欢和徐叔聊天，即使这种“忘年聊”，徐叔也是极认真地平等相待，从不以长辈自居给你当指导老师灌鸡汤，也从不敷衍了事。每次跟徐叔聊天，都能受益，也能感受到平等长者给予的丝丝暖意。

作为管理员，他每天都提前上班，把办公室打扫干净，如果是冬天，就先要倒掉隔夜的“炉灰”，把炉子重新生好，烧上一铁壶开水，把木地板洒上点热水，雾气升腾过后，再清扫干净地面，像个勤劳的杂工。

“文革”到了，这是对所有人的一次“人品过滤”，也是一场智慧的考验。有些“摘帽右派”虽有挨整经历，但也有意无意地搅和到运动中，结果再遭劫难。徐叔却安然旁观，心静如水，只做好他的管理员，从不越雷池半步。我常想，在政治的大风浪中，即使心里有保持距离的念头，没有极高的意志力和定力，也是很难做到的。

记得有次红卫兵到他家寻找蛛丝马迹，恰巧家里有个从城里带来的老式收音机，已经坏了，家里的老人舍不得扔掉。红卫兵问这是什么，老人家说是“电台”，没见过这种电台的红卫兵就以为是电影里看过的特务电台，恰巧，他家的房顶上不知为什么有个破“笊篱”（捞饺子的工具），那个铁丝网状的家伙长相不俗，有点像电影里发报机的天线。这么一联想，红卫兵中有创意善于联想的人，就把徐叔联想成“台湾特务”。这事现在说出来会被笑掉大牙，可在那个愚昧又胡闹的特殊年代，因这类笑话闹出人命的事也屡见不鲜。

有些人遇到诬陷和委屈就一触即跳，和造反派拱上了火，弄得声名狼藉不可收拾。

那种飞蛾扑火的事，徐叔是不会干的。他不急不躁，以柔克刚，很快就化解危机躲过一劫。危难时刻，自保也是需要智慧和修养的。

几年后我到了北京，回家探亲时一定会去徐叔家聊天，说些北京的时政见闻，转发点首都的小道消息。徐叔极为关注，听得认真仔细，时不时加点评论。我猜想，徐叔那时对政治形势的变化是有预见的，最起码也是有所期盼的。能和徐叔说说地下见闻，我自然心生暖意，那是被一个尊敬的长辈所信任的暖意。

又过几年，改革开放了，徐叔的“右派”得到改正，重回省公安厅工作，徐管理员又变成了徐处长。那年，我从北京回哈尔滨看望生病的妻子，徐叔得知，专程来探望。他是坐着省厅的小轿车来的，没穿警服，一身便装，依然的朴素如初，眼镜好像还是在农场戴的那副，说话的语调依旧，表情依旧，肢体的习惯性动作也没变，虽然名字回归“承志”，却仍像农场的“徐管理员”。我正心情不佳，见到徐叔那一刻，一股暖流涌遍全身，那是被一个尊敬的长者给予关怀带来的温暖。

又过了几年，我和妻子女儿回黑龙江探亲，顺便去探望徐叔，在他的办公室里，他穿着呢料的警服棉大衣，并不端坐在宽大的办公桌后，而是站着和我聊天。他的形象让我眼前一亮，好像见到了我曾想象过的年轻时的徐叔。中午，徐叔请我们到家里吃饭，侯校长颜值依旧，气质更佳，还亲自下厨。徐叔脱下警服，又变成了“徐管理员”。三代两家一桌，欢声笑语、其乐融融，拍了张合影，我一直珍藏着，那种温暖与感动，经久不散。

又过了几年，听说徐叔升任了省公安厅纪检书记，对此我未求证过，但以我对他的能力、性格、人格的了解，这个职务他是完全有资格胜任的。说来奇怪，徐叔升职，远隔八千里外的我居然有种温暖感，这种感觉可能来自对世道公平的渴望和期待吧。

多年未见过徐叔了，如今他已是八十多岁的高龄，真诚祝愿他晚年幸福快乐、健康长寿！

第二个让我感到温暖的长辈，是韩叔，单名“进”。

在农场的长辈中，能毫无顾忌就到他们家吃一顿好菜，喝几杯好酒，还能说上一番知心话的，当属韩叔。韩叔给了我很多帮助，不光是喝酒吃饭，更重要的是来自于一个长者的肺腑之言。

那时候没有财富榜，韩叔是农场的首富，这是家喻户晓的事，工资条上写着呢，没有大量灰色收入的年代，工资条就等于“胡润财富榜”。

父亲的工资条上写着六十多块，场长的工资条上写着一百零六块，韩叔的工资条上写着一百五十块，比场长还多了三分之一，这就是差距。

和韩叔的交道源于和他儿子江子的友谊。

江子是一九七〇年随父亲到农场的。那年我刚当老师，江子还是个高中生，两年之后成了我的搭档，因喜欢江子的性格，关系就迅速升温，成了知心朋友。

第一次到韩叔家串门，就喝了他的好酒，吃了他的好菜，听他说了很多入耳入心的话，这才明白，江子的特质是继承了爸爸的品性。

韩叔是当时农场唯一持证的高级知识分子。他中等身材，背微驼，走路慢悠悠的，边走边思考着什么，这是不太受宠的高知们的惯常走路方式。他说起话来慢条斯理咬文嚼字的，也是高知们的惯常说话方式。韩叔是专门和牲畜打交道的高级兽医师，在和人打交道时就缺乏游刃有余的社会经验，为此他给自己制定了低调、内敛、不张狂、谦虚谨慎、不做坏事的人生方略，成了典型的“温良恭俭让”典范。不了解韩叔为人的，会说他为人不够实在，我猜想，韩叔能说知心话的人或许不多，我却成了听他知心话最多的人。

因此在我心里，韩叔是个特别实在的人。

他喜欢喝点小酒，每当喝到脸红耳热之际，他掏心掏肺的时刻也就到了。我在他家喝小酒时，他的主攻方向是我。开场白总是那句口头禅似的座右铭："平生不做亏心事，半夜不怕鬼叫门。"然后就会顺着这个思路，说些人生感悟的话，这些感悟都是他人生的总结，绝对的原创，不是转发的鸡汤。

有次我到他家，江子和三个姐姐都打篮球去了，韩叔喝酒刚喝到一半，正在兴头上，就招呼我陪他来两杯。韩婶一贯地贤惠厚道，忙活着去加菜。我也不客气，上炕盘腿，倒酒举杯，和韩叔对饮起来。

韩叔此刻已经是脸红耳热，他把脸凑近我，像要说什么机密话似的："孩子，平生不做亏心事，半夜不怕鬼叫门。"韩婶端来了刚从园子里摘的嫩黄瓜，就笑着对我说："你韩叔总是那老三段。"

"老三段"那时特指伟大领袖的三段经典语录，韩叔赶忙对韩婶说："可不能乱说。"然后对我说："老三段是咱老百姓能说的？记住，千万别把政治上的话当家常话来说。有些人看我工资高，有点眼热，我吃的是技术饭，一不偷二不抢，睡觉踏实，对不？凭技术吃饭，一辈子有饭吃。你说，我说得对不对？"

我干了一杯，自己又不客气地满上，说："韩叔说得对，我现在当老师了，政治上的事绝不瞎掺和。当老师等于吃技术饭，可我的工资这么低，一个月才二十六块，啥时能追上您老啊？"

韩叔嘿嘿地笑，那笑里有几分自豪和得意，说："你这才哪儿到哪儿啊，现在刚开始，耗子拉木掀，大头在后头呢。"

我还真看不到大头在哪儿，有几分愀愀然。韩叔举起杯和我碰了一下，说："人生在世，路长着呢，干啥都不能着急，你看那些急哧白咧想当官的，一心想捞便宜的，结果怎么样？孩子，慢慢来，就像走路似的，一步一个脚窝，稳稳当当慢慢悠悠地走。慢了，人家顶多说你腿脚不好；快了呢，十有八九栽跟头，对不？你这么年轻，忙啥？对不？”

我只能说：“对，对！”

韩叔一贯的低调，从不炫耀。他是搞畜牧研究的，有时候遇到个猪马牛羊有个小病小灾的，治疗起来，反而没那些二把刀兽医土法上马来得快。其实这事很好理解，却也有人非议，韩叔对那些闲言碎语一笑了之，但他的言行就越发谨慎，坚持走不得罪人不做亏心事的处世路线。

有次韩婶和我说：“你韩叔胆太小，高工资挣的像偷来的，这也不让说，那也不让说，还不如少挣点呢。”

我对韩婶说：“还是多挣点好啊，要是让我跟韩叔挣得一样多，你把我嘴缝上都行。”

韩婶笑得不行。

韩叔的人生感悟大都和“别”“不”字相关。

记得最清楚的是他的“三不四别”。

“三不”是不忽悠，不张狂，不显摆。其实这三个“不”的意思差不多，表面看有点重复，却显示出“低调”二字在韩叔内心深处的分量，等于重要的事情说三遍。

“四别”就很有哲理性：别和社会较劲，别和同行较劲，别和领导较劲，别和自己较劲。

总之是别较劲，尤其这“别和自己较劲”，真是很有前瞻性，比缺心眼的人早悟出了几十年。韩叔一家人对这条经典原则也都身体力行，提前获益。

他家生活富裕，不愁吃喝，属于“有钱有闲”之家，因此就有力量有心情发展家庭体育事业，做不和自己较劲的事，做自己喜欢做的事。

江子有三个姐姐，四人都是体育骁将，三女一男成了农场的体育“四人帮”，尤其是篮球，绝对是场级明星，“韩氏家庭篮球队”经常代表农场外出参赛，江子的乒乓球也很出色，在农场也是数一数二的。

一家人生活富裕却很少有人嫉妒，家庭内部也团结和睦从不争吵，认真贯彻“三不四别”七项基本原则不动摇。

有一天，又和韩叔对饮起小酒，我也到了脸红耳热之际，就推心置腹地问韩叔：“我发现韩叔总结的人生哲理都很有道理，不过那‘三不四别’是不是有点消极？”说完我就后悔，怕韩叔生气。

韩叔却哈哈大笑起来，说：“孩子，你说得太对了。”韩叔一仰脖，干了一杯，马上又满上一杯，举起来，对我说：“再来一杯！”又转脸对江子说：“要不你也来一杯？”

江子不爱喝酒，看老爸如此兴致，也就倒了一杯，抿了一小口，韩叔却又是一饮而尽，把空杯子慢慢放下，咂了一下嘴，意味深长地说：“孩子，”他总喜欢说“孩子”二字，对江子对我都这样，既亲切平等，又彰显出长者的身份。

韩叔继续说：“有些话，看似消极，换个角度看，就是积极。我坚持‘三不四别’，换来的是一家人的安全；安全没了，整天活得战战兢兢的，哪来的家庭温暖；家庭温暖都没了，还实现共产主义干什吗？你说，是不是这么个理？”

韩叔这话，在那个年代属于大胆又出格，这让我感动，我也认同。想了想，我又提出疑问：“别和社会较劲，有道理，要是社会和我较劲呢？”

韩叔稍一沉吟，说：“你不惹它，它不惹你，你要惹它，它必惹你。孩子，社会是个大象，我们永远是个小蚂蚁，小蚂蚁总想着和大象较劲干啥呀，对不？”

那一刻，我突然觉得韩叔背后肯定有故事，是吃过亏，有过教训的，只是他不愿提起罢了。

韩叔又说：“我跟你们不一样，我不光是资产阶级知识分子，还是秋后的蚂蚱，没多长时间蹦跶了，对不？以前那点作为，也是瞎猫抓住了死耗子，现在耗子都活得贼横贼横的，瞎猫还有啥用？”

韩叔是搞畜牧的，总喜欢用动物打比方。韩叔说他是秋后蚂蚱，是瞎猫，我就不好点头说对。韩叔看我不语，就说：“当然了，你们年轻人，遇到好机会，可以胆子大一点，不能学乌龟，脖子总往回缩，缩习惯了，万一有个机会往前走，你就不知道先迈哪条腿了，对不？”

一年之后，韩叔作为高级科研人员，被调回省城发挥更大的作用。事实证明，韩叔并不是瞎猫，而且正像他的名字一样，当进则进。

我以为韩叔是高级兽医师，和牲畜打交道多，和人打交道缺少经验，原来并非如此。韩叔对人的研究并不比对牲畜的研究少，或者说，人场和畜场本来就有很多相通之处。

几年后的冬天，我从北京回黑龙江探亲，途径哈尔滨时，就住在韩叔家，江子在长春地质学院读书，尚未毕业。

韩叔还是原来那样热情，韩婶还是那样少言寡语用笑容说话。端来好菜好酒，那酒用瓷壶烫得热乎乎的。

韩叔端起酒杯，这回没说“不做亏心事”的座右铭，而是说：“我马上要退休了。”说到退休二字，韩叔竟有点意气风发的样子，像遇到天大喜事似的。

看来，韩叔虽然不当官，不贪不占，却也有个“平安落地”问题。

原来，“文革”初期，韩叔曾被扣上“反动技术权威”的帽子，还被打成“日本特务”关押了半年。真是，当个高级知识分子，要想平安落地，容易吗？

我酒酣耳热之际，虔敬地对韩叔说：“都要退休了，您总结一下人生最根本的体会吧。”

韩叔略一思忖，还像从前那样，把脑袋凑近我，像是说什么机密似的：“孩子，人生，对你自己来说，那叫命运，每件事都刻骨铭心的，可是对上层来说，你顶多就是个数字，还是个‘个位数’，懂不？”

我心里一颤，说：“你要是‘个位数’，那我不就成小数点后两位了？”

韩叔哈哈大笑，豪爽地干了一杯，说：“那不可能！”

其实，韩叔说的许多心里话，是可以做多种理解的。站在百姓的角度，你可以说他的话够智慧；站在社会精英的角度，也可以说他的话够消极。但我想，作为一个社会高端精英，在人生得意须尽欢之时，是可以暂时进入非人类状态的，可能并不需要常人特别需要的那些温暖，所以应另当别论。

而我，作为一个普通人，能听到一个高知长者说出掏心掏肺甚至犯忌的话，应该感到庆幸。古人早就说过，人心隔肚皮，可见知心太难。不知心，何来的友谊呢，那可是个因言获罪的特殊年月，像韩叔那样受过冲击谨小慎微的高级知识分子，能对一个懵懂后生袒露心迹，其诚可感，其情可贵，他让我得到了一种超越辈分的温暖，一种心贴心的温暖，一种被强烈信任的温暖。

韩叔的“个位数”一说，不管是积极还是消极，我都认为是对的，它让我时刻提高警惕，记着自己的分量，尽可能温暖待人，不做狼性之事，少做非分之想，宁可把自己当成小数点后两位。

第三位给过我温暖的长辈是刘叔，名永生，我给他的定位是“平民智者”。

刘叔个头不高，长着个聪明的大脑袋，很早就秃顶，曾在县城被一个探头青年大骂“老东西、秃盖子”，从此他便以“秃盖子”做自己的诨号，其开朗性格可见一斑。

刘叔有一双大眼睛，有点肿眼泡，大眼睛还很聪明的人似乎少见，刘叔算是个例外。他有一副薄嘴唇，注定了是个能说会道的人。没智慧还特别爱说的人往往让人讨厌，刘叔却是有智慧的人，薄嘴唇就帮了他的大忙。他的身材属于“非运动型”，年轻时却是运动场上打篮球的勇将，还是颇有威望的裁判员，有那么点自我超越的味道。

有件事他却无论如何无法自我超越了。

他也是从部队转业到农场当干部的，他的薄嘴唇惹了点祸，私下里跟人说了几句心里话，发了几句小牢骚，反右时被人添油加醋地告发了，结果就轻而易举地成了“中右分子”，比右派分子略低半格，干部被贬成工人，工资被降两级，先后当过卫生所打针的和小商店卖货的，从此命运就被定格在平民阶层，再也没实现自我超越。

刘叔的性格和那个“右派”徐叔截然相反，那徐叔是“不辩论，不争论”，刘叔天生能言善辩，所以辩起来就永不服输，语调越来越高，语速越来越快，脸颊和脖颈也越来越红，直到辩赢了为止，当然这仅限于一般性非敏感的常规话题。

所以他有个雅号“大白话”，这个雅号用在别人身上有点贬义，用在刘叔身上，绝对是赞扬和崇敬。

刘叔有文化、有口才，有点恃才傲物，看问题也总比别人略高一筹。他对很多事都有独到见解，还颇有点高屋建瓴、高瞻远瞩的意思。反右后，他似乎看破红尘，好像也看懂了自己，觉得此生休矣，所以就变得喜欢家长里短地打哈哈。他常成为人群中谈天说地的核心人物，人们都喜欢听他说话，往往在他“白话”一阵子后，就会有人若有所思地说：“刘大白话说得还挺有道理的哈。”

万一有人谈到国家大事，牵涉到政治，刘叔就会用一种市井式幽默，或说句粗话，点到为止，然后闭上薄嘴唇，用一双大眼睛直视对方，那意思是：“我不深说了，你自己去想吧，是不是这么回事。”

刘叔给我的温暖在于他能私下里和我来点“忘年聊”，聊的都不是能公开说的话。

有一次，我和他谈起将来的梦想。

我那时的梦想早已超越了“车老板子”“当兵的”阶段，正式走入迷茫阶段，我就问刘叔怎么看待人的前途和命运？他盯着我看了几秒钟，确定了我是认真向他讨教，然后静默了一会儿，我猜想他是在整理思路。

他开始说了：“要说人的前途和命运啊，挺玄妙的，你问这话，无非是探求一生的富贵贫贱。我觉得，人一生的富贵贫贱主要取决于三条，一靠命，二靠运，三靠胆。这命呢，是先天的。

比如说，有的人一出生，就生在要饭的人家，一学会走路就端起破碗，拎起打狗棍去沿街乞讨；而有的人呢，一出生就在帝王之家，一睁开眼皮看见的就是皇宫，一咧开嘴巴子吃的就是山珍海味。再比如，有的人一出生就在北京上海，看见的是故宫南京路；有的人一出生就在边疆农场，看见的是大豆高粱、土坯草房，这是老天爷给的，这就是命。说实在的，你和刘叔我一样，顶多也就是个土命，你看你生的这穷地方。”

刘叔说着，扫了一眼周围，我心里一阵发冷。刘叔看出来了，笑了一下，说：“也别泄气啊！还有第二呢，第二是运。普通人那是要靠运气来活着的，这也是咱自己没法把握的。你比如说，天上打雷把人给劈了，世上的人千千万万，一辈子风里来雨里去的人多了，人家怎么没遭雷劈呢？倒霉啊！这就是运气不好。还有，反右的时候，有的地方没完成指标，就搞选举。正开会呢，谁都不好意思说话，偏偏有的人憋不住屎尿，上了趟厕所，回来就被选上了，就成了‘右派’。从此一辈子就完蛋了，一家老小受牵连，这是什么？就是倒霉运。人活着谁不拉屎撒尿？他的屎尿咋就那么会赶点儿呢？”

反右的事，是个敏感话题，刘叔受过重挫，公开场合遇到这种话题，他也就是打个哈哈完事，今天说得这么认真，我很有几分感动，有股暖流暗暗涌动。

刘叔看出我的心情，又接着说：“也有走运的，扒破房子抠出金条的有吧？宰牛宰出牛黄的有吧？天老爷甩下来个馅饼，别人吃不着，有人就直接砸嘴里了，这就是运。不管你生在哪儿，生在谁家，狗屎运要是来了，你挡都挡不住。”

刘叔的“白话”我听得很认真，却觉得自己不是那种有狗屎运的人。

刘叔一“白话”起来，根本不用休息，顶多咽两口吐沫。他接着说：

“还有第三，也是最要紧的，人得有胆，别像我似的，给整怕了。我说的胆，是胆识，人得有胆有识，光有傻大胆，虎超超的，那叫二杆子，那不行，主要是得有见识。一个人生在山沟沟里，啥都没见过，啥都不懂，啥都想不明白，光想有前途，那不是自己跟自己扯犊子吗？古人说，读万卷书，行万里路，就是这意思，可是……现在不行啊！你想读万卷书，你得有书啊；你想行万里路，你得有钱走出去啊！你现在能往哪儿走啊？连个全国粮票你都搞不来……这话就不好深说了，等机会吧，看你的运气了。”

刘叔的一番话对我触动很大，从此，他“平民智者”的定位就在我心里生根，但经过刘叔启发，我对梦想和未来却依然迷茫。后来我进清查办，搞了几次公费旅游，路途上常常想起刘叔“行万里路”的话，那几次“窃书”，也曾想起刘叔“读万卷书”的话，每当这时，我对刘叔就有种暗暗的感谢。

“文革”中，刘叔是观潮派，不参加任何团伙，不说和政治相关的话，永远用那种已经被别人接受的风格，“白话”各种与运动毫不相关的话题。尽管如此，他还是被折腾过两次，因为“文革”中的一大撒手锏就是“翻老账”，只要从档案里翻出当年的老账，你就是会筋斗云，也逃不出如来佛的掌心。有段时间，刘叔被勒令挂上“反革命分子”的大牌子，自己到俱乐部门前，向伟大领袖的画像“请罪”。那段时间，刘叔的薄嘴唇闭得很严，不再白话，既不说有罪，也不说没罪，弯腰却弯得标准虔诚。这也是一种态度，用恭顺的态度弯腰，用闭嘴不留话把儿。刘叔毕竟高智商，毕竟已是一介平民，毕竟经历过政治运动，所以，本来难逃的劫数，还是被他“蒙混过关”了。

这次过关后，刘叔的问题很快被淡忘，同时，他也被彻底边缘化了。

我曾绕着弯子就这个话题和刘叔聊过几回，想听听一个智慧的平民是如何看待被“边缘化”的。虽然我尚未立足社会舞台中心，也知道，人是很容易被边缘化的，只不过那时没使用“边缘化”这一名词而已，“三穷三富过到老”的警世名言还是深入人心的。

刘叔听明白了我的意思，稍显尴尬，很快就释怀一笑，说：“反右以后，我就明白了自己命运的结局，现在没人理了，岂不更好，你知不知道，河里什么鱼最安全？”

我没加思考就说：“大鲶鱼安全，嘴大，厉害，什么鱼都不怕。”

“大鲶鱼怕人不？”刘叔瞪着我看，那眼神里的意思很明显：你到底是年轻，不懂。

我一时蒙住了，等待刘叔的下文。

他压低了声音说：“草棵里的鱼最安全。”

这就是刘叔对待“边缘化”的态度：安全！看似消极，却带有强烈的时代特征，所以刘叔懂得了自己的宿命以后，对边缘化就安之若素，始终保持一种冷眼旁观的处世态度。

刘叔在社会上过早地被边缘化了，可他在家庭事务中，在人们的记忆中，在农场的种种传说中，却并没有被边缘化，正如后来流行的网络名言说的：“牛，就是你退出江湖已久，江湖上还有你的传说。”

可惜，在保健养生方面，刘叔却没成为智者，也缺少了点高瞻远瞩，或者就叫运气不佳。疾病过早地夺走了他的生命，给他的名字“永生”留下了遗憾，否则，他幽默的性格和超强的“白话”能力，一定会在晚年发挥巨大作用，给大家庭，给同龄的老人们带来许多快乐，自己受益，也会温暖他人。

但愿他在另一个世界，能感受到另一种温暖。

2017 年 2 月于深圳怡景